ノーラ・ロバーツ/著
香山 栞/訳

時を結ぶ魔法の鏡（上）

The Mirror

扶桑社ロマンス
1702

家族に捧《ささ》ぐ、

血のつながった家族と、縁があってつながった家族に。

時を結ぶ魔法の鏡（上）

登場人物

ソニア・マクタヴィッシュ――――――――グラフィックデザイナー

オリヴァー・ドイル三世(トレイ)――――弁護士

クレオパトラ(クレオ)・ファバレー――――ソニアの親友。イラストレーター

オーウェン――――――――――――――ソニアのいとこ

オリヴァー・ドイル二世(デュース)――――トレイの父。弁護士

コリーン・ドイル―――――――――――デュースの妻。写真家

アンナ・ドイル――――――――――――トレイの妹。陶芸家

コリン・プール――――――――――――ソニアのおじ。故人

ヘスター・ドブス―――――――――――屋敷に住む魔女

第一部　目撃者

《証人になってくれる？《キャン・アイ・ゲット・ア・ウィットネス》》

——ブライアン・ホーランド、ラモンド・ドジャー、エディー・ホーランド

プロローグ

その屋敷は何世紀も前から断崖にそびえ、打ち寄せる荒波を眼下に見下ろしていた。うだるような夏や、木枯らしが吹き荒れる冬、花が咲き乱れる春、枯れ葉が舞い散る秋と季節が移り変わるなか、メイン州の岩だらけの沿岸に鎮座し続けた。石を積みあげたような外壁ときらりと光る窓の内側で、館は生と死のドラマや、成功や悲劇を目の当たりにしてきた。つややかな床に血や涙が滴り落ちたこともあり、闇が宿る秘めた場所がそこここにあった。

屋敷《ザ・マナー》はそのすべてを記憶していた。

小塔《タレット》や、屋根上の見晴台《ウィドーズ・ウォーク》（十八世紀から十九世紀初頭、ニューイングランド沿岸で、帰港する夫の船を見るために作られたバルコニー）や、立派な玄関扉の先の防潮堤から、たくさんの目がプールズ・ベイの村を見下ろしてきた。

いまもそれは変わらない。

一七九四年にその立派な扉が開いて以来、プール一族は玄関ホールを行き交ってきた。大階段をのぼり、多くの窓から外を眺め、それぞれ思い思いに夢を描いた。だが、なかには悪夢を味わった者もいた。

彼らはいまも悪夢に囚《とら》われたままだ。

これまでに七人の花嫁が殺され、最初の被害者は——なんの罪もないにもかかわらず——屋敷にかけられた呪いを背負っている。その暗い影は、嫉妬に駆られて怒り狂う魔女のせいで代々受け継がれてきた。

この失われた花嫁《ロスト・ブライド》たちに加え、迷路のような屋敷内を行き交う霊もいた。暖炉に火をおこしたり、ベッドメイキングをしたり、料理を作ったりして自分の職務を続ける霊が。

さらに、生前祝杯をあげ、舞踏室で踊り、夜中にむずかる赤ん坊をあやした人々が、いまも祝杯をあげ、踊り、赤子をあやしている。

数多くの部屋で、歳月が流れた。音楽が奏でられ、時計が時を刻み、床がきしむなか、屋敷は次世代の到来を待った。

そして、呪いを解く者の登場を待ちわびていた。

美しいウエディングドレスをまとったアストリッド・グランドヴィル・プールが亡くなり、その犯人が屋敷に呪いをかけて崖から飛びおり自殺をしてから二百年以上が経《た》ったとき、プール家の血を引く者がふたたび立派な玄関扉を開けて屋敷に足を踏み入れた。

待ちわびていた祖先に見守られながら、彼女は屋敷に腰を落ち着けると、夢を見た——祖先たちの夢を。

音楽が鳴り響き、時計がチクタクと時を刻み、床がきしむなか、彼女は迷路のような屋敷を歩きまわった。やがて、時空を行き来する鏡にたどり着いた。

鏡を縁どる彫刻の肉食動物は、嚙《か》みつこうとし、歯をむきだしてうなり、身をくねらせて進んでいるようだった。その鏡は彼女ともうひとりのプール家の子孫に過去への扉を開いた。

ふたりは手をつなぎ、ともにその扉を通り抜けた。

そして、亡霊となった。

1

遠くからぼんやりと聞こえていた音楽が、ソニアを包みこんだ。鏡の奥に映っていた不明瞭な色や形がぱっと鮮明になる。

思わずオーウェンの手をぎゅっと握った——ほんの数カ月前まで存在すら知らなかった親戚の手を。その手はあたたかく、本物だった。

調度品は、倉庫にしまわれてシーツで覆われていなかった。数々の調度品が置かれた室内で、人々は滑るようにターンしていた。髪を高く結いあげて流れるようなロングドレスをまとった女性たちや、粋なダークスーツ姿の男性たちが、ダンスや酒を楽しみ、談笑している。室内には——この舞踏室には——花の香りが漂っていた。あふれんばかりに飾られた花の香りだ。それにまじる香水のにおい。楽団は、軽快なテンポの曲を奏でていた。

音楽にまじって、女性の明るく甲高い笑い声が聞こえた。髪を後ろに撫《な》でつけた男性が目にとまり、パートナーとダンスを踊る彼の額からひと筋の汗が流れ落ちるのが見えた。

ソニアの鼓動がドラムよりも激しく鳴り響いた。

震えだした手を、オーウェンがぎゅっと握りしめてくれた。彼がのんきな声でつぶやく。「なんとも奇妙だな」

ヒステリックな笑いが喉元にこみあげ、ソニアは噴きだした。「たしかにそうね。前にも鏡を通り抜けたことはあるけど、起きているときに通り抜けるのはこれが初めてよ。以前は夢を見ただけだと思った。でも、これは夢じゃない」

「そう、夢じゃない」オーウェンは室内を見渡した。「おれたちはここがどこか知ってる。屋敷の舞踏室だ。いまが何年かわかるかい？」

「一九一六年よ。デュースがまとめてくれたプール家の家族史を読んで、何度も写真を見たからわかる。これはリスベス・プールの結婚披露宴よ」

明らかにジンで酔っ払った男性がよろめいてソニアの体を通り抜けた。「信じられない」

「こいつは奇妙なんてもんじゃないな」オーウェンは眉をひそめながらソニアのほうを向くと、彼女よりやや淡いプール家特有のグリーンの目でじっと見つめた。「大丈夫か？」

ソニアはなんとかうなずいた。「ここでは、わたしたちのほうが別の時代からやってきたよそ者なのね。だから彼らはわたしたちが見えないし、気づかない。まあ、大半の人は。彼女はここにいないわ」

「彼女って？」

「人殺しの魔女のヘスター・ドブスよ。あの女はここにいないわ、いまはまだ。そもそも彼女の時代じゃないし」

「亡くなってから百年以上経つしな」

「もしかしたらドブスをとめられるかもしれない。これは夢じゃないし、たぶんわたしたちがいまここにいるのは彼女の企てを阻止するためよ。リスベスは今日、ウエディングドレスに覆われていた肌を十三箇所も蜘蛛《くも》に嚙まれて命を落とすの。もしわたしたちが――」

「まさか、彼女のドレスを脱がす気か？」

「わからない。でもなんとかしないと。ねえ、彼女はどこ？　リスベスはいったいどこにいるの？」

オーウェンが指さした。「舞踏室の反対側じゃないかな。おれのほうが背が高いから、頭越しに見える。家族史の写真は見たことがあるし、あれはウエディングドレスっぽいぞ」

彼はソニアを左側に導いた。

「そうよ！　あれがリスベスよ」

ソニアが歩きだすと、人々がダンスを踊りながら彼女を通り抜けた。そのたびに軽い電気ショックを受けたかのようにびくっとし、背筋に寒気が走った。

「まるで泥のなかを歩いてるみたいだ」オーウェンはいらだたしげに茶色の髪をかきあげた。「それか、忌々しい流砂のなかを」

「わかるわ。前もこんな感じだった。リスベスを見失ったわ。あまりにも人が多すぎて。あなたには見える？」

「とにかく進み続けるんだ。彼女は右手に向かってる。ダンスを踊りながら。彼女は――くそっ！」

「何？　何があったの？　わたしにも――」そのとき、ダンスを踊る人々の合間から、ショックと苦痛にゆがむ若い美女の顔が見えた。

次の瞬間、甲高い悲鳴があがった。

「間に合わない、もう手遅れよ」だが、ソニアは人々を押しのけながら突き進んだ。「リスベスを救えないなら、せめてドブスが結婚指輪を奪うのを阻止しないと。あの女には七つの指輪が必要なの。それを先に手に入れないと」

リスベスが夫の腕のなかに倒れこんだとたん、突然緊迫した空気に包まれ、ソニアはその変化を感じとった。

妖艶で美しいヘスター・ドブスが漆黒の瞳に悪意を浮かべ、飛ぶように舞踏室を横切った。見えない風に黒髪をあおられながら、瀕死《ひんし》の花嫁へと近づく。

ソニアはかっとなって叫んだ。「やめて！　リスベスに近づいたら承知しないわよ」

ドブスがぱっと振り返った。その瞬間、ほんの一瞬だが、冷酷な美しい顔に驚愕《きょうがく》の色が浮かび、かすかな不安がよぎった。

すると、目に見えない風が凍った拳のようにソニアに襲いかかった。その衝撃でオーウェンと手が離れ、リスベスに駆け寄る人々のなかを吹き飛ばされた。

勢いよく落下したせいでソニアは呆然《ぼうぜん》とし、頭がくらくらした。なんとか息を整えて体を起こすと、手のひらより大きな蜘蛛がこちらへ向かってきた。

これは本物だ。なぜか本物で、しかもいま起きていることだ。

舞踏室に叫び声やすすり泣き、駆け寄る足音が響き渡るあいだ、ソニアはあわてて立ちあがって逃げようとした。

蜘蛛の赤い目が光り、嚙みつこうとしているのが見えた。

ソニアの素足からわずか数センチ先でオーウェンが蜘蛛を踏みつぶした。おぞましい音がして、彼女のみぞおちが震えた。

「立て」オーウェンが彼女を引っ張りあげた。「さっさと逃げるぞ！」

「指輪は？　指輪は見つかったの？」

「指輪も花嫁も消えた。おれたちはまだここにいるが」

オーウェンはソニアを引っ張りながら混乱の渦と化した舞踏室を駆け抜け、彼女を鏡に押しこむと自分も飛びこんだ。

ソニアはトレイの腕のなかに倒れこみ、ぎゅっと抱きしめられて、三匹の犬たちに取り囲まれた。

「もう大丈夫だよ。なんてことだ、すっかり凍えているじゃないか」

「急に寒くなったの」ソニアの歯がカチカチと音をたてた。

「けがはしてないかい？」トレイはソニアの体を撫で、オーウェンに目を向けた。

「ふたりとも大丈夫か？」

「おまえが〈黄金の間〉の外でやられたように、ソニアも吹き飛ばされた」

「わたしなら大丈夫。ちょっと動揺しただけだから」トレイにもたれ、彼のぬくもりをありがたく思いつつ、クレオに目を向けた。「花嫁はリスベス・プールだった。でも、とめられなかった」

「階下《した》に行きましょう」クレオがソニアの髪を撫でた。「ふたりも、階下《した》に移動するわよ」

「酒が必要だ」オーウェンはけんかが強そうな黒いミックス犬のジョーンズにくんく

んにおいをかがれ、靴底を見た。「それと、新しい靴も」

「何がついてるの？」クレオが問いただした。

「邪悪な蜘蛛のはらわただ」

「いますぐ脱いで！　邪悪な蜘蛛のはらわたを家中になすりつけるなんて冗談じゃないわ」

「ああ、おれも真っ先にそう思った」

ソニアの親友で同居人のクレオパトラ・ファバレーが、主導権を握った。

「トレイ、ソニアを階下《した》に連れていって。キッチンがいいわ。全員お酒が必要だから。あなたはその汚らわしい靴を脱いで」クレオはオーウェンにふたたび命じた。「脱いだら、靴を入れる袋を取ってくるまでそこに置いておいて」

「ああ、わかったよ」

「あたしたちもすぐに行くから、あたしとオーウェンの分もウイスキーを注《つ》いでおいて。ダブルで」

オーウェンは身をかがめて靴を脱ぎ始めたが、クレオが鋭く息をのむと、ぱっと身を起こした。

「鏡が。消えたわ。あとかたもなく消えた」

彼は振り返った。「くそっ」

「いますぐその忌々しい靴を脱いで。さっさと階下《した》に行くわよ。あなたとソニアには最初から話してもらわないと。鏡のなかに消えてから、いったい何があったのか」

「まずはウイスキーを飲ませてくれ」

ソニアはマクタヴィッシュ家の人間だが——ちなみに父が養子だったため、一族と血のつながりはなく心の絆《きずな》だけで結ばれている——ウイスキーを好むタイプではなかった。ただ今夜は例外だ。いまも動揺していて、トレイに導かれるまま舞踏室を出て、明かりをつけてまわる彼とともに廊下を進んだ。

「鏡の前に立つまでの記憶がまったくないの」

ソニアは髪を押さえた。後ろでひとつに結びたいけれど、そのまま髪を垂らした。

「ベッドから抜けだしたことも、舞踏室に行ったことも思いだせない。気がついたら、あなたがいた」

「クレオが電話をかけてきたんだ」

「クレオが電話を」

クレオは十年来の親友で、ためらいもせず、この屋敷に一緒に移り住んでくれた。ここには呪いがかけられ、亡霊や頭のいかれた死んだ魔女が取り憑《と》いているにもかかわらず。

もっともクレオのことだから、それが障害になるどころか、ますます住みたい理由になったのだろう。何しろ彼女のクレオール人の祖母は自称魔女だ――しかも、いい魔女だと自負している。

トレイの愛犬ムーキーとソニアの愛犬ヨーダにはさまれながら、トレイに連れられてソニアは一階へおりた。

階段の下で足をとめると、アストリッド・グランドヴィル・プールの肖像画を眺めた。純白のドレスをまとう一番目の花嫁はこのうえなく美しく、また悲劇的だった。

「彼女が発端だった。いま起きていることはすべて彼女から始まったのよ、一八〇六年の結婚式から。ヘスター・ドブスが彼女を殺して、結婚指輪を抜きとったときから。こんなことはわたしの代で終わらせなければならないわ。なんとしても」ソニアはトレイを見上げ、心から信頼するようになった深いブルーの目をじっと見つめた。「あなたは来てくれた。クレオから電話をもらって、来てくれた。午前三時をまわっていたのに」

「もちろん来るに決まってるだろう」

「でも……依頼人に付き添っていたんでしょう。病院で」そのことを一気に思いだした。「なんて気の毒な女性なの。夫に――元夫に暴力をふるわれるなんて。彼女の子どもたちは――」

「子どもたちなら大丈夫だ」トレイは落ち着かせるような声を保ちながらこたえた。

ソニアはいまも顔面が蒼白《そうはく》だ。「みんな大丈夫だから、心配しなくていい」

「あなたは心配していたし、憤慨してた。電話で知らせてくれたとき、あなたの声を聞いてわかったわ」

「いまは彼女の母親と姉が付き添っている」トレイはソニアのほうを向くと、キッチンへといざなった。「警察が元夫を逮捕したし、依頼人は家族とともにいる。子どもたちも一緒に」

「そして、あなたは依頼人のために力を尽くす。だってあなたはそういう人だから。単に弁護士だからじゃなく、あなたはちゃんと面倒を見る人だから」ソニアは並んで歩きながら、彼の肩に頭をもたれた。「わたし、ちょっと具合が悪いわ」

「本当かい？　どうしてなのか見当もつかないな」

トレイがキッチンの明かりをつけると、キッチンの暖炉では薪《まき》がぱちぱちと音をたて、ダイニングルームの大きな暖炉も勢いよく火が燃えていた。

暖炉の火があたりを明るく照らし、室内はあたたかかった。面倒見がいいのは、トレイだけではなかったようだ。

ソニアはテーブルに導かれた。「座ってくれ。ワインがいいかい？　それともお茶か、水を持ってこようか？」

「ウイスキーがいいわ」彼女は息を吐きだした。

トレイはほんの数時間前、怒りや不安による焦燥感を吐きだしたくてオーウェンのもとを訪ねたときに、親友がウイスキーのボトルを取りだしたことを思いだした。

「今夜はウイスキーにうってつけの晩みたいだな」

暖炉の火が爆《は》ぜ、ひどい冷えが薄れていく。ソニアが見守るなか、トレイはそばから離れない二匹の犬にビスケットをやり、オーウェンの愛犬ジョーンズのためにもう一枚用意してから配膳室へ入った。ジーンズにフランネルシャツを身につけた彼は、穏やかで堂々としていた。

出会った日に屋敷を案内してくれたときもそうだったと、いまも頭がくらくらするソニアは思った。ドイル家の三代目は弁護士で、手足が長く細身で、黒髪に深いブルーの目をしている。

そして、途方もなく忍耐強い。

トレイはこの家のことをソニアに負けないくらい熟知していた――いや、彼女以上だろう。何しろ幼いころから屋敷内の部屋や廊下を歩きまわってきたのだから――ソニアが存在すら知らなかったおじにあたたかく迎えられて。彼はソニアの父と双子の兄弟だったが、生まれた直後に引き離された。

とはいえ、双子の兄弟はあの鏡を通して顔を合わせていたのだろう。幼少期も、大人になってからも。ふたりとも芸術家で、いろいろな面でそっくりだった。クレオはその理由に双子の記憶を挙げている。

双子の片方はマクタヴィッシュ家の息子アンドリューとして、ボストンの愛情深い養父母のもとで育ち、最愛の妻と結ばれて愛すべき娘に恵まれた。亡くなったときは、彼を知るすべての人がその死を悼んだ。

双子のもう片方はプールズ・ベイのプール一族として育ち、ゆくゆくは繁盛する家業を継ぎ、屋敷で暮らすことを運命づけられていた。母親のふりをしたおばに息子として育てられたのは、女家長である冷酷なパトリシア・プールの差し金だった。

そのことを思うと、ソニアは頭も胸も痛んだ。両手で顔を覆い、ゆっくりと息をしながら落ち着きを取り戻そうとした。

トレイがボトルとグラスを手に戻ってくると、彼のポケットの携帯電話からグランド・ファンク・レイルロードの《心配しないで《プリーズ・ドント・ウォーリー》》が流れた。

ソニアは苦笑いをして両手をおろした。「クローバーは本当に鋭いわね。十九歳の祖母の幽霊に音楽で励まされちゃった」

トレイはボトルを置いた。「それで、少しは元気になったかい？」

「ええ」ソニアは彼女の膝に前足をのせたヨーダの頭をかいてやった。「あら、残りのメンバーが到着したわ」アイパッチをした犬のジョーンズがたくましい脚で駆けこんできて、クレオとオーウェンがそれに続いた。

「まだ凍えてるといけないから、あなたの部屋に寄ってセーターを持ってきたわ」

「さっきよりはよくなったけど、ありがとう」ソニアはセーターを受けとり、クレオの手をつかんだ。「それに、わたしの面倒を見てくれて、トレイとオーウェンに電話をしてくれて本当にありがとう」

クレオの携帯電話から、ディオンヌ・ワーウィックの《友達なら当然よ《ザッツ・ワット・フレンズ・アー・フォー》》が流れた。

「たしかにそうね」クレオは腰をおろして、オーウェンに目を向けた。「一杯おごってちょうだい、船長」

オーウェンはそれぞれのグラスにたっぷりウイスキーを注いだ。「ここにいることに乾杯しよう。いま、ここにいることに乾杯。それだけでいまは最高の気分だ」

「そうね」ソニアはグラスをかかげてごくりと飲むと、身を震わせた。

「さてと。みんな何があったか知りたいわよね。だけど、最初から話してもいい？　わたし自身どうやって舞踏室に行き着いたのかわからないの。あなたは一緒だったのよね、クレオ。わたしに起こされたの？」

「ううん。でも、誰かに起こされた」クレオはゆっくりグラスを傾け、ウイスキーが喉を流れ落ちるのを感じた。「午前三時に時計の音がして、ピアノの音色や誰かの泣き声、それと誰かの苦しそうな声が聞こえたの。いつもの――」

クレオは一同を見まわすと、カールした髪をかきあげた。「真夜中に繰り広げられるショーよ。だから寝返りを打って寝直そうとしたんだけど……。誰かが触れてきたの、あたしの肩に」肩に手をのせた。「その幽霊があなたの名を口にしたの。〝ソニア〟って。ただ〝ソニア〟ってひと言だけど、切迫した声だった」

「わたしの名前を？」

「そうよ。明かりをつけたけど誰もいなくて、きっとただの夢だと思ったわ。でも切迫した声が頭から離れなくて、起きあがったの。あなたの様子を確かめようとしたら、ちょうどあなたが寝室から出てきた。夢遊病なのかトランス状態なのか、なんだかわからなかったけど。あたしはあわてて携帯電話を取りに戻って、尾行しながらトレイに電話したの」

クレオはトレイのほうを向いた。「オーウェンから、あなたが彼の家にいるって聞いていたの。あなたの依頼人のことも。あなたのお友だちは酔っ払ったろくでなしの元夫にけがを負わされたんでしょう。彼女がよくなると聞いて、彼女と子どもたちが大丈夫だと聞いてほっとしたわ」

「あのときは激怒していた。きみの言うとおりだよ」トレイはソニアに言った。「オーウェンのところへムーキーを引きとりに行って、怒りをぶちまけ、そのまま空き部屋に泊めてもらった」

「あなたがそうしてくれてよかったわ」クレオは話を続けた。「ソニアを追って三階にあがると、女性のすすり泣く声がはっきりと聞こえたわ。ソニアは部屋の前で立ちどまった――かつて子ども部屋だったところよ。あなたがドアを開けると、安楽椅子が揺れる音とすすり泣きが聞こえて、あなたは……。カーロッタが何年も毎晩息子の死を嘆き悲しんでいるってつぶやいたのよ」

「カーロッタはマリアンが双子を――オーウェンとジェーンを出産して亡くなったあとに、ヒュー・プールの二番目の妻となった女性よ。その後、ふたりは三人の子どもをもうけたわ。そのうちのひとりは幼児期に亡くなったけど」ソニアはふたたびウィスキーを飲み、身を震わせた。「家族史にはそう書いてあった」

「そうね、覚えてる。あたしはトレイにテキストメッセージを送って、あたしたちが――あなたがどこに向かってるか知らせた。正直、あなたが〈黄金の間〉に、あの魔女の部屋に行くんじゃないかと不安だったから。〈黄金の間〉のなかで赤い光が点滅してるみたいで、もれでた煙が渦を巻いていたわ。あなたがドアを見たとき、内心で〝お願いだから勘弁して〟ってつぶやいた。あなたはドブスが恐れや嘆きを糧《かて》にしているって言ってたわ。正確に伝えられるよう携帯電話で録音すればよかったんでしょうけど、あのときは思いつかなかったの」

「なぜだろうな」

オーウェンの言葉に、クレオは忍び笑いをもらした。「ほかにもこんなことを言ってたわ、ドブスは何年も毎晩、涙や嘆きの声をむさぼってきたと。それからありがたいことに、あなたは向きを変えたの」

クレオはオーウェンに向かってグラスを突きだした。「お代わりをちょうだい」

彼女はまたウイスキーを飲んだ。

「かつての使用人部屋から、苦しそうな叫び声が聞こえた。あなたはドアに近づいたけど、そこからは病気のにおいや、誰かがベッドをきしませながらしきりに寝返りを打つ音がした。あなたはこのうえなく悲痛な声で、かわいそうなモリー・オブライアンを助けられなかったと言ったの」

「モリー」ソニアはつぶやいた。モリーはベッドメイキングをしたり、暖炉に火をおこしたり、部屋を片づけたりしてくれる亡霊だ。

「あなたはモリーがコーブ出身で、屋敷に自分の居場所を見つけ、調度品磨きが大好きだったと語り、彼女のために涙を流した。自分は目撃したことを証言することしかできないと。やがてあなたが踵《きびす》を返したから、〝やめて、〈黄金の間〉には行かないで〟って思ったわ。でも舞踏室に向かってるのがわかって、トレイにそのことを知らせたの。真っ暗だったから明かりもつけた。あなたが舞踏室のドアを開けたときも、室内の明かりをつけた。そうしたら、そこに鏡があったのよ。以前はなかったのに。

少し前にみんなで舞踏室へ行ったときはなかったでしょう。でも、今回はあったの。すごく寒かったわ。それに〈黄金の間〉から脈動が聞こえた。エドガー・アラン・ポーの『告げ口心臓』みたいに」

今度はクレオがぶるりと身を震わせ、話を続けた。

「鏡を見つめるあなたの目つきから、あたしには見えない何かを見てるのがわかった。あたしには何も見えなかった。そのうちヨーダとかほかの犬たちが吠《ほ》える声が聞こえてほっとしたわ。みんなが駆けてくる足音がしたから、あなたに待ってと告げた。〝お願い、待って〟と。そこにトレイやオーウェンが駆けこんできて、犬たちも続いた。そうしたら、あなたが目を覚ましたの」

「まったく覚えていないわ。というか……夢みたいに、目が覚めたとたんぼんやりとかすんでしまって。〝待って〟というあなたの声は聞こえたわ、そんな気がする。それに、犬が吠える声も。あのときは夢うつつの状態だった。意識がはっきりしたときには鏡の前に立っていたの」

ソニアはオーウェンのほうを向いた。「あなたにも鏡の向こう側が見えたでしょう」

「ああ、光や動きや色は」

「トレイとあたしには見えなかった。プール一族じゃないから。鏡は過去への入口なのよ」クレオは確信に満ちた揺るぎない口ぶりだった。「でも、誰もが通れるわけじゃない。あなたは鏡に引き寄せられてるって言ったわね」

「ええ。それに音も聞こえたわ。音楽の調べも」

「ああ」オーウェンが同意した。「おれはその引力は感じなかったが、何かが見えたし、何かが聞こえた」

「あなたは鏡に引き寄せられなかったのに一緒に来てくれたのね」

今度はオーウェンの携帯電話から《ウィー・アー・ファミリー》が流れだした。

「妙なタイムトラベルだった」オーウェンはグラスにウイスキーを注ぎ足した。「五分、長くても十分くらいか。だが、忘れられないな」

「いや、一時間近かったぞ」トレイが指摘した。「正確には、五十六分間だ」

「そんなに長かったはずはないわ」ソニアはかぶりを振り、確かめるようにオーウェンを見た。

「つまり、あなたたちが行った場所とここでは時間の流れが違うのよ。で、いったいどこに行ってたの？」クレオが問いただした。

「一九一六年に行われたリスベス・プールの結婚披露宴よ」ソニアは答えた。

「ドブスはわたしたちが来るなんて予想もしていなかった」グラスを脇に押しやり、ソニアは椅子の背にもたれた。「呼びかけたら、うろたえていたわ。たぶん……わたしたちの姿は見えなかったけど、声は聞こえたのね。それで怯《おび》えていた、三十秒か一分くらい。でも、あの女をとめられなかった」

「もう手遅れだったんだ」オーウェンはグラスを見下ろしながら眉間にしわを寄せた。

「過去の出来事や、ドブスの行動をとめるのは不可能なんだよ」

「それで、指輪を先に見つけようと思ったの。ドブスに奪われないように、リスベスの指輪を手に入れようと。でも――」

「きみは吹き飛ばされた」オーウェンが言った。「ドブスはおれを狙わず、きみに狙いを定めた。三メートルか三メートル半ぐらい吹き飛ばされたんじゃないか、リスベスに駆け寄る人々のなかを」

オーウェンは最後にもう一度グラスをつかみ、ウイスキーを飲み干した。「あれはめったに拝めない光景だった。あの蜘蛛も変わってたな」

「おまえの靴底にはらわたがへばりついてた蜘蛛か?」トレイがきいた。

「そうだ。毒蜘蛛より大きくて、黒後家蜘蛛みたいな模様だった。あの場の連中はソニアに向かって突進する蜘蛛をすり抜けた。あの蜘蛛は動きがすばやかった。おれはその醜いケツを踏みつけて、ソニアを連れてその場から逃げだした。リスベス・プールはもう亡くなってる」オーウェンはソニアに告げた。「彼女は一九一六年のあの晩に必ず息を引きとる運命なんだ」

「じゃあ、こんなタイムトラベルになんの意味があるの?」ソニアはいらだたしげに長い茶色の髪をかきあげた。「もし毎回手遅れになって、ドブスが人々を殺すのをどうしても阻止できないなら、いったいなんの意味があるの？」

クレオの携帯電話からアリアナ・グランデの《七つの指輪《セブン・リングス》》が流れた。

「きっと花嫁たちを、あの女性たちを救うのが目的じゃないのよ」クレオが優しく言った。「花嫁たちの指輪を、七つの指輪を見つけて呪いを解くのが目的なの。ヘスター・ドブスを屋敷から追いだして、あの女の呪いを解くのが」

「ドブスは花嫁たちの指輪を持っているわ」

「なんとか解決しよう」トレイがソニアの手に手を重ねた。「なんとか解決したいが、今夜はどうにもならない」

「もう朝だけどな」オーウェンが指摘した。「おれは出勤しないと……」腕時計をタップして時刻を確かめた。「くそっ、あと一時間半しかない。新しい靴も必要だし。スクランブルエッグを作るぞ」テーブルに手をついて立ちあがった。「ベーコンはあるかい？」

「スクランブルエッグを作るの？」

「ソニア、このまま寝ないで夜明けを迎えるなら、おれは朝食が食いたい。ベーコンは自分で見つけるよ」

トレイがソニアの手をぽんと叩《たた》いた。「犬たちをしばらく外に出すよ」

彼が立ちあがると、ソニアは外に目を向けた。たしかに夜明けが近づき、夜の帳《とばり》が薄れつつある。

ソニアにもやるべき仕事や生活がある。屋敷がそれ以外の使命を与えるというなら、それを果たすために全力を尽くすまでだ。

だが、まもなく夜が明け、一日が始まる。

ソニアは一日を始めるべく立ちあがった。

「コーヒーをいれるわ」

空が朝焼けに染まるなか、四人はウイスキーを飲みながら亡霊について語りあったように、テーブルを囲んで朝食をとった。

犬たちも朝食を平らげると、トレイはふたたび外に連れだした。

「おれを家まで送ってくれ」オーウェンがトレイに声をかけた。「シャワーを浴びて出勤しないと。あの靴を入れる袋か箱はあるかい？」

「靴のことはあたしにまかせて」クレオが言った。

「まかせるって、つまり――」

「焼き払うから」

「なんてこった」

「外で焼くわ」クレオが言いそえた。「たっぷり塩をかけて」

「やれやれ」

「それが正当なやり方なの」クレオが言い返した。「別におろしたての靴でもないでしょう。ひと目見て新品じゃないとわかったわ」

「履き心地のいい靴だったのに」

クレオはオーウェンのほうを向き、彼の頰をぽんと叩くと、二日分の無精ひげをこすった。「あなたならほかにも靴を持ってるはずよ。優秀なビジネスマンで、あなたほどの職人なら」

「それは嫌みかい？」

クレオは黙って微笑《ほほえ》んだ。「あなたはあたしの一番の親友のために履き心地のいい靴を犠牲にしてくれた。だから嫌みじゃないわ――今回は。それどころか、パイの焼き方を知ってたらお礼に焼いてあげたいくらいよ」

「焼き方を学べばいいじゃないか。パイは好物だ。さあ、行くぞ、ジョーンズ。もう行かないと、トレイ」

「ああ、一緒に行くよ。きみはもう大丈夫だ」トレイはそう断言し、ソニアの肩をつかんでキスをした。

その揺るぎない言葉に、彼女は自信を持った。

「わたしは大丈夫よ。ここは自宅だもの。あの鏡がここにある限り、あれもわたしのものよ」

「よし。きみたちふたりにディナーをごちそうしよう。七時に迎えに来るよ」

「それよりも、ディナーを食べに来て。あなたもよ、オーウェン。ポットローストを作るわ」

トレイは目を丸くしてソニアを見た。「本当かい？」

「一度作ったから、また作れるはずよ」

「おれもごちそうになるよ」オーウェンはポケットに携帯電話を突っこんだ。

ソニアはオーウェンに歩み寄ると、伸びあがって頬にキスをした。「救ってくれてありがとう」

「いつでもまかせてくれと言いたいところだが……。畜生、いつでもまかせてくれ」

「何かあれば電話してくれ」トレイが言った。「さあ、行くぞ、ムーキー」

彼らが立ち去ると、ソニアはクレオのほうを向いた。「彼に対して、ずいぶん思わせぶりな態度だったわね」

クレオは琥珀色《こはくいろ》の目をみはった。「トレイに？」

「オーウェンよ。あなたの態度は思わせぶりだった。わたしはあなたがどんなふうに相手の気を引くか知っているわ」

「オーウェンはあなたと一緒に鏡を通り抜けた——正確には、あなたよりも先に。ためらいもせずにやってのけた。そのうえ危険からあなたを守った。だから、わたしが思わせぶりな態度を取るのは当然よ」

「本気で彼の靴を焼くつもり？」

「もちろん」

ソニアはうなずきながら、戸棚からごみ袋を取りだした。

「だったら靴を取りに行って、さっさと片づけましょう。そのあと、わたしは熱いシャワーをたっぷり浴びて一日を始めるわ」

「いいわね」

2

クレオがポットロースト・ディナーの材料を買ってきてくれると言うので、ソニアは図書室のデスクに腰を落ち着け、水のボトルとタブレットを置いた。

この数カ月で、作業中のBGMは屋敷の専属DJであるクローバーにまかせるようになった。だから携帯電話でプレイリストを流さずに、アイデアやコンセプトをコラージュしたムード・ボードを眺めた。

早朝に朝食をすませたおかげで、午前中の一部を〈ライダー・スポーツ〉の企画書の作成に当てることができた。

ボストンでプレゼンテーションを行うまで、まだ時間はあるし、この顧客を獲得するチャンスはかなりあると踏んでいる。とはいえ、ソニアがかつて勤めていた〈バイ・デザイン〉の元上司は相当手強《てごわ》い競争相手だ。

ソニアはマットとレインのもとでしっかり腕を磨き、ふたりのために七年間働いてきた。おかげで大々的なキャンペーンの企画のまとめ方は心得ている。

だが、グラフィックデザイン会社〈ヴィジュアル・アート・バイ・ソニア〉を立ちあげて、まだ一年足らずだという事実を無視することはできない。独立して以来フリーランスとなったソニアはひとりで会社を切り盛りし、顧客を獲得して成果をあげてきた。

ただ、業界屈指の老舗スポーツ用品メーカー〈ライダー・スポーツ〉を獲得できれば、過去最大規模の顧客を抱えることになる。

今回のコンペで元婚約者と競いあうことになるとわかったときは、プライドを意識せずにはいられなかった。

あのろくでなしの浮気男とやりあうのだ。

もうどうだっていいわ。ブランドン・ワイズのことなんてどうでもいい。

大事なのは仕事よ。

自分にはすばらしいコンセプトがあるし、最高のスタートを切った。

「いまこそ前進するときよ」彼女はファイルを開いた。

ヨーダがデスクの下で身を丸めるなか、きっちり二時間働いたあと、クレオが帰宅した音が聞こえた。

「ちょっと休憩しましょう」データを保存して、ヨーダとともに階段をおり始めた。

「車に買い物袋があとふたつあるわ」クレオが叫んだ。

「そんなに必要だったかしら？」

「まあ、ついでにいろいろと買ってきたのよ」

ソニアは買い物袋を取りに外へ出て、ふと立ちどまり、春の香りを吸いこんだ。初めて屋敷に来たとき、メイン州沿岸は真冬だった。いまは空気があたたかくなり、ラッパズイセンが咲き乱れている。屋敷のかたわらの大きなカリステモンは、細い枝に丸々としたつぼみをつけていたが、まだかたく閉じていた。

ソニアは両腕を広げながら、くるっとターンした。

「もうここはわたしの家よ」

日ざしが降り注ぐ海辺の景色も、わたしのもの。岩場に打ち寄せる波音も、わたしのもの。咲き乱れる花やつぼみも、わたしのもの。

そこにかけられた呪いもわたしのものとなったのなら、どうにか対処するまでだ。

買い物袋をつかみ、屋敷へ取って返した。

キッチンでは、クレオが買ってきたものを片づけていた。「ずいぶん大きなブロック肉ね」

「ええ。怖《お》じ気《け》づきそうだけど、ちゃんと作れるはずよ。あなたはたくさん林檎《りんご》を買ってきたのね。馬でも飼うつもり？」

「ああ、飼えたらいいわね。でも答えはノーよ。アップルパイを作るつもりなの」

「アップルパイを作る？　本物の林檎を使って？　あなた何者なの？　わたしのクレオにいったい何をしたの？」

「あたしはいまもクレオよ。ただ、屋敷の料理長になっただけ。オーウェンはあたしには作れっこないと思っていたけど、やってみなくちゃわからないでしょう。だから、母に電話したの。そうしたら買い物している最中にレシピをテキストメッセージで送ってくれたわ。もともと林檎以外の材料はほぼそろっていたし」

クレオはボウルを取りだして林檎を入れ始めた。「それにもし失敗したとしても、あなたとあたし以外誰も気づかない。あと、屋敷に取り憑いてる大勢のお化けたち以外誰も」

「秘密は決してもらさないわ」

ソニアの携帯電話からマルーン5の《シークレット》が流れだした。

「オーケー、これで決まりね」クレオは布のマイバッグを片づけた。「あなたは何時からそのブロック肉に取りかかるの？」

「一時か一時半くらいからね。一時までは仕事をして、そのあと料理に取りかかるつもり」

「だったら、あたしは一時半にここで合流する。コーラを持ってアトリエに向かうとするわ。あなたもコーラがほしい？」

「ええ、エネルギー補給しないと。〈黄金の間〉には近寄っちゃだめよ、クレオ」

「心配無用よ。今日は魔女じゃなく人魚を描くつもりだから。イラストが順調に進んだら、油絵のほうもちょっと描くかも」

ふたりは階段をのぼり始めた。

図書室で、クレオはソニアとコーラを触れあわせた。「じゃあ、お互いの作品に取り組むとしましょう」

ソニアはデスクに戻ると、〈ライダー〉の企画書をいったん棚上げにした。この仕事を手にするのが非現実的だとは思わないけれど、まずは目の前の現実的な仕事に取り組む必要がある。

プールズ・ベイにある店からの最新の依頼に取りかかった。

〈ジジ・オブ・ジジ〉のいまのぱっとしない退屈なウェブサイトは無視し、統一感と創造性のある利用者にとって使いやすい仕様を考えた。

テーマは〝陽気さ〟にしよう。陽気でカジュアルな服、びっくりするほど陽気な香りの石鹸《せっけん》やローションやキャンドルやバスソルト。そこに――陽気なデザインのアクセサリーも追加する。

新たなムード・ボードに着手し、陽気さを前面に押しだした。

あの店には絶対に新しいロゴが必要だ。ロゴのデザインは依頼に含まれていないけれど、かまわない。すでに新しいデザインが頭に浮かんでいる。ハイヒールをはいた脚の長い女性のシルエット、ミニスカート、揺れるハンドバッグ、後ろにたなびくスカーフ。ほんのりパリを彷彿《ほうふつ》させると、作業しながら思った。店の名前にもぴったりだ。洗練された女性のパワーを感じられる。そして、もちろん陽気さも。

セットしておいたアラームが鳴り、仕事を中断した。

作業中のデータを保存してコンピューターの電源を落としたところで初めて、階下の玄関ホールから響いてくるボールの弾む音に気づいた。

十歳の誕生日を迎える前に亡くなったジャックは、ヨーダと遊ぶのが大好きだ。ヨーダも少年にすっかり懐《なつ》いている。

そのことを容易に受け入れるなんて奇妙かもしれないけれど、失われた花嫁の館《ロスト・ブライド・マナー》で暮らし始めて数カ月が経ついま、受け入れるだけでなく楽しんでいる。

ジャックを怯えさせないよう、階段をおり始める前に声をかけた――もっとも、幽霊を怯えさせるなんて、はたして可能なのかわからないけれど。

「今日の仕事は終わり。さあ、キッチンで料理に取りかかるわよ」

ジャックの気配はまったくなかったが、キッチンにたどり着くと、食器棚の扉がすべて開いていた。

「まだヨーダと遊び足りなかったのね」彼女は扉を閉じた。「でも、わたしにも予定があるの」

巨大な重い鍋とクレオが買ってきてくれたブロック肉を取りだす。

「今回はそれほど恐ろしくないわ」そう自分に言い聞かせながらも、その言葉を鵜呑《うの》みにはできなかった。

肉に下味をつけ、油を引いてこんがりと焼き始めた。焼き色をつけるあいだ、ニンジンの皮むきに取りかかった。

ブロック肉に焼き色がつき、ニンジンの下準備が終わり、ジャガイモの皮をむき始めたところで、クレオが駆けこんできた。

「ごめんなさい！　すっかり夢中になっちゃった」クレオがエプロンをつかんだ。

「人魚の家族を描き始めたの。かわいい人魚の赤ちゃんや幼子を。そしたら、おばあちゃんとおじいちゃんも必要よねって思っちゃって。ジャガイモの皮むきを手伝うわ、だから林檎の皮むきを手伝って」

もうひとつのピーラーを手に取る前に、クレオは糖蜜色のふわふわした髪を結いあげてピンでとめた。

「ヘアゴムを忘れたから、ひとつ貸してちょうだい」ソニアはクレオの手首からヘアゴムを外すと、髪を後ろで束ねた。「大学時代に一緒にジャガイモの皮むきをしたことなんてあったかしら」

「ないと言わざるを得ないわ。でも、あのころは誰ともジャガイモの皮むきなんかしなかった」クレオはおもしろがるような目つきでソニアを見た。「正直に言っていい？　いまは皮むきが好きみたい」

ソニアは野菜の皮の山をじっと見つめた。「わたしは全部終わって、料理が失敗しなかったら、好きと思えるかも」

「あたしは完成までのプロセスも好きよ、アートと同じで。完成品は誇らしい気持ちにさせてくれるけど、プロセスなくして誇りは得られない」

「わたしはいま〈ジジ〉の依頼に取り組んでいて、プロセスを楽しんでいるわ。たしかに、初めてひとりでポットローストを作ったときと違って、今回はこのプロセスにストレスを感じない」

「あのときだってビデオ通話で話したじゃない」

ソニアはクレオにお尻をぶつけた。「このほうがいいわ。本当に後悔してない？　ここに引っ越したことを」

「まったくしてないわ。ここが大好きよ。それに、あたしのアトリエも大好きだから。近いうちに時間を見つけてペンキを塗りたいわ。オーウェンがすてきな小型ヨットを作ってくれたら、日曜日の午後はプールズ・ベイでセーリングもしたい」

「ひと目見た瞬間に、ここはわたしの居場所で、わたしの家だとわかったから、あなたが来なくても屋敷にとどまったと思う。でも、あなたがいてくれなければ、これほど幸せな気分にはなれなかったはずよ」

すべての野菜の下ごしらえが終わると、ソニアはふうっと息を吐いた。「オーケー、さあ、やるわよ。ハーブと一緒にすべての具材を鍋に放りこんで油と肉汁で炒《いた》め、軽く焼き色がつくまで火を入れるの」

「了解、あなたならできるわ。あたしはパイ生地作りに取りかかるわね」

「本当にパイ生地から作るの？　小麦粉と――なんだかわからないけど、パイ生地の材料を使って」

「プロセスよ、ソニア、プロセス。パイの中身だけ作ったらずるしてるみたいじゃない。だから――。えっ、いまのはなんの音？」

ソニアは鼓動が跳ねあがったが、鍋の中身を炒め続けた。「配膳用エレベーターね」

「えっ……まさか」クレオはエプロンで両手をふくと、配膳室に入り、眉をひそめながら配膳用エレベーターを見た。「なかを見てみるわ。ひどいものが入っていないといいけど。さもないと怒るわよ」

ソニアは固唾をのんだが、クレオの声を聞いて息を吐きだした。「まあ！　なんて気が利くのかしら。これを見て、ソニア。すてきなパイ皿よ」

クレオがパイ皿を持って戻ってきた。「縁が波打つデザインの真っ赤なパイ皿で、白い底には林檎が描かれてる。まさに完璧よ。そうでなければ、ここで見つけた地味な古いガラスのパイ皿を使うところだった」

「モリーのおかげね。ドイル家を招待してポットローストを作ったときも、彼女が大皿を見つけてくれたの。リシーの大皿を。結婚祝いの品よ」

クレオはパイ皿を置き、ソニアの肩を抱きしめた。「つらいわね。つらいのはわかるけど、オーウェンの言うことは正しいわ。彼女の身に起きたことは変えられない。リスベス・プールやモリー・オブライアンや、ほかの人たちの身に起こったことも」

「彼女たちの死を傍観するのはこのうえなくつらいわ、クレオ。ただの夢じゃないとわかっていて、その場にいるのに阻止できないなんてつらすぎる」

「そうね。でもソニア、あなたは目撃したことを伝える証言者なのよ。モリーの部屋の外であなた自身が言ったように。それは大事なことでしょう。それに、モリーがこんなふうに世話を焼いてくれるのにも理由があるはずよ。今回も、あたしが美しいパイを焼けるように――どうかそうなりますように――このパイ皿を見つけてくれた。彼女にとって、それは大事なことで、あなたも大切な存在なのよ」

「いまやわたしにとっても彼女たちは大切な存在よ。ドブスをとめたいわ。あの女が引き起こした数々の悲劇の代償を払わせてやりたい。わたしは――」

ドアが叩きつけられるように閉まり、窓が勢いよく開閉した。

「くそくらえ」クレオが叫んだ。「あんたは腹黒い老いぼれ魔女よ！」

思わずソニアは噴きだした。

ｉＰａｄから大音量で音楽が流れ、〝楽しいときを祝おう〟とふたりに呼びかけた。

「ええ、そのとおりよ、クローバー」クレオは両方の拳を突きあげて腰を振った。

「今夜は楽しむわよ」

「カモン！」ソニアも歌い、ローストした肉を野菜の上にどんとのせた。すでに栓を抜いていたワインボトルを手に取り、肉の上に注ぐ。「まるまる一本よ」鍋に蓋をしてオーブンに入れ、クレオに向かって人さし指を振った。「オーブンで数時間。のぞいちゃだめよ」

「もうすばらしいにおいがしてるわ。わたしはパイを作らないと」

「やり方を教えて」

〝朝飯前《イージー・アズ・ア・パイ》〟なんて言い回しほど簡単ではなかったものの、材料を計量して生地を伸ばし、切れ端を継ぎあわせ、皮をむいた林檎をスライスして煮詰め、クレオがパイをふたつ目のオーブンに入れたときには、ふたりともなかなかよさそうだと思った。

「ああ、もう！　あのふたりがひと口食べるごとに感謝しなかったら承知しないわ。こんなに手間がかかるなんて」

「ヨーダを外へ連れだして、新鮮な空気を吸いましょう」

ソニアはキッチンの熱さのせいで涼しく感じられる屋外へ出るまで待って、口を開いた。

「ドブスはわたしたちにからかわれて、叩いたり暴れたりするのをやめたわね」

「ええ、あたしも気づいたわ」クレオは得意げな顔で屋敷を振り返った。「あの女は恐れや嘆きを糧にしてる。ゆうべ、あなたはそう言ってた」

「すべてを阻止することはできないけれど、わたしたちはここぞというときに〝くそくらえ〟って反撃することはできる」

「同感よ。それに、あたしたちは数週間後に例のパーティーを開いて〝イベント〟を行う。そろそろ細かい計画を立て始めないとね」

「ええ、そうしましょう」

「屋敷が招待客であふれ返ったら、ドブスは逆上するでしょうね。幸せな人たちであふれ返ったら」

「きっとそうなるわ。あなたのご両親を招待しないとね。あなたのおばあちゃんや、わたしの母も来てくれることを願うわ。可能なら父方と母方の祖父母にも来てほしい。サマーおばさんやマーティンおじさんにも」

「全員参加できるだけのスペースはあるわ」クレオが立ちどまり、屋敷を振り返った。

「あの家はあたしたちがやってるようなことをするために建てられたのよ、ソニア」

「わたしたちがやっていること？」

「生きて、働いて、計画を立てること。そして、あなたの場合」クレオは言い足した。

「最高のセックスをすること」

「たしかに最高のセックスだわ」

「あなたの友人として拍手を送るわ。でも、ドブスはそんなことはこれっぽっちも望んでいない。あの魔女はみんなが悲しみ、怯えるのを見たいだけなのよ」

「だったら、ドブスが望まないことを大いにやりましょう。そして、わたしは失われた花嫁たちの指輪を見つけるわ、クレオ。いまはどうすればいいかわからないけど、見つけてみせる。それまでは、生きて、働いて、あれこれ計画を立てましょう」

ソニアはリスを追いかけるヨーダを眺めた。

「あなたはセクシーな猫を飼うんでしょう」

「ええ、近いうちに探そうと思ってる」

「今夜はごちそうをふるまうから、あの豪華絢爛《ごうかけんらん》なダイニングルームを使いましょう」

「そうこなくっちゃ！　パイが焼けたら、あたしたちもダイニングテーブルもとびきりおめかししないとね」

「あなたはいつだってとびきりきれいじゃない。癪《しゃく》にさわるほどにね」

「でも、あたしのことが大好きなんでしょう」

「ええ、そうよ。さあ、あなたのパイを見に行きましょう。そのあと、わたしのビールブレッドを焼くわ」

クレオがにっこりした。「モリーがもうキッチンの洗い物を片づけてくれたころだと思ったんでしょう」

ソニアはばつが悪い顔さえしなかった。「そんなにあからさまだった?」

「みんな望みどおりになっているようね」

こんな日があってもいいはずだと、ソニアは思った。いい仕事をして、早めに仕事を切りあげる日や、あれこれ家事をしながら一緒に過ごす日が。

パイや肉料理のにおいに包まれたキッチンで——もうきれいに掃除されたキッチンで——ふたりはカウンターの椅子に座り、〝イベント〟と呼んでいるパーティーの詳細を詰めた。話しあった結果、六月の第二土曜日に行うことに決めた。

「カジュアルなオープンハウス形式にしましょう」ソニアは言った。「でも、フォーマルな招待状に一票を投じるわ」

「満場一致で決定よ。優雅なデザインにして、屋敷のイラストを加えてもいいわね」

「わたしも同じことを考えていたわ。ちょっとスケッチブックを取ってくる」

パイとパンをケーキクーラーで冷ましながら、思いきって鍋を一回のぞき見したころには、カリステモンが咲き乱れる春の屋敷のイラストが完成していた。

〈ソニア・マクタヴィッシュとクレオパトラ・ファバレーが屋敷《ザ・マナー》で開く
料理と飲み物と交流の宴にどうぞお越しください。
開催日時：六月八日（土）午後四時〜〉

「気に入ったわ」クレオが言った。「シンプルで歓迎の気持ちが伝わってくる」

「シンプルすぎない？」

「そんなことないわ」

「よかった。出欠席の確認もしないとね」ソニアは文言を考えた。「〝出欠席のご返信をお願いいたします〟人数を把握するために、期限は五月十二日にしましょう。招待客のリスト作成は、トレイのお母さんに手伝ってもらうわ」

「メニューはブリーに相談しましょう。〈ロブスター・ケージ〉の料理長とは太いパイプでつながってるから」

「それに、彼女はわたしたちを気に入ってくれているしね。給仕やバーテンダーの手配にも力を貸してもらいましょう。料理は村のいくつかのレストランに注文するわ」

「倉庫からテーブルや椅子を引っ張りださないと」クレオが指摘した。「それか、レンタルね」

「ガラスの食器や皿や、テーブルクロスも必要よ。これまで数えきれないほどイベントの招待状をデザインしたし、ケータリング業者やレストランやバーのウェブサイト制作を手がけてきたけど、お互いこんなイベントを企画して開催するのは初めてよね」

「びびってる？」

ソニアは肩をすくめた。「ええ、少し」

「あたしもよ。でも、だからこそ楽しいんじゃない」

「楽しいって感じるポイントが、あなたとはまったく違うときがあるわ」

タブレットからビースティ・ボーイズの曲が流れると、ソニアは噴きださずにはいられなかった。

「はいはい。パーティーを行う権利のために戦うわ」

「あと音楽のことなんだけど、トレイとオーウェンからロック・ハードに演奏を頼めないかしら？」

「きいてみないとわからないわ。それもやることリストに加えるわね」ソニアはメモを取った。「わたしがまずやるべきことは、招待状の作成ね」

「作ってくれたら発送するわ。あなたがトレイのお母さんと招待客リストを作ったら、あたしがブリーと話す」

「いい役割分担ね」ソニアはクレオと水のグラスを触れあわせた。「地下に折りたたみ式のテーブルがあるわ。もう二度と足を踏み入れたくない恐ろしい地下室じゃないほうにね。そのテーブルをトレイとオーウェンに運びだしてもらって、きれいにする案に一票を投じるわ」

「それも満場一致で決定よ。あとは花。ちょっと植えたほうがいいと思うわ、ソニア。ふたりでガーデニングを学びましょう。屋外のテーブルにも、屋内のテーブルにも花を飾りたいし」

「つまり、ガーデニングショップと花屋に行くってことね。これはふたりで取り組まないと。飾りつけや見栄えに関しては心配していないわ。お互い得意分野だから。どっちみち花は植えたかったの。園芸用品の小屋にあった鉢植えに」

「あたしはハーブを植えたいわ」

「そうなの？」

クレオはきっぱりとうなずいた。「屋敷の料理担当になるなら、ちゃんと作りたいから」

「じゃあ、その手のことはあなたにまかせるわ。完全に一任する」

「ええ、まかせて。さあ、おめかしして、戻ってきたらテーブルセッティングをするわよ」

「ゆうべ起きたようなことは」ソニアはスケッチブックとメモとタブレットをかき集めた。「また必ず起こるわ。お互いわかっているとおりね。それでも、わたしたちはここにとどまって料理を作り、パイまで焼いた。さらに、屋敷でパーティーを開く計画も立ててる」

「〝イベント〟よ」クレオが言い直すと、ソニアは微笑み、そろってキッチンをあとにした。

「ええ、〝イベント〟ね。そんなことをするなんてどうかしてると思うときもあるわ。でも、そうじゃない。わたしたちはやるべきことをしているのよ」

「生きて、働いて、計画を立てる」クレオが繰り返した。

「ええ、そのすべてをしているの。それに、この家では悪い出来事よりいい出来事のほうがはるかにたくさん起きているわ。二百年ものあいだ、人々がここで暮らし、働き、あれこれ計画を立てれば、悪い出来事だって多少はあったでしょう。でも一番の悪は、あの……彼女を人と呼びたくないわ」

「〝存在〟とか」

「存在ね。あんな存在のせいで、悲劇に見舞われた人々がいるにもかかわらず、クローバーは音楽を流し、モリーはベッドメイキングをして、ジャックはヨーダと遊んでくれる」

一緒に図書室に入ると、ソニアはデスクにメモとスケッチブックを置いた。「それに、彼らだけじゃない」

「ええ、ほかにも大勢いる。常に彼らの気配を感じるわ」

「どうしてみんなとどまっているのかしら？　七人の花嫁や、彼女たちの死を悼む人々は、呪いのせいでとどまっているのかもしれない。でもほかの人たちは？」

「わからない」

ソニアは図書室を見まわし、花が咲く何年も前にクレオからもらった窓辺のセントポーリアに目を向けた。

「それは、ここが彼らの居場所だからじゃないかしら。きっとわたしと同じ理由でとどまっているのよ――あなたもいまはわかるでしょう。ここが自分の家だと」

「そんなこと考えもしなかった」図書室をあとにして廊下を進みながら、クレオが言った。「でも、しっくり来るわ。ここはいい家よ、ソニア、ドブスが取り憑いていても、本当にいい家だわ」

「ここはわたしたちの家でもあるし、みんなの家でもある。あなたならそう言うだろうと、一年前は思ったかもしれない。でも、まさか自分が本気でそんなことを口にするなんて、われながらびっくりよ」

「だから彼らはあなたと一緒にいるのよ、ソニア。あなたが本気でそう言ってくれるから。さあ、おめかししてきて」

ええ、そうしよう。三時間しか寝ていないのに、ほとんど疲れていないなんて不思議だと思いつつ、ソニアは自室へ向かった。

今夜は——料理と飲み物と親睦の会にしたい。

居間を通り抜けて寝室に入った。窓やテラスのガラス戸越しに夕日に照らされた海が見えた。

ベッドには、キャンセルしたハネムーンで着るはずだったドレスが広げられていた。試着して以来、一度も身につけていないドレスだ。

モリーが選んでくれたなら着てみよう。

ドレスをかかげ、鏡のほうを向いた。

ピンクの服はあまり着ないけれど、これは濃い薔薇色《ばらいろ》だ。このノースリーブのシンプルなドレスはロマンティックなディナーで着るつもりだった。花嫁として。

「とんだ過ちを犯すところだったわ。でも、このドレスを買ったのは正解ね。オーケー、モリー、いいドレスを選んでくれてありがとう」

ソニアは念入りにおめかしし、髪を整えながらため息をもらした。そろそろ思いきって地元の美容室に予約を入れよう。あまりにも長いこと放置してしまった。〈ライダー・スポーツ〉のプレゼンテーションのためにボストンへ行くまで、まだ何週間もある。もし新しい美容師のカットが悲惨でも、修正する猶予はあるわ。

「少しくらい見栄を張ったっていいわよね」ドレスのファスナーをあげながら、念押しした。「それにプレゼンテーションは見た目も大事だし」

クローバーは同意するように《魅力的よ《ルッキング・グッド》》を流した。

ソニアはにっこりして鏡に向き直った。「ええ、われながら悪くないと思うわ。さあ、クレオの支度ができたか見に行きましょう」

クレオはやや丈が短いセクシーなブルーのドレスをまとい、髪を手のこんだ編みこみにしている最中だった。

クレオは鏡のなかでソニアと目を合わせた。「あなたがそのドレスを買ったときのことは覚えてるわ。あたしが絶対買うべきだって言いくるめたのよね」

「そうだったわね。モリーがこれを選んでくれたの」

「あたしのドレスもよ。モリーのセンスは抜群だわ。それに、ゆうべはパジャマ姿で映画を二本観《み》てからベッドに直行し、そのあと奇妙な騒動に巻きこまれたから、ドレスアップするのはいい気分よ」

「明日、美容室の予約を入れることにしたわ。村の美容室に」

クレオは手をとめた。「本気なの？」

「ここで暮らすなら思いきって試してみないと。それに、万が一美容師が失敗しても、ボストンで大事なプレゼンテーションを行う前に修正するゆとりがあるわ」

「たしかに一理あるけど、担当の美容師を変えるのは大きな決断よ」

ソニアはまじめな顔でうなずいた。「でも、遠距離関係はうまくいかないわ」

「あなたの決断を支持するわ。だけどいろんな文化が入りまじってるあたしは、そこまで勇敢になれるかわからない。クレオール人にアジア人、それにジャマイカ人と英国人の血もちょっぴりまじってるから。でも、あなたはいわゆる白人女性の髪質よね」

「ええ。リスクを冒してみるわ。さてと、準備はいい？」

ヨーダははしゃぎながらふたりとともに階段をおり、玄関扉の前で飛び跳ねた。

「外に出たいの？　用を足したら戻ってくるのよ」ソニアは愛犬のためにドアを開けた。「あなたのお友だちも来るんだから」

「あなたがかわいいヨーダを譲渡してもらった人に連絡しようと思ってるわ。セクシーな猫を見つけるために」

「ルーシー・キャボットは最高よ。彼女は保護猫活動もしているの。あとで連絡先を送るわね。彼女にもあなたのことを知らせるわ」

ソニアはコリン・プールが〈静寂の場〉と呼んでいた場所で立ちどまった。満月のような文字盤の古い柱時計は、三時を指したまま沈黙している。どこに針を動かしても、必ず三時に戻ってしまうのだ。

「ゆうべは時計が鳴った覚えがないわ。でも、きっと鳴ったはず。必ずしも毎回気づくわけじゃないけど、ゆうべは起きて舞踏室に向かっていたんだから耳にしたはずよ。時計の音が聞こえるときは——ちゃんとその音を認識しているときは——鏡の引力を感じないの」

「今度鏡に引き寄せられたら、まずあたしを呼びに来て」

「必ずそうするわ。ところで、ホームオフィスを用意することは考えた？　アトリエとは別に」

「そうね。アトリエですっかり満足しちゃってたけど、ビジネス用に別の部屋を用意するべきよね」

「わたしはもっとこの家を活用したいの。本当の意味で。だから——」

広いキッチンに足を踏み入れたとたん、ソニアは言葉を切った。

ケーキクーラーに置いておいたパイとパンは粗熱《あらねつ》が取れ、すばらしいにおいが漂っている。

そして、アイランドカウンターには大皿が置かれていた。

「なんてすてき。美しい大皿だわ！　古めかしくて特別なものみたい」

「ええ」ソニアはつぶやいた。「これはリスベスの大皿よ。わたしも以前使ったことがあるわ。結婚祝いのプレゼントだったの」

ソニアは大皿を手に取ると、クレオが皿の裏の文字を読みとれるように裏返した。

「でも、リスベスはこれを一度も使う機会がなかった。だから悲しんでるのね。ソニア、この大皿をどこかにしまいっぱなしにするんじゃなく、こうして使うことは、彼女を思いだす行為でもあるわ」

「わたしはリスベスを見たの、舞踏室の反対側にいた彼女を。ほんのつかの間だったけど。舞踏室は大勢の人で埋めつくされていた。彼女はまだとても若くて本当に幸せそうだったわ、クレオ。文字どおり、光り輝いていた」

ソニアは大皿を置いた。

「あなたの言うとおり、これはしまいっぱなしにするべきじゃないわね」

ふたりはテーブルセッティングをしてキャンドルを置き、すてきなワイングラスを並べた。四月の夜はまだ肌寒いので、キッチンやダイニングルームの暖炉に火をおこした。

「雰囲気を盛りあげるために、音楽を流さない？」クレオが言った。

クローバーはそれにこたえるように《あなたともつれあって《タングルド・アップ・イン・ユー》》を流した。

「ちょっとあからさまかも。でも、気に入ったわ。ワインを一杯どう?」

「先に始めてて。わたしはポットローストをオーブンから出して、グレイビーソースを作るから」

「だったらエプロンをつけて。わたしはあなたが作るのを見守ることにする」

ソニアがオーブンから鍋を取りだして蓋を開けると、ヨーダはずんぐりした後ろ足で立って前足を振った。

「それはジャックに教わった芸ね。ええ、あなたにも味見させてあげる」

「あたしもひと口味見したいわ」クレオがグラスにワインを注いだ。「一日中オーブンに入れたまま、こんなにいいにおいを漂わせていたんだもの。でもパイのほうが作るのは大変だと思うわ」

「わたしが山ほど野菜の皮をむいて、生ごみ処理機《コンポスト》に皮を入れたのを忘れているでしょう」

「コンポストのなかには林檎の皮も入ってるわ。ああ、なんておいしそうなの」クレオがつぶやくなか、ソニアは大皿の真ん中にロースト肉を置き、野菜をまわりに並べ始めた。「あなたはポットローストの天才料理人よ」

「念のため味見してみましょう」ソニアは少しだけ肉をスライスして三つにカットし

た。クレオにひと切れ渡し、もうひと切れをヨーダに放り、残ったひと切れを自ら試食した。「あなたの言うとおりね。いまやわたしは正式にポットローストの天才料理人となったわ」

「こんな絶品料理のあとじゃ、あたしのパイを食べるゆとりはなさそうね」

「男性たちは」ソニアは保温用オーブンに大皿を入れた。「パイは別腹でしょう」

クレオは片脚に重心をのせてワインを飲みながら、ソニアがグレイビーソースをかきまぜるのを見守った。

「恐れ入ったわ。さあ、しばらくあたしがかきまぜてるから、ワイン休憩してちょうだい」

ふたりは持ち場を交換した。

ヨーダがうれしそうに吠えながらあわてて立ちあがり、家の正面へと駆けだした。ドアベルが鳴ると、クローバーが曲を変え、ブラック・アイド・ピーズが〝今夜はいい夜になる〟と歌いだした。

「同感よ」ソニアは手を伸ばして保温用オーブンの電源を切った。「さあ、みんなを迎え入れてディナーを始めましょう」

3

ソニアが玄関扉を開けると、ムーキーが駆けこみ、ジョーンズが堂々と入ってきた。

三階のドアが銃声のような音をとどろかせて閉まった。

「誰かさんはおれたちが来てうれしくなさそうだな」オーウェンはワインボトルをさしだした。「トレイが花担当で、おれはワイン担当だ」

「どちらもうれしいわ」ソニアは白いチューリップの花束を受けとってトレイにキスをしたあと、オーウェンにもキスをした。

「ゆうべはキスしてくれたよな」クレオが無言で扉を閉めると、オーウェンは思いださせるように言った。

「あれはそういう状況だったからよ」

「さあ、奥へどうぞ。ところで依頼人の具合はどう？　入院した女性の具合は？」

「彼女なら大丈夫だ。ずいぶんよくなったよ。あと一日か二日したら退院だ。ぼくは今日はあまり時間を割けなかったが、オーウェンが付き添ってくれた」

「あなたも面会に行ったの？」ソニアがきいた。

「彼女の元夫はおれの、いや、わが社の元社員なんだ。彼女なら大丈夫だ。こっぴどく殴られたようだが、もう大丈夫だろう。トレイが単独親権を獲得して、他州に移住する許可がおりるよう手配してくれると信じていたよ。そうなれば、彼女は子どもたちとともに実家へ戻れる」

「ああ、それはまかせてくれ。ところで、このにおいは覚えているぞ」トレイが言った。「しかも最初のときと同じくらいいいにおいだ」

「今回はほかにも特別メニューがあるの。ビールブレッドとアップルパイよ」

「きみがパイを焼いたのか？」

クレオはオーウェンに向かって微笑み、ふたつのグラスにさらにワインを注いだ。

「作り方を学んだのよ」

「おいしそうだ。それに、きれいだよ」トレイは言い足した。「ふたりとも」

「今日はいい一日だったの」

「きみたちは本当におれの靴を焼いたのか？」

「ええ」クレオが答えた。「屋敷の裏の森のそばに石を円状に並べて塩を用意して、靴にライター用のオイルを振りかけて火のついたマッチを放ったら、一瞬で燃えあがったわ」

「不気味だったわ」ソニアはオーウェンに言った。「でも、効果的だった」骨ガムを三つ取りだした。「さあ、あなたたちワンちゃんはこれをくわえて、お行儀よくしていてね。わたしたち人間はこれからディナーだから」

「この子たち、猫のことをどう思っているのかしら？」クレオがきいた。

トレイは大きなラブラドール・レトリバーのミックス犬が骨ガムをくわえて走り去るのを見送った。「ムーキーは猫が嫌いじゃないよ」

「ジョーンズの場合は、猫によるな」オーウェンが答えた。

「気に入った猫を見つけたら飼うつもりなの。グレイビーソースはあたしにまかせて、ソニア。あなたはそこのたくましい大男たちのどちらかに、大皿をダイニングテーブルまで運んでもらって。今夜はフォーマル・ディナーよ」

「そうみたいだね。大皿はぼくが運ぶよ」トレイが言った。「前回もやったから」

トレイが保温用オーブンから大皿を取りだすと、オーウェンは目をみはった。

「こいつはすごい。なんて立派なポットロースト・ディナーだ」

「ポットローストの天才料理人のわたしが作ったんだから、当然よ」ソニアはパンとカッティングボードを手に取った。

「手伝おうか？」オーウェンがクレオにきいた。

「大丈夫よ。ソースをグレイビーボートによそうだけだから。あなたはワインボトルを持っていって」

ソニアはダイニングテーブルで四人の皿に料理を盛りつけてから、席に座った。

「ふたりのシェフに感謝するよ」トレイが言った。

「まだ味を確かめてない」オーウェンがポットローストを味見した。「オーケー、味は確認した。心から賞賛するよ。トレイ、これはおまえの母親のポットローストを上まわる出来だ」

「母も知ってるよ。本当にありがとう。ずいぶん手間がかかっただろう。大変だったはずだ」

「どういたしまして。手間といえば、クレオとわたしはイベントの日程を決めたわ。オープンハウスは六月の第二土曜日にするつもりよ」

「屋敷で盛大なパーティーを開くの」複数のドアが叩きつけられるように閉まる音を聞き、クレオはにっこりして天井を見上げた。「ドブスは気に入らないみたい。おかげでますますやる気になったわ」

「そうやってドブスを挑発するつもりか？」オーウェンがきいた。「パーティーを開くことで」

「それは、ちょっとしたうれしいおまけよ」クレオはフォークでニンジンを突き刺した。「あたしたちはただこの家に大勢の人を招いて、料理や飲み物をふるまい、音楽を楽しみたいだけ」

「ここはそういう集まりに、まさにうってつけの場所だもの」ソニアが言い足した。

「ここで最後にちゃんとしたイベントが行われたのはいつ？」

「ぼくは幼すぎてほとんど記憶がないが、コリンとジョアンナの結婚式だろう。ただ、あれは幸せな結末じゃなかった」トレイが言った。

「今回はドブスが殺害をもくろむべき花嫁はいないわ。それに、わたしたちがここでどう暮らそうと文句は言わせない」

照明が消え、ついたり消えたりを繰り返した。ソニアはワイングラスを手に取った。キッチンのｉＰａｄからシーローの《くそったれ《ファック・ユー》》が大音量で流れだしたとたん、噴きだした。

「まさにそのとおりね」ソニアはワイングラスを傾けた。

「ドブスを挑発したいんだな」

「挑発したくなることがときどきあるわ」ソニアはトレイと目を合わせ、心配そうなまなざしに気づいた。「ドブスは二百年にもわたって、わたしの祖先の女性たちに死をもたらした。だから、ときどき仕返ししたくなるの。でもそれがパーティーを開く理由じゃない。わたしたちはこれからもここで、この家で、この地元で暮らすつもりよ。つまり地元の一員となる。だからパーティーを開くことにしたの」

「別に、トレイは思いとどまらせようとしているわけじゃない」オーウェンはさらに肉を切り分けた。「こいつは事実や仮説や動機をすべて羅列せずにはいられないんだ。生まれながらの弁護士だから」フォークでジャガイモを突き刺した。「もしトレイが思いとどまらせようとしたら、きみは言いくるめられたことにも気づかずに考え直すだろう」

ソニアはうなずいた。「トレイにそういう面があることは気づいていたわ。彼に言いくるめられて思いとどまったのに、こっちはもともとそうするつもりだったと思いこんじゃうのよね」

「ああ、そうだ」

「ええ、知ってるわ。それに」ソニアはトレイを振り返った。「彼のそういうところも好きなの」

「そいつはけっこうだ。ところで、どうやってこのすべてを同時に用意できたんだい？」

「さっぱりわからないわ」ソニアは答えた。「パーティーの件に話を戻すけれど、クレオとわたしはイベントの料理を村のレストランに注文しようと思っているの。それと、給仕やバーテンダーの手配はブリーにアドバイスをあおぐ予定よ」

「それはいいアイデアだ」トレイはパンをひと切れ取った。「大勢来るだろうから」

「ああ、それは間違いない」オーウェンも同意した。

「プール家の人たちも?」ソニアがきいた。

「きっと地元にいる親族は来るはずだ。みんな望んだものを手にしているから、誰もきみが屋敷を相続したことに文句は言わないよ、ソニア」

「コリンを知る人は、みんな彼を好きだった」トレイが口をはさんだ。「コリンと面識がない人も好奇心に駆られて来るだろう。それと、きみたちふたりが村で知りあった人たちも」

「あたしはプールズ・ベイが好きよ」クレオが言った。「あなたがヨットを作ってくれたら、それに乗って湾から村を眺めたいわ」

「もうオーウェンは設計図を描いたよ」

「そうなの?」クレオはグラス越しに微笑んだ。「見てみたいわ」

「おれはきみに絵をせっついたりしたか?」

「しないけど」クレオは指摘した。「制作中の絵は見たじゃない」

「偶然、目にしただけだろ。おれは設計図のお披露目《ひろめ》はしない」

「ところでヨーダの犬小屋はどうなっているの?」オーウェンからいらだたしげな目を向けられ、ソニアは撤回するように手を振った。「やっぱりいいわ、あとできくから。話が脱線したわね。〝イベント〟のことだけど、マニーのバンドに演奏を頼めないかしら？」

「バンドを雇いたいのかい？」

トレイが思案する一方、オーウェンはパンをつかんだ。「名案だ。てっきりきみたちはフォーマルなしゃれたパーティーをするんだと思っていたよ。ハープかなんかの生演奏が流れるなか、みんなかしこまって突っ立ってるようなパーティーだと」

「ハープ奏者を雇って正面の応接間で演奏してもらってもいいわね」

オーウェンはクレオを指さした。「台無しにしないでくれ。ロック・ハードを呼びたいんだろ？　きっと彼らはオファーに飛びつくはずだ」

「ああ、きっと飛びつく」トレイも同意した。「ただ、招待客が屋敷中をうろつくのを覚悟しておいたほうがいい」

「だからオープンハウスって言うんでしょう。でも、天候に恵まれるように願っているわ」ソニアが言い足した。「外にもテーブルを並べるつもりなの。倉庫に折りたたみ式のテーブルがいくつかあるから」

「聞いたか、トレイ？」オーウェンは耳を澄ますように頭を傾けた。「どうやらおれたちは、テーブルを倉庫から運びだす役に選出されたようだぞ」

「それに椅子も」クレオが言い足した。「ソニア、イルミネーションライトも吊《つる》したほうがいいわ」

「そうね、みんなイルミネーションライトが大好きだものね」

「いや、そうじゃないやつもいるぞ」オーウェンが口をはさんだ。「ライトを吊して片づけるやつは、そう思わない」

「そのまま吊しっぱなしにしてもいいんじゃない。クレオ、どう思う？」

「名案ね。あの魔女みたいなカリステモンに巻きつけて、アパートメントの上のデッキ周辺もライトアップしましょう」

「そこでバンドに演奏してもらいたいの。いいイベントになりそうだわ、トレイ」ソニアは手を伸ばして、彼の手をつかんだ。「前向きないいイベントに」

「ああ、前向きないいイベントだ。それに、地元との関係を深める意味でも前向きでいいイベントだ」

「それもうれしいボーナスよ。女性だって生計を立てないといけないから」

「〈ライダー・スポーツ〉の企画書はどうなっているんだい？」

「今日は少し進んだわ。そのあとは〈ジジ・オブ・ジジ〉のウェブサイトの修正に取り組んだの」

「大通りから脇にそれた、ベイ通りにある女の子向けの店だろう？」オーウェンが手を伸ばし、すべての料理をお代わりした。

「女の子向け？」

彼は肩をすくめた。「女の子が着る服や、女の子が好きなにおいのきつい商品を扱ってるじゃないか。だから、女の子向けの店だ。クラリスも――いとこも――あの手のにおいがきつい商品を好んでる」

「メモしてちょうだい」ソニアがクレオに言った。「イベント用に〈ジジ〉の女の子向けのにおいがきつい商品を調達して、トイレに置くと」

「賛成」

「さてと」ソニアはトレイにワインのお代わりを注いでもらいながら微笑んだ。グラスをかかげて、オーウェンに向き直った。「それで……犬小屋のことだけど」

満腹になるまで食べたころには、ソニアは二本目のワインを注ぎ終えていた。「グラスを持って、ワンちゃんたちと一緒に外を散歩してから、パイを食べに戻ってこない？　残り物は容器に詰めて、あなたたちふたりに持って帰ってもらうわ」

「それはうれしい限りだ。絶品だったよ」オーウェンはそうつけ加えた。「ごちそうさま」

「ジャケットを着たほうがいい。四月の夜は冷えるからね」トレイは立ちあがりながら、ソニアのむきだしの腕をさすった。「ふたりとも」

ｉＰａｄから流れだした音楽に、ソニアは眉根を寄せた。「この曲は知らないわ」

「《四月の欠片《ピーシス・オブ・エイプリル》》だ」オーウェンがこたえた。「スリー・ドッグ・ナイトの」

「オーウェンは音楽に詳しいんだ」トレイが言った。

「そうみたいね。ワンちゃんたちだけど、屋敷の正面から外に出して、途中でジャケットを取ってきましょう」

三匹はそろって立ちあがると、伸びをして玄関へと駆けだした。

「戻ってきたら、ぼくたちが皿洗いをするよ。ごちそうしてもらったんだから、それが公平だ」

「わたしはかまわないけど」ソニアは歩きながら、トレイを見上げた。「モリーが認めるかはわからないわ」

「目に見えないハウスキーパーか。便利だな」オーウェンが言った。「おれにもそういうハウスキーパーがいたらありがたい」

「モリーはもう家族よ」

ソニアは音楽室の外で足をとめた。その部屋にはアトリエで見つけた二枚の肖像画が飾られている。クローバーとジョアンナの――六番目と七番目の花嫁の――肖像画だ。

「彼女たちも」

一同はこぢんまりとした居間で立ちどまり、ジャケットをつかむと、満天の星空の下に踏みだした。涼しいと言うには肌寒い気温だった。

「今夜は霜がおりそうだな」オーウェンが予測した。

「ふたりとも寒くないの？」

トレイはソニアの手を取った。「ぼくたちはメイン州の出だから、爽やかに感じるくらいだよ」

「なんて澄んだ夜空なの」クレオは髪を振り払い、見上げた。「ボストンじゃ、こんな星空は絶対に見られない」

「ラファイエットだったら？」オーウェンがきいた。

「無理ね、バイユーにでも行かない限り」

「ラファイエットに戻ろうと考えたことは？」

「もちろんまた訪れたいわ。でも、あそこで暮らしたいとは思わない」クレオはかぶりを振った。「もう自分の居場所を見つけたから。あたしはこの家が大好きなの」屋敷に向き直った。「ドブスは何もかも台無しにして、あたしたちを追いだしたがってる。でも、彼女は誰を敵にまわしてるかわかってないのよ」

クレオが話しているあいだに、〈黄金の間〉の窓が音をたてて開いた。きらめく星空の下、何かが飛びだした。何か大きくて俊敏なものが、人間とは思えない甲高い鳴き声をあげた。

オーウェンがクレオを背後に押しやり、トレイもソニアの前に移動した。

一拍か二拍しか間を置かずに、三匹の犬がそろって激しく吠え始めた。ジョーンズは飛んできたものを攻撃するように飛びかかった。

次の瞬間、硫黄のにおいとともにそれは消え失《う》せた。

「ドブスは以前にも同じことをしたわ」ソニアは必死に平静を保ちつつ、ヨーダを抱きあげてなだめた。「あのときも失敗したけど」

「だが、派手なショーだった」オーウェンはポケットに片手を突っこむと、犬のおやつを三つ取りだし、三匹に放った。「ジョーンズは引きさがらなかった」

「いつも犬のおやつを持ち歩いてるの？」クレオが尋ねた。

「きみは持ってないのか？」

クレオは噴きだした。「あたしも持ち歩くことにするわ。これで今夜のショーはおしまいかしらね」

ソニアはヨーダの鼻にキスをして地面におろした。「パイを食べに行きましょう」

トレイは彼女の手を取り、その手にキスをした。「たしかに、ドブスは誰を敵にまわしてるかわかっていないな。トラックにバッグがあるから今夜は泊まるよ」

「そう言ってくれるのを期待していたわ」

「おれも車に着替えがある」オーウェンが言った。「よかったら泊めてもらえないか？」

「わたしたちのためにドブスを見張るつもり、オーウェン？」

「ワインを飲みすぎて運転を控えたほうがいいと思っただけかもしれないぞ」

「ジョーンズは運転免許を持ってないでしょうしね」

「こいつは免停をくらったんだ。スピードの出しすぎで」

クレオはアイパッチをした猛々《たけだけ》しいジョーンズを見下ろした。「本気で信じちゃいそうだわ」

四人が屋敷に戻ると、キッチンもダイニングルームもきれいに片づいていただけでなく、残り物が三つの容器に詰められていた。

「ありがとう、モリー。それじゃあ、初挑戦したパイをふるまうわね。コーヒーを飲みたい人は？」

「コーヒーはぼくがいれるよ」トレイがコーヒーマシンに近づくと、ｉＰａｄから新しい曲が流れだした。

「ジョニー・キャッシュの曲だ」オーウェンが三人に説明した。「《カップ・オブ・コーヒー》だね」

「あなたとクローバーはすごく気が合いそうね」ソニアは言った。

「トレイからもそう言われたよ――ずいぶん昔に。それに彼女の写真を見たことがあるが、セクシーな美女だった。セクシーな美女とはいくらでも親しくなりたい」

音楽がアヴリル・ラヴィーンの《ホット》に切り替わると、オーウェンはにやりとした。

「きみもホットだよ、ゴージャス」

「ねえ、彼女はわたしのおばあちゃんなのよ。つまりあなたの親族でもある」

「だとしても、セクシーな美女には変わりない。しかも音楽の好みが最高だ」

「どうぞ、パイを召しあがれ」クレオはパイがのった四枚の皿をカジュアルなダイニングテーブルに置いた。

「それにコーヒーも」トレイがマグカップを持ってきた。

「忘れないで、あたしがアップルパイを焼くのはこれが初めてだってことを」

オーウェンは大きくカットしたパイを頬ばった。「初めてにしては上出来だ」

たしかに上出来だし、最高の一日の締めくくりだと、ソニアは思った——正確にはゆうべから続く長い一日の締めくくりかしら。いまになってその疲れが一気に襲ってきた。

「こんなに早くお開きにするのは申し訳ないんだけど、もうそろそろ電池が切れそうなの」

「あたしもよ」クレオが言った。

「オーウェン、あなたはどの部屋に泊まる？」

「前回泊まった部屋にするよ。明日は朝早く出かけて顔を合わせないかもしれないから、もう一度お礼を言わせてくれ」

ソニアは男性ふたりが交わした視線に気づき、ため息をもらした。

「今夜は鏡のことなんか考えないで、もう寝るわ」

「四人ともぐっすり眠ったほうがいいわ」クレオはパイの残りをラップで覆った。

「明日の午前十時以降に残ってる人がいたら、また会いましょう」

一同は犬たちを従えて階段をのぼり、それぞれの部屋に向かった。

ソニアは寝室に入ると、また吐息をもらした。「ゆうべあんなことがあったあとで、今夜こんなふうに過ごせて本当によかった」

「疲れただろう」トレイは手をあげて、彼女の頰に触れた。

「いまになって疲労が襲ってきたわ。できれば、今夜はわたしが起きあがって歩きまわらないようにとめてもらえる？」

「心配しなくても、きみが今夜歩きまわることはない」

トレイを信頼して寝る支度をし、ソニアは彼の隣で身を丸めた。

「あなたがここにいてくれて本当にうれしいわ」

「ほかにいたい場所なんかないよ」

トレイはソニアがほんの数分で眠りに落ちるのを感じ、そのまま横たわりながら屋敷の音に耳を澄ました。屋敷が眠りにつく音や、岩場に寄せては返す波音に。つぶやきやささやくような声は風にかき消された。トレイとソニアの愛犬たちはおとなしく眠り、やがて彼も眠りに落ちた。

だが時計が三回鳴ると、トレイは目を覚ました。ソニアはトレイに身を寄せながら身じろぎし、寝言をつぶやいたが、またおとなしく寝息をたて始めた。

彼女が眠っているあいだ、ピアノの音や悲痛なすすり泣き、ドアのきしむ音、窓がガタガタ震える音を耳にした。

波音にまじって外から叫び声か泣き声が聞こえた。静かにベッドを抜けだしてガラス戸に歩み寄ると、そっとテラスへ出た。

黒ずくめの人影が防潮堤に立っていた。風は感じなかったが、女の黒髪は風にあおられていた。

女が両手をかかげた先には、トレイたちが犬を散歩させたときと違って満月が浮かんでいる。

女が黒いドレスをはためかせながら身を投げるのを見て、彼はショックを受けた。

次の瞬間、風はやみ、夜空には三日月が浮かんでいた。

部屋に戻ってガラス戸を閉じ、またベッドにもぐりこむと、屋敷はふたたび静寂に包まれた。

目覚めたとき、ソニアはひとりだった。トレイも犬たちも見当たらなかった。残念だわと思いつつ、身を起こす。熟睡したおかげですっかり疲れが消えたので、朝のセックスをちょっぴり楽しめたらよかったのに。

時刻は七時になったばかりだった。そして、ソニアは自称朝型だ。しばらく窓辺にたたずみ、黄金色の太陽とブルーの海を眺めた。白と赤のペンキが塗られた漁船が朝の漁に出かけ、カモメたちも獲物を狙って羽ばたいている。

「昨日の朝よりはるかに爽快だし、気分もいいわ」

携帯電話をつかみ、パジャマのポケットに突っこんだ。

廊下に出て、クレオの寝室とオーウェンが使った部屋を通り過ぎた――クレオの部屋のドアは閉まっていたが、彼の部屋のドアは開け放たれ、ベッドメイキングがすんでいた。

いつかこれを当たり前だと思う日が来るのかしら――さまざまな部屋や、その美しい造りや歴史、これが自分のものだという感覚を。

きっとそんな日は来ない。そう結論づけ、大階段をおり始めた。

キッチンに入ると、トレイとオーウェンがパイとコーヒーを口に運びながら小声で語りあっていた。

彼女が現れたとたん、会話が途絶えた。

「おはよう」彼女は挨拶してコーヒーマシンに直行した。

「ああ、おはよう」トレイが返事をした。「犬たちは朝食を食べて、カロリーを消費するために裏庭を駆けまわっているよ」

「ふうん。それで、あなたたちは朝食にパイを食べてるのね」

「ちょうどここにあったんだ」オーウェンが指摘した。「おれに言わせれば、デニッシュやターンオーバー（ジャムなどを詰めた二つ折りのパイ）となんら変わらない」

ソニアはコーヒーを片手に振り向き、カウンターにもたれると、ふたりをしげしげと眺めた。ふたりともとびきりのイケメンだ。長年の友人同士で、そのつきあいはソニアとクレオより長い。親友は言葉を交わさずとも意思の疎通ができるのだろう。

きっといまもそうだ。

彼女の携帯電話から、突然レディ・ガガの《ポーカー・フェイス》が流れだした。

「そうね。わたしもよくポーカーをするけど……。いったいなんの話をしてたのか、さっさと打ち明けたほうがいいわよ。どうせ直接的か間接的にわたしにかかわることなんでしょう」

「おまえにまかせるよ」オーウェンは立ちあがり、残り物が入った容器を冷蔵庫からひとつ取りだした。「おれはもう行かないと」足元にあったバッグをつかみ、裏口へ向かった。

「オーウェン?」

ソニアが呼びかけると、オーウェンは立ちどまり、近づいてくる彼女に向き直った。両腕で抱きしめられた彼は、ぎこちない手つきで彼女の背中をぽんと叩いた。オーウェンがソニアの頭越しにトレイを見たのが気配でわかった。

「泊まってくれてありがとう」ソニアは彼を放した。

「お安いご用さ。じゃあ、また」

オーウェンが裏口から出て、ジョーンズを口笛で呼び寄せると、ソニアはトレイに向き直った。

「隠し事をされるのは気に入らないわ」

「そんなことはしていないし、今後もしない。きみが起きてきたら伝えるつもりだった。その前に出なければならない場合は電話するつもりだった」

真実かどうかは聞けばわかるので、彼女はうなずいた。「オーケー。じゃあ、話して。わたしはゆうべ夢遊病になったの?」

「いや。午前三時にいつものショーが始まると、きみは寝言をつぶやいた。ぼくには聞きとれなかったけど。ただ、いつものショーのほかに外から物音がしたんだ」

「屋敷の外から？」

「ああ。だから起きて確かめに行った」彼はいったん言葉を切り、コーヒーを飲んだ。

「そうしたら彼女が、ドブスが見えた。防潮堤に立っていたよ――夜空には満月が浮かび、突風が吹き荒れていた」

「ゆうべは満月じゃなかったわ」

「そのとおり。きっとドブスが防潮堤から身を投げた晩は満月だったんだろう。ゆうべ、ぼくがその一部始終を目撃したときのように」

「あなたは――彼女が身を投げたところを目撃したの？」とっさにソニアは心臓を押さえた。「彼女の飛びおり自殺を目の当たりにしたのね」

「ああ。ドブスは防潮堤に立って両腕をかかげ、そして……」彼は手のひらを裏返した。「午前三時をちょうどまわったところだった。彼女が飛びおりたとたん、すべてが静まり返った。風はやみ、月ももとに戻った」

不可思議なブルーの瞳と黒い輪に縁どられた虹彩《こうさい》が、じっと彼女を見つめた。「魔法の鏡を通り抜けて別の時代にタイムスリップしたわけじゃないが、あれは衝撃的だった」

「起こしてくれたらよかったのに」

「どうして？　もうすんだことだし、ぼくらは全員睡眠が必要だった」

ソニアは反論できなかった。トレイに歩み寄ると、コーヒーを置き、オーウェンにしたように彼を抱きしめた。

「ドブスはためらいもしなかったよ、ソニア。この屋敷に自ら命を絶ちに来て、それを実行した」

「だからいまもここに居座っているのね、ドブスの一部が」ソニアは身を離し、両手でトレイの顔を包みこんでキスをした。「奇妙なことこのうえないし、そんな場面を目撃しなければならなかったなんて、つらかったでしょうね」

「本能的にとめようとした。ドブスが過去に何をしていようと、彼女がなんであろうと、自殺をくいとめたかった。だが、とめる手立てはなかった」

「ドブスが自殺したのはコリン・プールを愛していたからじゃないわ。あれは愛なんかじゃない。だから鵜呑みにしないで。男性をめぐる嫉妬によるものでもないわ」

「ドブスは絞首刑になるはずだった。アストリッド・プールを殺害した罪で。刑は屋敷じゃなく村で執行される予定だった。だが、ドブスはどうしてもここで死にたかった。コリンの屋敷で、自分が選んだタイミングと手段で。ぼくは魔術や呪いに詳しくはないが、きっとそうする必要があったんだ」

「えっ」ソニアはショックのあまり思わず後ずさった。「あなたの言うとおりよ。完全に常軌を逸しているけど、それなら辻褄《つじつま》が合う。何キロも離れた場所で絞首刑にされたら、何世代にもわたってプール家の花嫁の命を奪えるわけがないもの。それに、花嫁たちの結婚指輪も奪えないはず――ドブスが呪いを保っていられるのは七つの指輪のおかげでもあるのよ、トレイ」

「きみが耳にした呪いだね――ドブスがアガサ・プールを殺したときに」

まぶたを閉じて、ソニアは記憶を呼び覚ました。

「〝わたしが最初に手にしたナイフとわたしの血によって、この屋敷は呪いをかけられた。ここに嫁いできた女は順に死んでいく。彼らがわたしのものを手に入れようとするからだ〟」

彼女はまぶたを開けた。「〝そして金の指輪がある限り、呪いが解けることはない〟」

それから身を震わせる。

「ドブスはアストリッドを刺した――持っていたナイフで」ソニアは語りだした。「そしてこの場所で自らの命を絶ち、自分の血によって呪いをかけた。やっぱり花嫁たちの指輪が、呪文や呪いの効力を保つ鍵なのよ」

「ほかにも気になる点がある。ドブスは〝彼ら〟と言った――彼女でも、アストリッドでもなく――彼らがわたしのものを手に入れようとしたと。ドブスの言う〝わたしのもの〟とは、コリン・プールのことじゃないんだよ、ソニア。コリン・プールだけを指してるわけじゃない」

「屋敷《ザ・マナー》ね」長々とため息をもらし、彼女はスツールに座った。「狂っているとしか思えないけど、コリン・プールを愛していたからじゃないのね。狙いはこの屋敷だった。父親のアーサー・プールが落馬事故に遭ったあと、コリンが屋敷を引き継いだから」

「はたして事故だったんだろうか?」

ソニアは目をみはり、心臓を押さえた。「あなたは——ああ、わたしにもわかるわ、なぜドブスが落馬事故を引き起こしたのか」

「ドブスは長男と火遊びをした。その長男は屋敷だけでなく、それに付随するあらゆる名声も受け継ぐことになっていた。さらに莫大《ばくだい》な富も。長男が相続できるよう父親を始末したという可能性は、ドブスの思惑を考えれば荒唐無稽とは言えない」

「ええ、そうね」

「だが、コリンが求めたのはドブスじゃなかったし、彼女と結婚するつもりもなかった」

「彼が結婚したのはアストリッド・グランドヴィルだった。彼女を愛していたからよ、トレイ。あのふたりは愛しあっていた。わたしはそれを目の当たりにしたわ、ふたりを見たときに」

「それに異論はないよ。実際、そのことも犯行動機のひとつだろう」

トレイは立ちあがってポケットに両手を突っこみ、窓辺へ移動して犬たちの様子を確かめた。

「コリンは別の女性を愛し、彼女と結婚した。その女性はここで暮らして家庭を築く予定だった。だからドブスはアストリッドを、一番目の花嫁を殺したんだ。結婚式当日に」

「それでも、コリンはドブスを求めなかった」

「ああ、花嫁の死を悼み、彼女の肖像画を描かせた。ドブスは殺人犯として絞首刑に処せられることになった——きっとその殺人には少なからず魔術がからんでるはずだ。彼女は脱獄し、ここにやってきて己の血と死によって呪いを揺るぎないものとした」

「だから、ここに居座れるのね」考えをめぐらせつつ、ソニアはうなずいた。「ゆがんだ手口によって、ドブスは屋敷を掌握した。各世代のプール家の花嫁に呪いをかけて死に追いやることで、屋敷にしがみついているんだわ」

「そして花嫁たちの指輪を抜きとって呪いの効力を増した。よし。論理的に説明がついたぞ」

「コリンは悲嘆に暮れたまま首を吊《つ》った。弟が屋敷を相続し、妻子とともにここで暮らした。やがて彼の娘のキャサリンが——結婚式の晩に亡くなった。猛吹雪のなかへおびきだされ、待ちかまえていたドブスのせいで凍死したのよ。ドブスは彼女の指輪も抜きとった。その現場も目撃したわ」

「そして、悲劇は代々受け継がれた」トレイが締めくくった。

「わたしの曾祖母《そうそぼ》のパトリシア・プールは例外だけど。彼女はここで暮らすことを拒み、屋敷を閉鎖した。息子のチャールズは母親の意向に逆らって閉鎖を解き、リリアン・クレストと――クローバーと結婚した。きっとその結婚も母親に反対されたはずよ。クローバーは双子の兄弟であるわたしの父とコリンを出産して亡くなり、チャールズは首を吊った――コリンのように」

「パトリシアは双子を引き離して、きみのお父さんを養子に出し、きみのおじであるコリンを娘の実の息子として育てさせた」

悲劇は代々受け継がれていると、ソニアは思った。

「パトリシア・プールのことをもっと知りたいわ。娘のグレタのことも。グレタは認知症を患って、オガンキットにいるのよね。ふたりのことをもっと詳しく知りたい」

「できる限り協力するよ」

トレイは彼女のマグカップを持ってコーヒーマシンに向かい、お代わりを注いだ。

「グレタ・プールがここで暮らしたことは一度もない。ここに来たことすらないんじゃないかな。パトリシア・プールも同様だ」

「あなたのお父さんと、デュースと話したほうがよさそうね。コリンの親友だから。

過去の空白を埋めることができる人物がいるとすれば、それはあなたのお父さんよ」

トレイが携帯電話を取りだした。「父にメッセージを送るよ。ここに来るよう手配する。父はこういう話をしに屋敷へ来たがっていたから」

「それが本当なら、お願い」

「ああ、本当さ。さてと、ぼくももう行かないと」トレイはソニアの肩をつかんだ。

「きみはもう大丈夫だ」

「大丈夫かと尋ねるんじゃなくて、そう断言してくれてうれしいわ」

「まあ、事実だからな。これからマーロの件を――依頼人の件を片づけてくる。彼女は、今日か明日には退院する予定だ。もしマーロがその気なら、いくつか書類に署名してもらって申請手続きを行う。ここに戻ってこられるかどうかは……」

「わたしなら大丈夫よ」思いださせるように言った。「残り物を忘れないで」

「忘れっこないよ。もし何か困ったことがあれば――」

「電話するわ」

「デュースは二時ごろ来るそうだ」トレイは彼女にキスをしてしばらく離れなかった。残り物の容器をつかみ、彼はもう一度キスをした。「しばらくドブスの件を忘れられそうかい?」

「ええ、その可能性は高いわ。仕事があるから」

「いいことだ。じゃあ、またあとで話そう」

トレイが裏口から出ていくと、ソニアはそのままドアを開け放ってヨーダを迎え入れた。

「わかっているわ、仲間が恋しいんでしょう」ヨーダがくうんと鳴くと、ソニアは身をかがめてひとしきり撫でてやった。「でも、わたしはここにいるわ。すぐそばに。今日はずっとそばにいるわ」

アップルパイを朝食代わりにするのは名案だ。パイを食べながら二杯目のコーヒーを飲み、腰をおろしてメールを確認し、今日行うべき仕事をリストアップした。

4

自分だけでなくクレオの朝の日課も把握しているソニアは、クレオが十時過ぎに図書室の前を通り過ぎると、友人のうなり声にこたえて手を振った。

十分後、同居人がコーヒーを一杯飲んで頭をすっきりさせたころを見計らって、ヨーダとともに階段をおり、キッチンへ向かった。

クレオはアイランドカウンターに向かって座り、コーヒーとトーストしたベーグルの朝食をとりながら携帯電話を見ていた。コーラをつかむと、ソニアはヨーダの意向を尋ね、外に出してやった。そして、親友の隣に腰掛けた。

「もう宿泊客は立ち去ったようね」

「ええ。オーウェンは夜明けに、トレイはそれからしばらくして」

「あたしは夜明け過ぎに出勤しないといけない仕事じゃなくて本当によかった」クレオはベーグルをつかみ、ソニアの顔をまじまじと見て、ベーグルを置いた。

「やだ、ちょっと待って！　何があったの？　それなのに、あたしったらひと晩中寝ていたなんて」

「全員熟睡していたみたいよ、トレイ以外は」

クレオはソニアからゆうべの話を聞きながらベーグルを食べた。

「午前三時に、自分の血によって呪いをかけたってことね。あなたの結論を百パーセント支持するわ。ドブスの呪いはコリン・プールを愛していたからじゃない、嫉妬心と強欲のせいよ。あの女は屋敷の女主人になりたくて、いまもその座を狙ってる」

「パトリシア・ヤングスボロがマイケル・プール・ジュニアに嫁いだとき、彼女はここで結婚式も披露宴も行わず、ここに住むことも拒否し、屋敷を閉鎖した。やがて息子のチャールズが相続して閉鎖を解き、ここに移り住んだ――リリアン・クレストとともに。でもそれまでの二十年間、屋敷は閉鎖されたままだった――維持はされてきたけれど、空き家だった。なぜパトリシアはそんなことをしたのかしら。呪いのことを知っていたか信じていたなら、話は別だけど」

「きっと知ってたし、信じてたのよ」

「そうね」ソニアは同意した。「パトリシアに関する記述を読むと、どれも彼女が石頭でステータスシンボルに固執するタイプだと書いてるわ。事業も一族も牛耳る支配者だと」

「たしかに、亡くなった息子の双子を引き離すくらいだもの、支配者そのものよね。

おまけに心底意地が悪い」

「パトリシアはプール家に伴うすべてのものを謳歌《おうか》していた」ソニアは人さし指をかかげた。「屋敷以外は。代々受け継がれてきた歴史的建造物で、途方もないステータスシンボルなのに。もうひとりの息子のローレンスも、娘のグレタもここに住んだことは一度もなかった。その理由は――」

「子どもたちを住まわせたくなかったからよ」人さし指の代わりに、クレオは拳を突きあげた。「厳格な支配によって。そう考えてるんでしょう、それも百パーセント支持するわ。でも夫が屋敷をチャールズに遺《のこ》し、彼がそこに移り住んだときは、どうすることもできなかった」

「そのとおり。チャールズは母親の言いなりにならず、支配もはねのけた。だから、ドブスは二十年間屋敷を独占したあと、六番目の花嫁を迎えることとなった」

ソニアは立ちあがった。「わたしに言えるのは、クローバーがチャールズとここに引っ越してきたときにはもう妊娠していたってこと。でもドブスはクローバーが双子を出産するまで、彼女を狙うことも結婚指輪を奪うこともなかった」

「二十年の空白のあと、ドブスはもっと多くを求めたのかしら。さらなる血や、さらなる指輪、さらなる力を」

「その可能性はあるわ」

「それにも同感よ」

「パトリシア・プールについてもっと調べないと。きっと結婚する前に、彼女は屋敷に来たはずよ。パーティーかディナーか何かで。彼女はプール家最大のステータスシンボルを閉鎖した——家業以外では最大だったにもかかわらず。そして村の反対側に自宅を建てた。わたしの知る限り、パトリシアは屋敷から何も持ちだしていない。調度品も家宝も。デュースが——トレイのお父さんが——今日の午後、この件について話しに来てくれるの。グレタ・プールのこともっと知りたいわ。彼女はコリンの実の母親のふりをして偽りの人生を送ってきたのよ。一度も結婚することなく、母親の家でコリンを育てた。一度も自分自身の人生を生きることなく」

「母親の言いなりだったんでしょう。『侍女の物語《ハンドメイズ・テイル》』の独裁国家ギレアデのほうがましかも。あの恐ろしいリディアおばだって、パトリシアの監視下に置かれたら逃げだすんじゃない」

「そうね。その後、屋敷はふたたび閉鎖された。コリンが相続して引っ越してくるまでは」

クローバーが《愛するわが子《スウィート・チャイルド・オブ・マイン》》を流した。

「おもしろいわ」クレオがつぶやいた。「クローバーの選曲を通して、幽霊を含む三人で会話してるなんて」

「クローバーが伝えてくれることには限度があるわ。ほかの幽霊もそうだけど。だから、生きている人間から話を聞かないといけないのよ。そろそろ仕事に戻らないと」

ソニアはヨーダを迎え入れようと、戸口に向かった。「もし仕事中じゃなかったり休憩が取れたりしたら、デュースが訪ねてきたときに遠慮せず参加して」

「そうするかも。デュースに会ってみたいし、そもそも彼が何を語るか聞きたいから」

「きっと彼を気に入るはずよ。いらっしゃい、ヨーダ。休憩は終了よ」

ソニアは〈ジジ・オブ・ジジ〉の仕事を再開し、〝女の子向け〟というオーウェンの言葉を思いだしながら、広告のデザイン案や――人生にかかわる女性たちに贈る――ギフト商品のキャッチコピーを考えた。

母の日を想定した宣伝文句にも取り組んだ。女の子らしさをアピールするものにしよう。

まもなく午後二時になるころ、原案を添付したメールを送った。クライアントにデザインの方向性を理解してもらってから、本格的に時間をかけて仕上げるつもりだ。

ソニアは階下へおりると、コーヒーカップのセットをそろえ、クッキーを盛りつけた皿を加えた。

コーヒーカップのセットを正面の応接間に運び、立ちどまって見まわす。

光沢のあるピアノの上には、花瓶に活《い》けた白いチューリップが飾られていた。すべてのクッションがふっくらとし、室内にはオレンジオイルの香りがかすかに漂う。

「ありがとう、モリー」声をかけたとたん、ドアベルが鳴った。「時間ぴったりね」

ボストンで凍えるような冬の日に玄関ドアを開けると、オリヴァー・ドイル二世が立っていたときのことを思いだした。あの訪問によって自分の人生がこんなふうに一変するとは夢にも思わなかった。

デュースがいなければ、この家を相続することもなかっただろう。出迎えに行こうとしてヨーダを見下ろした。「それに、あなたを飼うこともなかったわ」

ドアを開けたとたん、涼しい四月の空気に包まれ、自分の人生を変える要因となった男性と顔を合わせた。

銀縁眼鏡をかけた魅力的なブルーの目に、トレイの面影が容易に見てとれた。髪はすっかり銀色だが、特徴的な眉は対照的にまだ黒かった。

ソニアは彼に向かって両手を伸ばした。「来ていただいて、本当にありがとうございます」

「ソニア、きみと会えて、屋敷を訪れることができてうれしいよ」

〈黄金の間〉のドアが大砲のような音をとどろかせて閉まった。

「本当ですか？」

「ああ」デュースはなかに入ると、腰を曲げてヨーダを撫でた。「トレイからいろいろ聞いているよ。きみときみの友人のクレオはうまく対処しているようだね」

「ええ。わたしに負けないくらいクレオも屋敷を気に入ってくれて助かってます。さあ、こちらへどうぞ、おかけください。コーヒーを用意しますね」

「本当にありがとう」デュースが振り返って見上げると、クレオが階段をおりてくるところだった。「きみがクレオだね。会うのを楽しみにしていたよ」

「こちらこそ」クレオは手をさしだした。「あなたの奥さまが大好きです」

「わたしもだよ」

クレオは彼にぱっと微笑んだ。「よろしければ、ソニアと一緒にお話を聞かせてもらってもいいですか？」

「もちろんさ。過去の空白を埋められるといいんだが。ただ、わたしが知っていることは、憶測や噂話《うわさばなし》や個人的な意見も含まれる」

「その三つでかまいません」クレオは彼と腕を組み、応接間に足を踏み入れた。「噂話が真実だった場合はよくありますし、噂話のほうが楽しいもの」

「はっきり言って、わたしも同感です」ソニアはコーヒーを注いだ。「その三つを組みあわせれば、父と血のつながりのある一族をもっと理解できそうです。それに、屋敷から例の存在を追い払う手助けとなるでしょう」

図書室のiPadからオールマン・ブラザーズ・バンドの《腹黒い女《ブラック・ハーテッド・ウーマン》》が大音量で鳴り響いた。

「クローバーも同意してます」

その言葉に、デュースは目を細めてにっこり微笑んだ。

「彼女と親しくなったようだね。それに、ほんの数カ月で屋敷の——なんというか、風変わりな現象にも慣れたようだ」

「不思議なことに、引っ越してきてすぐ、もうここを離れたくないと思ったんです。魔法をかけられたんですね。いい魔法を」ソニアはそう言い足した。

「ソニアは昔からこういう家に住みたがってたんです」クレオが説明した。「歴史ある個性豊かで風変わりな家に。ひょっとしたら、心の奥では幽霊を求めてたのかも」

「だとしたら、心の奥の奥の奥底よ。夢遊病で家中を歩きまわったり、花嫁たちの死を目撃したりするのは気が進まないから。でも、それのおかげでドブスを追放できるならかまわない」

「きみはまさにコリンが望んでいた人物そのものだ」デュースがつぶやいた。

「彼の祖母について教えてもらえますか？　パトリシア・プールについて」

「彼女はエネルギーの塊だった。意志の強い女性だったよ。好かれてはいなかったが、尊敬されていた。両親によれば、パトリシアの夫のマイケル・プール・ジュニアはかなり魅力的な人物で、家業にはほとんど関心がなかった。だから、躊躇《ちゅうちょ》することなくパトリシアに手綱を譲り、旅行を楽しみ——あの時代の言葉を借りれば、〝放蕩《ほうとう》三昧〟だったらしい」

「うまい言い回しですね」クレオが言った。

「ふたりの結婚は——噂によれば——あくまで便宜的なものだった。双方が望みどおりに行動し、パトリシアは事業と一族を厳しい支配下に置いた」

クレオは両方の拳をかかげた。「まさしくそのとおり」

「だったら、きみはパトリシアのことをもう理解しているね。幼少期のコリンはパトリシアの厳格なルールに縛られていた。だが、彼は機会を見つけてはその支配からうまいこと逃げだした」デュースは微笑んだ。「パトリシアはわたしのことをコリンの友人として許容できると判断し、わたしも彼女の前では言葉遣いに気をつけ、礼儀正しく行儀よくふるまうのが得意だった。彼女が〈プール造船会社〉の仕事や社交界の集まりで忙しく、孫息子たちにほとんど興味がなかったのも幸いした」

デュースはコーヒーをひと口飲んで微笑んだ。「わたしのふたりの祖母は、どちらもパトリシア・プールを嫌っていたが、必要に応じて愛想よくふるまうこともできた。ただ、子どもっていうのは大人が考える以上に聞き耳を立てていて、わたしもパトリシアの名前とともに語られるエピソードをよく耳にした。上流社会で言うところの

〝弱い者いじめ〟だった」

「パトリシアは娘を脅してコリンの母親のふりをさせたんですよね」

デュースはソニアにうなずいた。「その推測には同意する。わたしはパトリシアよりグレタ・プールのほうをよく知っているが、彼女は昔から脅しに屈しやすいタイプだった。気の弱い女性だったたよ。母親としての務めは果たしていたが、決して愛情深くはなかった。コリンのためにプール家の系譜を調べるまで、その理由はわからなかったが」

「明らかにわたしの父のほうが恵まれていたようですね。話をもとに戻しましょう。あなたが生まれる前のことですが、パトリシア・プールにとって屋敷は多くの人々をもてなす華やかな場となって当然だったと思うのですが。でも、彼女はここに住むことを拒否し、屋敷を閉鎖したんですよね」

「そのとおりだ。わたしの調査結果や、小耳にはさんだ話や、記憶の断片はどれも、パトリシアがプール家のすべてを謳歌していたことを示している。だが、屋敷は例外だった。コリンとジョアンナの結婚式で、父方の祖母がこう口にしていたよ。パトリシアはマイケルとの婚約パーティー以来、屋敷に一歩も足を踏み入れていないと」

「ということは、パトリシアは婚約パーティーをここで開いたんですね。マイケル・プールと婚約する前も屋敷をたびたび訪れていたんでしょうか？」

「ヤングスボロ家とプール家は対等な階級だったし、調べたところ、マイケルとパトリシアの婚約は予期されたものだった。だから、きみの質問への答えはイエスだ。それに——」

デュースが立派なブリーフケースを開いた。「プール家の家族史に取りかかったとき、切り抜きや写真をコピーした。社交欄の記事だ。パトリシアとマイケルが出席したとか、彼が彼女をパーティーやイベントにエスコートしたとか、そういうゴシップ記事だよ」

彼がさしだしたフォルダーにソニアは目を通した。

「美男美女のカップルですね。これはホリデーシーズンのイベントに出席したふたりの写真だわ。〝クリスマスの鐘は結婚式の鐘へとつながるのか？〟」

「見てのとおり、ふたりの婚約は予期されたものだった」

クレオはその写真をじっと見つめた。「人目を引くカップルね。とてもフォーマルな装いだけど、目立つわ。彼女は……こんなに若いときでも手強そうね」

「これを見て、これは屋敷の裏で撮られたものよ」ソニアがコピーを取りだした。「〝夏の夜会——プール家の屋敷でのガーデンパーティー〟。マイケルと腕を組んだパトリシアが写ってる。この日付はふたりが結婚する前年の夏よ。クリスマスの記事が出る前ね。つまり、彼女は屋敷に来たことがあったのよ」

「これは婚約発表の記事よ。写真のふたりが階段の下にたたずんでるわ、ソニア。〝バレンタインデーに婚約を発表〟ですって。彼女の着こなしには拍手せずにはいられない。このすべての写真の着こなしにも」

「彼女はその点でも有名だった」デュースが口をはさんだ。「常に完璧な装いだと」

「きっとなんらかの理由で、彼女は屋敷にうんざりしたのよ」クレオが言った。「誰の仕業か――なんの仕業か――想像はつくけど」

クローバーが《黒魔術の女《ブラック・マジック・ウーマン》》を流した。

「ああ、おそらくそうだろう」デュースはクッキーに手を伸ばした。「パトリシアはそう簡単に怯えたり怖じ気づいたりする女性じゃないが、わたしも同感だ。てっきり彼女は屋敷よりもモダンで管理しやすい、村や会社にも近い邸宅に住みたかったんだと思っていたよ。だが、いままでに明らかになったすべてを踏まえると」彼はかぶりを振った。「パトリシアはパーティーや資金集めのイベントに一度も屋敷を利用しなかった。売却することも不可能だった。プール家に代々受け継がれてきた館で、マイケル・プールが彼女のどんな要求にもこたえていたとしても、そこだけは譲れなかったのだろう」

「その結果、チャールズに受け継がれたんですね」

「ああ、彼女の言いなりにならない長男に。チャールズは自立できるようになったとたん、彼女の支配下から抜けだした。十八歳で遺産を手にして大学を中退し、しばらく旅に出た」

「母親より父親似だったんですか?」クレオがきいた。

「ああ、チャールズのことを知る人はそう言っていたよ。わたしの父も彼のことを知っていて、気に入っていた。父いわく、魅力的で寛容で、まぎれもなく自由人だったらしい」

ポール・マッカートニーの《マイ・ラヴ》が階段から流れだした。

デュースはふっと微笑んだ。「彼らが愛しあっていたのは疑いの余地がない。チャールズが若い身重の妻と、途中で知りあった友人たちを連れ帰り、屋敷を解放しただけでなく移り住んだことを、パトリシアが快く思わなかったのは間違いない」

「いったいどういうことなのか理解できません」ソニアは心底困惑し、両手をあげた。「チャールズは妊婦の妻、リリアン・クレストを連れて帰ってきたんですよね。それなのに、コリンの母親はリリアンではなくグレタ・プールだと言われて誰も疑問を抱かなかったんですか?」

「母によれば、チャールズが連れてきたグループは他者とほとんど交流しなかったらしい。わたしが結婚許可証を発掘するまで、母も父もチャールズが結婚していたことを知らなかった。彼らがここで暮らし始めて、リリアンが――いや、クローバーがお産で命を落とすまで、数カ月足らずだった。チャールズが首を吊ると、パトリシアが主導権を握った。きっと賄賂や脅しを使って関係者の口を封じ、一族の忌まわしい秘密の土台を築いたのだろう」

「そして、娘はそんなふうに利用されることを甘んじて受け入れ、一族の秘密を抱えながら日々生きてきた」

「グレタは決して母親に逆らえなかった」デュースがソニアに告げた。「チャールズのようには」

「憶測やゴシップや、いろんな意見が、どうして飛び交わなかったのかしら」ソニアはつぶやいた。「なぜグレタは赤ん坊をひとりしか引きとらなかったの？　なぜ両方引きとるか、両方養子に出さなかったのかしら？」

「ローレンス・プールには子どもも跡継ぎもいなかったし、父親同様、家業にほとんど関心がなく、そのうえ体があまり丈夫じゃなかった。一方、グレタは内気で、気が弱く不器用で、一生独身のまま子どもをもうけない可能性が高かった。それなのに、チャールズが亡くなった」

「なんとしても血筋を守る必要があったのね」

「ああ、クレオ、おそらくそのとおりだ。コリンはパトリシアにとって直系を存続させる希望――唯一の希望だった。だが跡継ぎはひとりいれば充分で、ふたりも必要なかった」

「パトリシアはコリンが屋敷の閉鎖を解いたときも阻止しようとしたんですか？」ソニアがきいた。

「子どものころ、わたしたちはよくここに忍びこんでいた」デュースが室内を見まわした。「パトリシアは知る由もなかったし、理解したとは思えないが、コリンはこの家に誇りを抱き、魅せられていた。ここの歴史は――コリンの歴史でもある。ただ、パトリシアをよく知るコリンは、既成事実となるまで待った。彼が成人して屋敷を受け継ぐと、もう彼女にはなすすべがなかった。お代わりをもらってもいいかな？」コーヒーポットに手を伸ばす。

「どうぞ遠慮なく」

「ここに引っ越してほどなく、コリンから一度話を聞いたことがある。上階《うえ》でふたりきりでチェスを楽しんでいたときに。当時、彼には屋敷や家業や人生における計画が山ほどあった。ああ、あのころはふたりとも本当に若かった！」

デュースは懐かしむように微笑みながら、コーヒーを飲んだ。

「コリンは態度をあらためなければ相続権を剝奪《はくだつ》すると祖母から脅されたと語っていた。家業やプール家の遺産から彼を切り離すことは無理でも、彼女自身の遺産は与えないと。コリンが拒否すると、パトリシアは彼に時間や資産を無駄にしたと告げ、父親同様大馬鹿者で、母親同様無能だと言い放ったらしい」

「気の毒に」ソニアはつぶやいた。

「だが、コリンはそれほど傷つかなかった。あの時点では、わたしもコリンも彼の本当の両親が誰か知らず、パトリシアが家系図に行った改竄《かいざん》を鵜呑みにしていたからね。コリンが生まれる前に父親は亡くなってるのに、どうしてパトリシアはその父親がまぬけだと知っているんだとわたしが言ったら、コリンは肩をすくめて聞き流した。いかにもパトリシアらしいが、きっと後悔するぞとコリンに告げたらしい。きっと後悔することになると」デュースはそう繰り返した。「コリンはそれを笑い飛ばした。わたしもだ。パトリシアはこの家に決して足を踏み入れなかった。コリンの結婚式にもジョアンナの葬儀にも出席しなかった。パトリシアが亡くなるまで、ふたりはともに働いたが、個人的には疎遠なままだった」

「やっぱり、わたしの父のほうが恵まれていました」

それを知って、ソニアは胸を引き裂かれた。双子の片方が冷酷な家庭で育った一方で、父が幸せな人生を送ったことに。

「パトリシアは、なぜ屋敷を閉鎖したのか、コリンに告げることもできたはずです」ソニアは続けた。「もしコリンのことを本当に気にかけていたらそうしたでしょう。信じてもらえず、一蹴されたかもしれません。でも彼女は告げようともしなかった」

「もし打ち明けられていたら、コリンはわたしに話したはずだ。そして――」デュースはそっと肩をすくめた。「わたしたちはきっとまた笑い飛ばしただろう。ここが幽霊屋敷だと言われて信じたかと問われれば、答えは間違いなくイエスだ。子どものころから知っていたからね。だが、それはわくわくすることだった。当時から、ここは失われた花嫁の館《ロスト・ブライド・マナー》と呼ばれていた。もっとも、地元の迷信だと思っていたよ――そして興味津々だった」

昔を振り返りながら、デュースはコーヒーを飲んだ。

「プール家の家系図を調べて家族史を書き始めたときでさえ、花嫁たちの死を各世代の悲劇としか受けとめていなかった――最初の花嫁は殺害されたが、ほかの花嫁は事故死や病死だと」

「グレタは知っていたんでしょうか?」ソニアはきいた。「彼女は生涯未婚のままでした――それは本人が望んだことかもしれません。でもパトリシアがそうなるよう仕向けたんじゃないかと思うんです、とりわけコリンとわたしの父が生まれたあとは」

デュースが椅子の背にもたれた。「かなり鋭い指摘だね、ソニア。しかも、パトリシアならやりかねない」

「もし娘が恋に落ちて」クレオが続けた。「誰かと親密な関係になったら、その相手にすべて打ち明けるかもしれない。そうなったら、嘘《うそ》がばれる。そんなの許すわけにはいかないものね」

「彼女と話したいわ――グレタ・プールと。グレタと面会できますか？」

「コリンの死後、わたしが彼女の後見人となり、コリンが彼女のために遺した遺産の受託者でもある。すでに二度グレタと面会したが、彼女はわたしのことがわからなかった。きみは親族だし、もちろん面会可能だ。だが、彼女の症状は進行している。ほとんど誰とも話さず、口にするのはたいてい戯言《たわごと》だ。普段はおとなしいが、取り乱すこともある。また不安に駆られて怯えたり、怒ったりすることも」

「とにかく会ってみたいんです。彼女に会ってみないことには、何も始まらないので」

デュースは眼鏡を押しあげ、じっとソニアを見つめた。

「きみはコリンと同じ目をしている――いや、きみのお父さんの目か。それが刺激となって、グレタから何か聞きだせるかもしれないな。きみが彼女と面会できるよう申請してみるよ。あとで、きみの都合のいい日時を教えてくれ」

「本当にありがとうございます。何から何までよくしていただいて。例の鏡のことはご存じでしたか？」

「一度も見たことはない。子どものころ、コリンから鏡の夢を見たという話は聞いたよ。鏡の縁には猛禽《もうきん》や肉食獣の彫刻が施され、彼とそっくりな少年がその鏡に映っていたと。てっきり夢だと思っていたが、後日きみのお父さんのことを知って、双子の記憶か絆によるものだと思った」

デュースは腕を伸ばして、ソニアの手をつかんだ。「そうではないとわかったいま、鏡のことが気がかりだ、もちろんきみのことも。去年の冬、きみの玄関のドアをノックしたときは、この屋敷で起こったことや起こりうること、いま起きていることへの認識が不充分だった」

ソニアは手を裏返してデュースの手を握った。「あなたのおかげでわたしの人生は一変しました。そのことに感謝しています。わたしはここにいたいですし、ヘスター・ドブスがこの家でいかなる力もふるえないようできるだけのことをしたいと思っています」

ソニアがその名を口にしたとたん、複数のドアがばたんと閉まり、何かが壁を打ちつけ、急に突風が吹いたかのように天井の明かりが揺れた。

「またあの女が癇癪《かんしゃく》を起こしてる」クレオはクッキーを一枚取った。「ソニアによれば、ドブスは恐れや嘆きを糧にしてるそうです。だから、そういうものをドブスに与えないようにしないと」

「きみがソニアと一緒にいてくれてよかったよ、クレオ。きみたちにとってお互いがいてよかった」

「ここにいるのはわたしたちだけじゃありません」ソニアはデュースの手を握り返した。「みんなが、七人の花嫁たちがいます。それにほかの幽霊もいます。それはまぎれもない事実です。みんなドブスを追いだしたがっています。なぜ実行するのがわたしなのか――いえ、わたしたちなのかわかりません。でも、そうなんです」

騒音がおさまると、ソニアは微笑んだ。「だから、いずれグレタ・プールに会いに行きます。彼女は何か新たな情報をもたらしてくれるかもしれないし、そうじゃないかもしれない。それと、数週間後にクレオとビッグイベントを開催する予定です」

「そのことも聞いたよ。かなり大々的なイベントのようだね」

「この屋敷はそういう楽しくて華やかなパーティーにぴったりの場所なので」

「きっとドブスは妨害しようとするはずよ」クレオが口をはさんだ。「明かりがともり、音楽が流れ、人々が楽しんだら」

「かつてはそうだった。ジョアンナの死後……コリンはそういう気持ちを失った。だが、その前はしょっちゅう夏のパーティーを開き、ホリデーシーズンのパーティーは毎年恒例だった。それ以外にも小さな集まりを合間に行っていた。たぶんドブスは妨害を企てるだろう。ひとつたしかなことは、大勢の客がやってくることだ。だから、入念に準備したほうがいい」

彼が立ちあがった。「そろそろ失礼するよ。パトリシアのことはもう少し調べてみる。その切り抜きや写真のコピーの原本は、屋敷のどこかに保管されているはずだ」

「まったく気づきませんでした。探してみます」

「とりあえず、コピーは置いていくよ。うちの両親も写真や何かをしまっているかもしれないから、確認してみよう。きみたちがここで安全に幸せに暮らせるよう、われわれもあらゆる手段を尽くす。こうしてここで一緒に過ごせてうれしかったし、きみにも会えてよかったよ、クレオ。きみとソニアのようにわたしにも親友がいた。だから、友情がどれほど大切かわかる」

「コリーンによろしく伝えてください」クレオは言った。「彼女とはとっても楽しい一日を過ごしました。コリーンはわたしをとびきり魅力的に撮ってくれたんです」

「きみはもともと魅力的だから、きっと妻にとってたやすい仕事だったはずだ」

「トレイの魅力が誰から受け継がれたのか、いまわかりました」

「コリーンはわたしの仕事にとって欠かせない人材です」ソニアは玄関までデュースを見送った。

「それを聞いたらコリーンは喜ぶよ。〈ドイル法律事務所〉の面々はきみがリニューアルしてくれたウェブサイトを大いに気に入っている。オガンキットの同業者にもそう話した。きっとピーター・スティーヴンソンがきみに連絡してくるだろう」

「ありがとうございます！　新しい顧客と仕事をするのは大好きです。今日はいらしてくださってありがとうございました」

「いつでも声をかけてくれ。これは社交辞令じゃないからね。ふたりとも助けあっていくんだよ」

「ええ、そうしてます」クレオはソニアの肩を抱いた。

「そうみたいだね」

ふたりは車に向かう彼を見送り、手を振った。

「気分がよくなったわ」ソニアは玄関扉を閉めた。「パトリシア・ヤングスボロ・プールの人物像がよりはっきりつかめた気がする」

「お世辞にもいい人とは言えないわね。パトリシアとドブスが意気投合しなかったことに驚きよ――ふたりは馬が合わなかったのかしら。わたしに言わせれば、同じ穴のむじななのに。ところで、オリヴァー・ドイル二世の印象だけど、最高点をマークしたわ。これであたしもトレイの両親と妹さんに会ったわけね。トレイを逃しちゃだめよ、ソニア。きっとうちの母なら、彼のことをいい家柄の出だって言うわ」

「しっかりつかまえているけど――」ヨーダがボールをくわえながら尻尾を振り振り廊下を駆けてくるのを見て、ソニアは言葉を切った。

「あなたがどこに行っていたかはお見通しよ」ソニアは身をかがめ、ヨーダが足元に落としたボールを拾った。「ジャックとボール遊びをしてたんでしょう」

「あなたには専属のドッグシッターがいるのね」

「そうみたい」ソニアはうれしそうにボールを見つめて尻尾を振るヨーダに屈した。

「わかったわ、遊び足りないのね。じゃあ、十分間だけボール遊びをしましょう」

「あたしも参加したいところだけど、仕事に戻らないと。あなたたちは楽しんで」

クレオが上階に向かうと、ソニアはジャケットをつかんだ。「本当に十分だけよ、ヨーダ。〈ライダー・スポーツ〉の企画書に一時間は費やしたいし、その前にやらないといけない仕事があるんだから」

だが、外に出たソニアは、日に日に近づく春の気配を満喫した。夜中は凍《い》てつくような寒さでも、ラッパズイセンはバターのような黄色の花びらを揺らしている。それに、ボールを追いかけてヨーダが走る芝生は以前より濃い緑になった。

疲れを知らない愛犬に向かってボールを投げながら、鯨が見えるのを期待して海を見渡した。寝室のバルコニーを見上げ、トレイが夜中に目にした光景を想像する。

思わず身が震えた。

そんなふうに命を絶ったドブスは、怒りと悪意を抱えたまま何十年も過ごすという災いを自ら招いた。人生で望んだものが手に入らなかったというだけで。

「理解不能よね、ヨーダ。だけどドブスは骨の髄まで狂ってる。狂気に駆られた魔女よ。それでも、わたしたちを打ち負かすことはできない」ふたたびボールを放った。

「わたしたちは負けないわ。さあ、これが最後よ、ヨーダ。あなたの飼い主は生活費を稼がないといけないんだから」

家へ引き返そうとした矢先、クレオのアトリエの窓がぱっと開いた。ソニアは身構えたが、クレオが叫ぶ声がした。

「あの女じゃないわ。でも、ソニア、これを見に来て」

「いま行くわ」

ソニアは足早に玄関へ向かい、ヨーダを連れて階段を駆けあがった。まるで新しいゲームを楽しむように愛犬は飛び跳ねながらついてきた。

やや息を乱しつつ、クレオのアトリエに到着した。

「どうしたの？　いったい何があったの？」

「必要なものがあってクローゼットに入ったら」

クレオがクローゼットの開いた扉を指した。

なかには美しい肖像画が立てかけてあった。その花嫁はカールしたダークブラウンの髪を右側からレースの袖や白いシルクのウエディングドレスの胴着《ボディス》へと垂らしている。

その指にはめられた細い金の指輪にはダイヤモンドがきらめき、薄暗いクローゼットのなかでも光って見えた。花嫁が手にしていたのは、淡いピンクのシャクナゲと垂れさがるグリーンのブーケだった。

花嫁の瞳は、プール家特有のグリーンの瞳は、喜びに輝いていた。

「リシーだわ。リスベス・プール・ウィットモアよ。これは父の作品じゃない。コリンの作品よ。隅にコリンの署名があるわ」

ソニアはクレオを見つめた。「まずわたしがジョアンナの肖像画を発見し、その後クローバーの肖像画を見つけ、今度はあなたがリスベスの肖像画を発見した」

「そして、あなたのお父さんがクローバーを描いた——ついぞ知ることのなかった実の母親のウエディングドレス姿を——自分が生まれる前の母親の姿を。コリンは緻密な筆遣いでこの絵を描いたけど、リスベスも彼が生まれる前に亡くなってるわ」

「ふたりは鏡を通り抜けたのよ」クレオの腕に触れ、ソニアもじっと肖像画を眺めた。

「コリンだけじゃなく、わたしの父も鏡を通り抜けたの。わたしがやったように」

「きっと何度も通り抜けたんでしょうね」

「リスベスの絵は階下《した》におろして、ジョアンナやクローバーの肖像画と一緒に飾りましょう」

「もうひとついい、ソニア？　肖像画は三枚あったけど、みんな同じサイズで同じタイプの額縁を使ってるわ。まるで並べて飾られることを想定したように」

「だったら、わたしたちもそうしましょう」

ソニアは絵を階下へ運び、とりあえず図書室の壁に立てかけた。今夜、クレオとともに音楽室の壁にかけるとしよう。

でも、いまはやるべき仕事がある。そのことがありがたかった。去年の秋、辞職してフリーランスとなったときは、わくわくするだけじゃなく不安だった。

屋敷への引っ越しもまったく同じだった気がする。

いまや屋敷は自宅となり、ソニアには自分の会社がある。まだ繁盛しているとは言えないものの、安定しているし、信じられないほどの満足感を味わっている。

ひねくれた見方をすれば、いまここに座っているのは、元婚約者ブランドン・ワイズのおかげかもしれない。

彼は姑息《こそく》な浮気男だ。ソニアに隠れて、結婚するほんの数週間前に、彼女の家のベッドで、彼女のいとこと浮気した。あの日早めに帰宅して裸のふたりをベッドで発見したのは、たまたま運がよかったからか、運命だったのだろう。

いずれにしろ、ソニアは運よく浮気男から逃れられた。

婚約を解消し、ブランドンの辻褄の合わない釈明に耳を傾けることを拒否すると、彼は職場でソニアの評判に傷をつけようと躍起になった。

「わたしの顧客ファイルを破損させ、車のタイヤの空気を抜いた。やっぱり、ひねくれた見方だろうがなんだろうが、彼のおかげなんかじゃない。わたしがここにいるのは、行動を起こしてしっかり仕事をし、リスクを冒したからよ」

リスベスの肖像画に目をやり、ソニアは思った。いま屋敷にいるのは、ここで暮らし、働き、祖先である七人の女性たちを守るためだ。

その後、彼女は仕事に没頭した。

承認か却下か、変更指示の回答を得るためにレイアウトを顧客に送ると、本の表紙の仕事に取りかかった。

そのスリラーは真冬のアディロンダック山地が舞台なので、まず冷え冷えとした月の下に主人公が暮らす人里離れた山小屋を描いた。青い影、孤立感、分厚い雪に覆われた森のなかに漂う恐怖と危険。

雪原に残る足跡を描き加えようかしら。窓の向こうにぽつんとひとつだけともった明かり、その背後の人影。

コンセプトを練り、比較するためにさらに二種類の図案を描いた。

最初の図案の冷え冷えとして危険が漂う雰囲気が気に入っていたが、三種類の図案をいったん脇に置き、明朝あらためて検討することにした。

両手で顔をこすり、ビートルズの《もうへとへとだ《アイム・ソー・タイアード》》が流れだすと手をおろした。

「ええ、そうね。でも、まだ終わっていないわ」

5

〈ライダー・スポーツ〉の企画書だ。ソニアはムード・ボードを眺めてから、ファイルを開いた。

正直もう脳が疲れているし、とりあえずちょっと見返すだけにしよう。

これはソニアのビジネスを安定から成功へ引きあげるチャンスだった。なんとしても成功させたい。

それに、個人的にもブランドンを打ち負かしたかった。彼が強力なライバルチームのリーダーとしてこのコンペティションに参加するのは間違いない。

恥ずべき欠点が山ほどあるものの、仕事に関して彼は優秀だ。

だから、とにかくブランドンを上まわるしかない。

ソニアはコンセプトを見返し、あちこちを微調整し始めた。そして……。

クレオがドア枠を叩く音に気づいてぱっと顔をあげ、目をしばたたいた。

「邪魔してごめんなさい。ひと息ついたらどう？　でもどうしても仕事を続けたければ、あたしがヨーダに餌を食べさせるわ」

「餌……」ソニアは時計を見た。「おかしいわね、もう七時なの？」

「さっきここを通り過ぎた時点で六時だったから、いまが七時でもおかしくはないわ。そのときもヨーダは一緒に階下《した》までついてきたの」クレオは小首を傾《かし》げ、しげしげとソニアを眺めた。「仕事がのってるなら、もう切りあげてとは言わない。でも、あなたは休憩が必要な顔をしてるわ」

「もっと早く休憩すべきだった。いま切りあげないと大失敗しそう。もうパソコンの電源を切るわ」

「今夜は牛肉のオープンサンドと残り物よ。グラスにワインを注いであげましょうか？」

「ええ、お願い。わたしもすぐ行くわ」

ソニアはデータを保存してファイルを閉じた。次に開いたとき、とんでもない代物だと気づく結果になりませんように。たしかに、しばらくはゾーンに入って集中していたけれど、そのあとは自動操縦のような状態で作業してしまったのだ。

とにかく今日は仕事を切りあげ、鍋料理みたいにしばらく寝かせることにして、肖像画を持って階下へ向かった。

音楽室に入り、アトリエのクローゼットで見つけたほかの肖像画の下に絵を立てかけた。

見えないつながりがあるのか、三連作に見える。

「夕食のあと、壁にかけてあげるわね」

後ずさったとたん、ほんの一瞬、何かが香った。父のアフターシェーブローションだ。その香りに包まれると、頰にそっとキスをされ、髪を撫でられたように感じた。

「でも、お父さんはここにはいない」ため息をもらした。「いてくれたらいいのに」

キッチンに行くと、クレオがワインを飲みながら待っていて、ヨーダは期待するような顔でテーブルの下に寝そべっていた。

「あなたはわたしのクイーンよ」ソニアはワイングラスを受けとった。

「あたしも普段よりちょっと遅くまで仕事をしたわ。夕食はあたためるだけだったから」

「仕事のほうはどう?」

「請負仕事のほうは最高に楽しんで取り組んでるわ。それと、小型ヨットと物々交換する予定の絵だけど、手放すのを悔やまないようにしてる」

クレオは眉間にしわを寄せ、ワイングラスを持ちあげた。

「オーウェンにはすばらしいヨットを作ってもらわないとね。それに、人魚の絵はふさわしい場所に飾ってもらわないと」

「もう食べられそう？」

「もちろん、準備できてるわ」

テーブルにつくと、ソニアはクレオに微笑んだ。「オーウェンは人魚の絵を目にしたとたん、ほしがったじゃない――あなたの絵はまだ完成からほど遠い状態だったのに。きっと彼はすばらしい場所に人魚の絵を飾ってくれるはずよ」

「そうでなかったらこんこんと説教してやるわ」クレオは牛肉とグレイビーソースをのせたサンドイッチをカットした。「あたしに言わせれば、みんな正式な説教の仕方を知らないのよ。でも、あたしは知ってる」

「わたしはそれが真実だと保証するわ」ソニアはそう言ってクレオを笑わせた。

「あのアトリエは、まさにあたしが無意識に求め、必要としているものだったわ、ソニア。正直アトリエのおかげで、さらにいい作品が描けている気がするの」

「わたしも図書室に対して同じ気持ちよ。それに、ジーナも」ソニアは鉢植えのセントポーリアを思い浮かべた。「図書室に置いたらどんどん花を咲かせているわ」

「きっとあたしたちはみんな、このタイミングでこの場所に根をおろす運命だったのよ。さっき仕事を中断させたとき、どのプロジェクトをやってたの？」

「〈ライダー・スポーツ〉よ。〈ジジ・オブ・ジジ〉には企画書を送ったわ。きっとあれで大丈夫だと思う。〈ベビー・マイン〉にも広告のレイアウトの下書きを送ったし、あとは本の表紙の図案を何枚か描いたわ」

「大忙しね」

「忙しいほうが好きなの。あとで本の表紙をちょっと見てもらえる？　〈ライダー〉に関しては、いままでやったことをちょっと見返すつもりだったんだけど、気がついたらあれこれ微調整しちゃってて」

　ソニアはワイングラスを手に取った。「懺悔《ざんげ》するわ」

「いつでもあなたの神父として話を聞くわよ」

「〈ライダー〉の仕事を得たいのは、それがすばらしいチャンスだからよ。とりわけフリーランスになって数カ月足らずのわたしにとっては」

「グラフィックデザイナーとして何年もキャリアを築いてきたことを忘れないで」

「ええ、忘れてないわ。でも〈バイ・デザイン〉と比べたら、わたしの会社ははるかに小規模よ」

「でも、とてつもない才能がある」

「ありがとう、ファバレー神父。〈ライダー〉を顧客として獲得できたら、次のレベルまで会社を引きあげられるし、そう望むのは当然よね。でも情けないことに、ブランドンを打ち負かすためにこの仕事をものにしたいって気持ちが心の片隅にあるの」

「何を言ってるの？」クレオがグラスを揺らした。「情けなくなんかないわ」

「でも、そう感じるの」

「だったらあなたは間違ってる。あなたがこの仕事をものにしたいのは、相手が大企業だからよ。それに、聡明《そうめい》で創造性豊かなキャンペーンを提案してるじゃない。あなたが〈ライダー〉を獲得したいのは、そうすれば自分の会社が飛躍的に成長するからよ。あのろくでなしブランドン・ワイズを打ち負かすことは、いわばパフェのてっぺんのチェリーみたいなものだわ」

ソニアは考えこんだ。「飾りのチェリーにもちゃんと敬意を払わなきゃだめよ」

「そのとおりね。じゃあ、あなたのことを知りつくしてる立場で言わせてもらうわ。もしこのプロジェクトがなかったら、あなたはあの浮気男のことなど考えもしなかったはずよ――ちなみに、あたしはあなたが顧客を獲得すると確信してる。あなたはもう――ありとあらゆる意味で――前に進んでいるから。すでに自分の会社を立ちあげ、セクシーで魅力的な男性とつきあってる――あたしが見る限り、決して浮気なんかしそうもない男性と。そのうえ、こんな立派なお屋敷とそれに伴うすべてを手に入れた。まあ、不正を正すという使命も含まれるけど。おまけに――」クレオはにっこりして、フォークでジャガイモを突き刺した。「あたしという同居人もいる」

「あなたの言うとおりね。もし〈ライダー〉を獲得できなくても――」ソニアはクレオが異を唱える前に人さし指をかかげた。「わたしにはあなたがいるし、ほかのすべてを失うことはない。このまま業績を積みあげればいい。でも、〈ライダー〉を獲得した晩には——」

「そうそう、その意気よ」

「飾りのチェリーを楽しむことにするわ。大盛りの生クリームや甘いソースほどじゃないけど、チェリーも味わう」

夕食後は音楽室に向かった。海の風景画をおろし、三枚目の肖像画を慎重に壁にかける。

「これも不正を正す行為に該当するはずよ」ソニアは後ずさり、三人の花嫁をじっと見つめた。「こうして彼女たちに敬意を払い、一緒に飾ることで」

「こうあるべきなのよ。キャンバスのサイズも額縁も同じだし、画風だってそっくりだわ、ソニア。あたしたちは違う画家の作品だとわかるし、あなたのお母さんもきっと見分けられる。でも、素人には無理よ」

「そうね。きっとこれも双子の類似点なのね。それに、ふたりとも花嫁ひとりひとりの幸せな瞬間を描いてる——人生において最高に幸せな瞬間を。暗い影や悲劇の気配は微塵《みじん》もないわ。そこも気に入ってる」

上階で何か衝突する音が響き、壁の肖像画が揺れた。

「ドブスは気に入らないみたいね」クレオがつぶやいた。「彼女にどんな力があったって、反対勢力がいる。あたしたちはその仲間よ。だから……」クレオが天井に向かって中指を突き立てたとたん、携帯電話からクイーンの《ウィー・ウィル・ロック・ユー》が流れだした。

ソニアは噴きだし、髪を振り払った。「〝くそくらえ〟って言葉で締めくくらせて」何かが天井を叩きつけ、明かりが揺れた。肖像画も揺れたが、落下することはなかった。


午前三時に時計が鳴り、ピアノの音色が涙のように流れだした。ソニアは身じろぎをして目を覚まし、子ども部屋から聞こえた嗚咽《おえつ》に胸が締めつけられたが、引き寄せられはしなかった。

ふたたび眠りに落ちる前に、バルコニーのガラス戸がぱっと開き、突き刺すような冷たい風が吹きこんできた。

ヨーダが起きて激しく吠えたて、ベッドに飛びのってくる。

ソニアは冷気に覆われながら、突風に抗《あらが》った。階下の玄関扉を破城槌《づち》で殴りつけるような音がとどろき、寝室の暖炉の火が激しく燃えあがった。

吹きすさぶ風やごうごうと燃えさかる炎、扉を殴りつける音にまじって、ベッド脇の携帯電話から《不吉な月が昇る《バッド・ムーン・ライジング》》がかすかに聞こえた。

愛犬の身を案じて震えるヨーダを片腕に抱き、バルコニーのガラス戸に直行した。背後でクレオの叫び声がしたが、ガラス戸にたどり着くことに全神経とエネルギーを集中させた。

ドアのハンドルを握ったとたん、ソニアは悲鳴をあげた。まるで氷山を握りしめたように感じたからだ。

だが、手を離さずにガラス戸に肩を押しつけた。必死に閉じようとしていると、防潮堤に立つ人影が目に入った。

彼女は海原ではなく屋敷のほうを向いていた。白い満月に照らされて、自ら魔法で巻き起こした風に髪やドレスをあおられながら。

ソニアは歯をくいしばり、全力でドアを押した。

「さっさとやりなさい！」ソニアは叫んだ。「地獄への一歩を踏みだしてみたらいい。決着がつく前に、あなたを地獄の底に突き落としてやると約束するわ」

「あたしも協力するわ」クレオも髪をあおられながら二枚目のガラス戸に肩を押しつけた。

ふたりはなんとかガラス戸を閉じて押さえながら、ドブスが海のほうを向いて飛びおりるのを目の当たりにした。

満月が三日月に変わり、風がやんだ。階下の玄関扉を激しく叩く音もおさまり、暖炉の炎が消えた。

ソニアとクレオは床に座りこみ、震える犬をはさんで互いにしがみついた。

「わたしたちはもう大丈夫よ」ソニアは喉元までせりあがった心臓がもとの位置に戻ると、なんとか言葉を絞りだした。「あなたは大丈夫?」

クレオはうなずきながら、ふうっと二回息を吐きだした。

ソニアはヨーダの鼻にキスをした。「わたしたちはみんな無事よ」

「三枚目の肖像画を壁にかけたことが、あの女の逆鱗《げきりん》に触れたようね」

「そうね。あなたは彼女を見た? ドブスが防潮堤に立つ姿を?」

「ええ、ドブスは屋敷を見つめてた。あたしたちを見ていたのか、二百年前の出来事の再現なのかはわからないけど」

ソニアはぐったりしてガラス戸にもたれた。

「ドブスはキャサリン・プールを外におびきだし、結婚指輪を抜きとった。きっとエネルギーをかき集めると、彼女は屋外でも魔力を使えるのよ。でも屋内のほうが魔力も彼女も強いんだわ」

「つまり、今夜ドブスはその魔力を使ってショーを披露したってわけね。なるほど。ドブスはあなたに自分の姿を見せて、怯えさせたかったのね」

「結局ドブスは飛びおりた。最終的には身を投げた」

「ドブスは飛びおりないといけないんでしょう？　死は取り消せないもの、ソニア。それに彼女の自殺が、彼女の死と血が呪いを強固にしたんでしょう」

「死は取り消せない」ソニアはおうむ返しに言うと、その真実に胸をきりきりと締めつけられた。「つまり七人の花嫁を助けることは決してできないのね」

「そうじゃないわ。花嫁たちの命を救えないのは、みんなすでに亡くなってるからよ。でもこうしてここで暮らすだけで、もう彼女たちの力になってるわ。三枚の肖像画を壁にかけたことも力になったはず。おまけにソニア、あなたは――あたしたちは――あなたのおばあちゃんと仲良しになったわ」

クローバーが《ウィー・アー・ファミリー》を流して、それにこたえた。

「クローバーはここにいた。ジョン・フォガティの曲で警告してくれたわ。それに、あなたも駆けつけてくれた」

「ヨーダが吠える声や、階下《した》からどんどん叩く音が聞こえたの。ドブスはいったん退却したようね。あなたもそう感じるでしょう。屋敷はまた眠りについたみたいだけど、あなたと一緒にいてもいいわよ」

「いいえ、わたしなら大丈夫。本当よ。怖くないとは言わないけど、クレオ、それより激怒しているの」

「その顔を見ればわかるわ」クレオはソニアの頬を人さし指でつついた。「激怒してるなんてものじゃないわね。ドブスは今日の力を使いきったはずよ、おかげでよく眠れそう」クレオはあくびをするふりをして、にやりとした。「いい当てこすりだったわね」

完全に同意して、ソニアはまたクレオを抱きしめ、一緒に立ちあがった。「手助けしてくれてありがとう」

「いつでもまかせてちょうだい。じゃあ、またね」

ヨーダは自分のベッドで丸くなり、ソニアもそれにならった。

携帯電話からは、ジェームス・テイラーの静かなバラード《きみの友だち《ユーヴ・ゴッド・ア・フレンド》》が流れていた。

「ええ、そうね」

曲が終わる前に、ソニアは眠りに落ちた。

早朝に目を覚ましたソニアはエネルギーに満ちあふれ——是が非でも日課を行うつもりだった。エクササイズを数日さぼってしまったので、まずはそれから始めよう。

手早くコーヒーをいれているあいだに、ヨーダを外に連れだし、一日をスタートさせた。愛犬とおもてに出て、空気を吸いながら森を見まわす。

あとで休憩中に森のなかを散歩してみようかしら。

ヨーダに朝食を与えてぽんと叩いた。

「さあ、エクササイズをしないと」

こうして踊り場の隠し扉を開き、コリンが元使用人部屋の一部に設置したホームジムへ行くのも、ドブスにとっては侮辱的だろう。

ソニアはレッスンを視聴しながら有酸素運動を行ったあと、ゆうべの出来事を思い返し、ウエイトトレーニングの動画を選んだ。

強くなるに越したことはない。

使用人を呼ぶ呼び鈴が二度響いたが、無視した。きっと〈黄金の間〉で鳴らされたに違いない。

ドブスがこれも侮辱と受けとりますように。

上階にあがると、一階の床で弾むボールの音がして、屋敷専属のドッグシッターが頭に浮かび、思わず微笑んだ。

犬と遊ぶ少年――これも侮辱的だろう。

シャワーを浴びて着替えたあと、階段のてっぺんから声をかけた。

「いまからコーヒーとベーグルの朝食をとるために階下《した》へおりるわ」

一階におりると、ヨーダがキッチンでお座りして待っていた。食器棚の扉はすべてきちんと閉まっている。

「ありがとう、ジャック」

朝食を食べるあいだ、母親やトレイから早朝に届いたメッセージに返信し、そのあと受信メールに目を通した。

〈ジジ〉からの返信はなかったが、まだ早朝だし、心配はしていなかった。

「さあ、仕事に取りかかりましょう、ヨーダ」

ソニアは水のボトルを手にし、愛犬を従えながら図書室に向かった。八時四十五分にはデスクについた。

「一時間だけ〈ライダー〉の企画書の続きに取りかかるわ」作業時間をきっちり守るためにタブレットのアラームを設定して、コンピューターを立ちあげた。

ファイルを開き、両方の肩をまわす。

進捗状況に気をよくし、仕事に取りかかった。

キャンペーンの全体像や、自分がデザインしたイメージで普通の人々にアピールする方法が、ぱっと想像できた。

人々が――俳優でもプロのアスリートでもない人々が――〈ライダー〉のスポーツ用品やウェアを使って球技を行ったり、自転車に乗ったり、ヨガやバスケやなんかをする姿を。

色や動き、子どもや若者や年配者。コリーンが撮った写真は、ソニアが求めているものを忠実に表現していた。ソニアが手がけたレイアウトや文もインパクトがあった。もう少し磨きをかける必要があるけれど、そうすればかなりいい企画書になるはずだ。アラームが鳴ったとたん、思わずたじろいだ。だが、そのまま作業を続けることにした。あちこち修正するのに二時間ほど費やしたのち、企画書を上階の大型スクリーンに映した。

そして必要な調整や改善を行った。

とりあえず〈ライダー〉のファイルはいったん閉じた。

うれしいことに、デュースが話していた法律事務所から問い合わせのメールが届いていた。返信する前に、その事務所のウェブサイトをチェックした。

「わたしだったらもっといいウェブサイトにできるわ」

廊下からクレオの足音がしたので、ソニアは顔をあげた。

「おはよう。ゆうべのショーのあと、よく眠れた？」

「ぐっすり寝たわ。コーヒーを飲まないと」クレオは階段のほうを向いたが、振り返った。「忘れてた。このあと買い出しや用事をすませるためにプールズ・ベイへ行くつもりよ。何か買ってきてほしいものはある？」

「バターとコーラが少なくなっているわ。ビールを飲む仲間を呼ぶなら、ビールも。

でも、今夜はトレイがわたしたちをディナーに招待してくれるそうよ」

「ねえ、あたしまで連れていく必要はないのよ」

「トレイはあなたにも来てほしいのよ。都合が合えば、オーウェンを連れてくるんじゃないかしら。お店は〈ロブスター・ケージ〉で、六時半に迎えに来るって」

「じゃあ行くわ。ほかのものが明日まで足りそうだったら、今日のお使いは延期する。さあ、コーヒーを飲まないと」

それも日課よね。やっぱり日課が好きだわ。

問い合わせに対する返信の文面を考え、潜在顧客の都合に合わせた電話かビデオ通話でのコンサルティングを提案した。デュースが知らせなかった可能性を考え、自社のウェブサイトのリンクも添付した。

自社のウェブサイトは、自分で言うのもなんだけれど——それでも言ってしまうけれど——最高だ。

その一通目のメールを送信したとき、〈ジジ〉の店主からメールが届いた。

新たなロゴをすごく気に入ったという顧客のメッセージに、ソニアは拳を突きあげた。

メールを読みながらソニアはうなずいた。先方が問いあわせてきた質問や懸念、可能性など、どれも納得のいくものだった。

そのすべてに回答し、提示された可能性には提案を示して不安をやわらげようとしたが、懸念が払拭できない場合のオプションも提示した。投げかけられた可能性のひとつは、新たなロゴに合わせた新しい看板だったため、さっそくそれに着手した。

すっかり仕事に没頭していたせいで、ヨーダがデスクの下から這《は》いだしてもほとんど気づかなかった。愛犬は彼女の脚にもたれて尻尾を振った。

「えっ、もう外に出る時間？　ちょっと待って。どうしてもう正午過ぎなの？」

これも日課だと、休憩を取ることにした。これはちゃんとした日課だ。

階下へおりて愛犬を外に出すと、ピーナッツバターとジャムのサンドイッチを作り、ポテトチップスとコーラをそえた。

正午のおやつをヨーダにあげたが、上階に引き返すときについてこなかったので、近くに遊び相手のジャックがいたのだろう。

デスクに戻る前にボールの音が聞こえてきた。少年の笑い声も聞こえ、ソニアはすっかりうれしくなった。

四時近くまで働き、このあたりで今日は仕事を切りあげることにした。

もうボールの音は聞こえなかったが、ヨーダはデスクの下にも図書室にも見当たらなかった。愛犬はキッチンで眠っていた。ヨーダが片目を開け、ぱたぱたと尻尾で床を叩いた。

「ジャックと遊んでへとへとなの？　わたしは外の空気を吸いたいわ、きっとあなたもそうでしょう」

それに、森が手招きしている。以前、雪に覆われた森をじっと眺めていたら、一匹の鹿が森の端から現れたことがあった。あの境界線の先がどんな感じで、どんな景色なのか気になっていた。

まもなく春の花が満開となるいま、それを確かめてみよう。

マッドルーム（泥で汚れた靴などを脱ぐための小部屋）に置いてある古いジャケットをつかみ、ヨーダを連れて外に出た。ヨーダはソニアがよくぐるりと散歩する庭を駆けまわりだしたが、彼女がなだらかな芝生を横切って奥の森に向かうと、立ちどまって小首を傾げた。

「シティガールがちょっと探検したくなったのよ。でも信じて、そんなに遠くまでは行かないわ」

歩いていると、岩場に寄せては返す波音が聞こえ、樹木や低木のつぼみが目にとまった。大地からも緑の芽が顔を出している。

大気だけでなく日の光もあたたかかった。ボストンでも、この変化に気づけただろうか。

きっと無理ね、こんなふうには気づけない。

森の端まで来たところで屋敷を振り返り、携帯電話を入れたポケットを叩いた。念のためだ。

「ここに小道があるわ、ヨーダ。この道から外れないようにしましょう」

木陰は涼しく、日ざしもやわらいだ。松の木と大地のにおいは——潮のにおいとはまったく違った。

これまで何人がこの道をたどり、最後に誰かがまだらな日だまりのなかを散策してからどのくらい経ったのだろう。鳥のさえずりや、そっと撫でるように樹木を揺らすそよ風は、当時もいまも変わらないはずだ。

それ以外は静寂に包まれていた。絶え間なく岩に打ちつける波音でさえ彼方《かなた》で響いているように、音がこもってほとんど聞こえない。

ソニアは垂れさがった枝に目をとめた。こういう枝が吹雪で落ちるのかしら。ジョン・ディーは——私道や車道の雪かきをして、小屋のそばに薪を積みあげてくれる彼は——この森から薪を調達しているのかしら。

あとできいてみないと。

ヨーダとたどる小道から何本か脇道が延びていた。脇道に入ろうかとも思ったが、かぶりを振った。

「今日はやめておきましょう。でも、また別の機会に試してみてもいいかも」

泡立つような音がしたかと思うと、細い川が目に飛びこんできて、驚きと喜びを味わった――ゆるやかに岩床を流れている。

「あれを見て！　川よ。小川っていうのかしら。とにかく川があるわ」

頑丈そうな太い枝が川をまたぐように倒れ、橋の代わりになっていた。それを証明するかのように、丸々と太ったリスが倒木を駆け抜けた。ソニアは噴きだしたが、ヨーダが即座にあとを追うと、はっと息をのんだ。

「だめよ！　ヨーダ！　とまってちょうだい！」

だが、ずんぐりした短い脚で向こう側に到着すると、ヨーダは彼女に向かってうれしそうに吠えた。

ソニアはパニックに襲われながら、小道をそれ、川岸に向かった。あの枝はリスや小柄なヨーダの重さには耐えられても、ソニアは無理だろう。彼女は大声でヨーダを呼び、ずいぶん森の奥まで来てしまったことに気づいてはっとした。

生まれてこの方、片手で足りる回数しか森のなかを歩いたことがない――しかもこんな森は初めてだ。

こんな深い森は。そう思ったとたん、楽しかった気持ちが不安に取って代わった。

森の奥にはありとあらゆる野生動物が生息している。

いまや森の静寂が不吉に思え、まだらな日だまりが闇を威嚇しているように感じた。

仕方なく、ソニアはぶくぶくと音をたてる小川までくだり、歩いて渡ろうとした。するとヨーダが枝を駆け戻り、満足そうな目つきで尻尾を振りながらやってきた。「ヨーダ！」愛犬を抱きあげ、厳しい目でにらもうとした。「もう二度とあんなことしちゃだめよ。森のなかで勝手に走りだしたら承知しないわよ」

ヨーダは身をくねらせて彼女の頬をなめ、ちっとも反省していない様子だった。

愛犬を抱えながら引き返し、森の入口付近まで来たと確信してから、ふたたびヨーダをおろした。

「またあんなまねをしたら、リードをつけるわよ」

コンパスを買ったほうがいいかもしれない。きっと屋敷のどこかにあるはずだ。もちろん、コンパスの使い方なんて知らないけれど、それは学べばいい。

屋敷が視界に入り、波音が聞こえ、強い日ざしのなかに踏みだしたとたん、安堵感《あんどかん》に包まれた。でも今回の件で森の散策をやめたりしない。ときどき、また来よう。

「この森もわたしたちのものだもの、そうよね、ヨーダ。コンパスの使い方を学んでハイキングブーツを買うわ。だってここはわたしたちのものだから」

携帯電話を取りだして、時刻を確かめた。

「さあ、クレオを探しに行きましょう」

6

屋敷に入ると、ソニアは水を飲むヨーダをその場に残し、クレオのアトリエに向かった。

ドア枠を軽くノックしてから、なかに入った。

「いまから人前に出られるよう身支度するつもり……。まあ、クレオ!」

ソニアはイーゼルに置かれた絵に歩み寄った。「この絵の女性はすばらしいわ。なんてゴージャスなの。信じられない」

「絵は完成したと思うわ」クレオは作業台の脇に立ち、絵筆を洗っていた。「このままここに置いておいて、明日あらためてじっくり見てみるつもりよ。それで完成したと思ったら、乾燥用の棚に移動させるわ」

「彼女は不思議な力を秘めていそうね」ソニアはつぶやいた。

岩場に座った人魚は、色鮮やかな宝石を彷彿させる尻尾で海面を撫でていた。金色やピンクや青が入りまじる夜明けに、鯨の鳴き声が響き渡るなか、人魚は座ってガラス球を手にしていた。

ガラス球のなかには、岩場に座って色鮮やかな宝石を彷彿させる尻尾で海面を撫でる人魚が描かれていた。その人魚が手にしたガラス球のなかにも岩場に座る人魚が描かれ、彼女はガラス球を手にしていた。

「なんて繊細なの、クレオ。どのガラス球も内部まで緻密に描かれているのね」ソニアは胸を押さえた。「畏敬の念に心底震えたわ」

「倉庫であなたと見つけた人魚のランプと、たまたま人魚の本のイラストの依頼が舞いこんだことと、創造力をかきたてるこの眺めのおかげよ」

クレオはソニアに歩み寄って肩に手をのせると、自分の作品をじっと眺めた。

「ああ、もう謙遜するのはやめる」クレオは髪を振り払い、腰を振った。「彼女は最高よ」

「オーウェンはとびきりすばらしいヨットを作らないとね」

「あたしがほしいのは、ふたり乗りのすてきな小型ヨットよ。でも、彼が彼女のすばらしさをちゃんと理解しなかったら承知しないわ」

「まだ署名していないのね」

「明日、完成したと百パーセント確信できたらするわ。あなたも今日の仕事が終わったようね。あたしもよ。さあ、おめかししましょう」

「今日の仕事を終えただけじゃないの」ソニアはクレオとともに歩きだした。「そのあと、森のなかを散歩したのよ」

「ひとりで？」

「ヨーダを連れて。そんなに奥まで入ったわけじゃないけど、予定していたよりも少し奥だったみたい。楽しかったわ――ただ、細流か小川を見つけた直後、ちょっとしたハプニングがあったの。ところで、細流と小川って何が違うの？」

「小川っていうのは細流よりやや幅の広い川ってところかしら」

二階で立ちどまると、ソニアは眉間にしわを寄せて振り返った。「どうしてそんなことを知っているの？」

「ルイジアナ州には小川がたくさんあるからよ、ソニア」

「たしかにそうね。じゃあ、あれは小川だわ」

「そうなのね」

「わたしは小川って呼ぶことにする。実は、ヨーダがリスを追いかけて小川にかかった倒木を走り抜けたの。でも、戻ってきたわ。時間にして三十秒程度だったけど、もっと長く感じた。わたしにはコンパスが必要だわ」

「それは最低限必要なものよ。今度、森を散歩するときはあたしに知らせて。同行できなくても、あなたの居場所を把握できるから」

「了解。ディナーには何を着るつもり？」

「まだ決めてないわ」

「きっとモリーがもう選んでくれているはずよ」

ふたりしてクレオの部屋に入ると、ベッドにはウエストにベルトがついた赤褐色のドレスが広げられていた。その隣には透かし模様の黒のセーターがあった。

「いいチョイスね」ソニアは言った。

「あなたに同意せざるを得ないわ。ありがとう、モリー」

ソニアが自分の部屋に行くと、スクエアネックのネイビーブルーのドレスとウエスト丈のクリーム色のスエードジャケットが広げられていた。

「このふたつを組みあわせたことは一度もなかった気がする。気に入ったわ。ありがとう、モリー」

ほかのもろもろに加え、ファッションコンサルタントがいることにも慣れてきたと思いつつ、ソニアは念入りに身支度をした。

トレイとディナーに出かけるために身支度をして以来、起こったすべての出来事を思い返した――彼はあのディナーをキャンセルせざるを得なかった。

そのあと、ソニアはオーウェンとともに鏡を通り抜け、リスベス・プールが結婚披露宴で亡くなる場面を目の当たりにした。ヘスター・ドブスの亡霊が滑るように移動して、リスベスの指輪を抜きとる場面も。

ソニアは気持ちを切り替えて日常に戻り、自分たちの味方となってそばで支えてくれた男性ふたりのためにクレオとディナーを作った。その晩、トレイはドブスが防潮堤から飛びおりる場面を目撃した。

クレオはリスベスの肖像画を発見した——それが連作の三枚目であることは間違いない。その絵はいま、音楽室に飾られている。

ソニアたちはドブスの午前三時の癇癪に屈しなかった——あれをただの癇癪と一蹴できるのは気分がいい。そのあと、トレイと同じように、ドブスが防潮堤から身を投げるのを目撃した。

ソニアはピアスをつけながら思った。そういったもろもろの出来事にもかかわらず、自分たちは仕事をし、笑い、生きている。

それから、愛犬を連れて森のなかを散歩した。

メイン州の屋敷《ザ・マナー》に引っ越してきて以来、ソニアの人生ははるかに充実し、豊かなものとなった。

ここ数カ月をのぞけば、生まれてからずっとボストンで暮らしてきたのに、岩だらけのメイン州沿岸のこの村に深く根づいている気がする。

すぐ母に会える距離だったころが懐かしいし、その思いはこの先もずっと変わらないだろう。でも、それ以外に恋しく思うものはない。ボストンでの生活は過去のものとなった。

ソニアは後ろにさがって鏡の前で半回転した。靴を履き、ヨーダを連れて廊下に出ると、クレオの部屋をのぞいた。

「もう少しで準備できるわ！」クレオが叫んだ。「ちょっと別のことに気を取られちゃって。ルーシー・キャボットから猫の件でメッセージが来たの。その猫を——雌猫だから彼女を——見に行ってくるわ。明日、村へ買い出しに行くついでに」

クレオは完璧に口紅を塗り、バスルームから出てくるとヨーダを見つめた。

「もし彼女があたしの猫になったら、連れて帰るから、あなたは優しくしてあげてね」

「犬と仲良くない猫だったら、ルーシーは連絡してこないはずよ。それに、ヨーダはすでに猫との相性テストにパスしてる。楽しくなりそうね」

「今回は様子見よ」

「ええ、わたしもヨーダのときはそう言っていたわ」ソニアが指さすと、ヨーダが尻尾を振った。「ただ様子見だって」

ふたりが階段をおり始めたとたん、玄関のベルが鳴った。

「絶妙なタイミングね」

「彼は合鍵を持ってないの？」クレオがきいた。

「持っているけど、トレイはそういう人なの。合鍵を使っていいのは緊急時だけだと思っているのよ」

ヨーダは早くも玄関で飛び跳ね、ソニアがドアを開けるやいなや飛びだし、ムーキーと挨拶した。

「ヨーダは運がいいと思っているようだが」トレイが言った。「ふたりの美女をディナーにエスコートする幸運に恵まれたのは、ぼくだ」

「ムーキーにもディナーを食べさせた？」クレオが尋ねた。

「ああ」

「だったら、わたしたちは準備万端よ」ソニアはロープをつかんでさしだした。

すぐさま二匹は綱引きを始めた。

「ふたりともお行儀よくしているのよ」ソニアは外に出ると、伸びあがってトレイにキスをした。「ハンサムな男性とディナーに出かけるわたしたちのほうが幸運だわ。それとも、ハンサムな男性たちかしら」

「オーウェンとは店で合流する。ジョーンズは留守番をしながら、お気に入りの映画を観るらしい」

「それってどの映画？」トレイの車に向かいながら、クレオがきいた。「『スクービー・ドゥー』？　それとも『101匹わんちゃん』？」

「『キングコング』だよ、オリジナルの」

「嘘でしょう」

トレイはかぶりを振って車のドアを開けた。「なぜかはきかないでくれ。だが、ジョーンズは気に入ってるんだ。しかも、明らかにコングを応援してる」

「コングを応援したくなる気持ちはわかるわ」ソニアが振り返ると、クレオは同意するようにうなずいた。「彼らは巨大なゴリラを楽園からさらって見世物にしようとしたんだもの、コングを応援して当然よ」

ソニアはトレイの腕に触れた。「あなたの友人と彼女の子どもたちがどうなったか教えて」

「すんなりとはいかなかったが、最終的には、元夫は彼女が親権を持つことや他州へ引っ越すことに関して争うのをやめた。やつは司法取引をしようとしている」

「そんなことになったらすごくいやだわ」後部座席のクレオがつぶやくと、トレイはバックミラーに映る彼女を見た。

「わかるよ。ただ司法取引が成立すれば、ぼくの依頼人は子どもたちとともに他州の実家へ引っ越すことが容易になる。裁判のために戻ってくる必要もなくなる。検察官がこの有罪答弁取引に対して行う求刑が、十五年以下になることはないだろう」

「あなたの依頼人はそれでいいの？」ソニアはきいた。

「彼女はただ自分や子どもたちが安心できることを願っている。そのために母親や姉のもとに戻ろうとしてる。だから、それがぼくにとっての優先事項だ」

クレオは身を乗りだして、トレイの肩に手をのせた。「もちろんそうだし、そうであるべきよ。あたしは決して弁護士になれそうにないわ。だって、そいつのいちもつが焼け落ちるまでライターであぶってやりたいから。きっとかなりの時間がかかるでしょうね」

トレイはまたクレオをちらりと見た。「きみの機嫌を損ねないように気をつけるよ」

「あなたなら大丈夫よ。昨日、あなたのお父さんに会って大好きになったから、彼の息子のいちもつに火をつけたりしないわ」

「父に感謝しないとな。それで、どうだった？　今日は父と話す機会がなかったんだけど」

「おかげでパトリシア・プールのことがかなり理解できたわ。グレタ・プールともいずれ話すつもりよ。それと、まだあなたに話してないことがいくつかあるの。あなたとオーウェンがそろってから話そうと思って。わたしたちは大丈夫よ」ソニアは言いそえた。「わたしたちは大丈夫」

「鏡の一件があって」クレオが口をはさんだ。「あたしたち四人がこれにかかわっていることが明らかになったから」

「了解だ」

だが、村まで運転しながら、トレイはひとつの事実を確かめるようにソニアをちらりと見た。彼女は大丈夫だという事実を。

「ほかにもニュースがあるの」ソニアが口を開いた。「クレオがオーウェンと物々交換する絵を描きあげたわ。しかも、息をのむほどすばらしいの」

「ほとんど、完成よ」クレオが訂正した。「でも、〝息をのむほどすばらしい〟という褒め言葉はありがたく受けとるわ」

「今夜、屋敷に泊まれるなら、一緒にその絵を見ましょう」

「ぼくにとって最高の取引だな」トレイは駐車して、ソニアに微笑んだ。「泊まる場合に備えて、トランクにバッグを積んである」

〈ロブスター・ケージ〉では例の若い案内係が三人を出迎え、物言いたげな目つきでトレイを見た。

「あの娘《こ》は重傷ね」案内係が三人にメニューを渡して持ち場へ戻ると、クレオが言った。

「彼女は二十歳だよ」

「あたしが美術史の教授に夢中になったのは十九歳のときだった」クレオはそう思い

返した。「教授はふたまわり以上年上だったはずよ。もし彼が弱みにつけこむような人だったら、あたしは大変なことになってたでしょうね」

「きみは失恋を乗り越えたんだね」

「ええ、でもいい思い出よ」

ソニアはオレンジのハイライトが入ったダークブラウンの髪を頭のてっぺんで束ねたウエイターを覚えていた。大学で環境工学を専攻し、父親が病気になったのを機にオンライン受講に切り替えた学生だ。

「こんばんは。全員そろうのを待つあいだに、お飲み物はいかがですか？」

「最後のひとりはもうすぐ到着するはずだ。ソーヴィニヨン・ブランのボトルはどうかな？」トレイの問いに、女性ふたりが同意した。「グラスを四つ持ってきてくれ、イアン。もしオーウェンが別のものを飲みたがったら、到着したときに伝えるよ。いや、いま確認できそうだ」オーウェンが入ってくると、トレイはそうつけ加えた。

オーウェンの髪は風にあおられたようにぼさぼさだったが、新しいシャツとジーンズに着替えたのは明らかだ。

彼はボックス席のクレオの隣に腰をおろした。「すまない。仕事が忙しくて」

「ぼくたちも到着したばかりだ。いまソーヴィニヨン・ブランのボトルを注文した」

「それでいい。あとのふたりは何を飲むんだ？」

「そんなに忙しいのか?」

「ああ、忙しいなんてもんじゃない。やあ、イアン」

「こんばんは、オーウェン。あなたにもワインをお持ちしますね」

「いい意味で忙しいの?」給仕が立ち去ると、クレオがきいた。

「ビジネスにおいて忙しいのは、たいてい好調な証拠だよ」

「屋敷でも忙しかったようだ。きみたちはオーウェンが来るのを待って話すつもりだったんだろう。もうオーウェンが到着したよ」

「話すって何を?」

「クレオがアトリエのクローゼットでリスベスの肖像画を見つけたわ」

「嘘だろう」オーウェンが椅子の背にもたれた。「その絵を描いたのは?」

「コリンよ」クレオが説明した。「非の打ち所がないほど美しい絵だったわ」

「今回もウエディングドレス姿の肖像画だった。たとえ典型的なデザインのウエディングドレスじゃなかったとしても、花嫁衣装だとわかったはずよ。だって、オーウェン、あなたとわたしは彼女の花嫁姿を見たんだもの」

「その絵もほかの肖像画と一緒に音楽室の壁にかけたわ」

オーウェンはクレオのほうを向いた。「いいことだ。それがあるべき場所だ」トレイに目をやった。「あと三枚だな。玄関ホールのアストリッドの絵を含めなければ、

「四枚か」

「リスベスの肖像画はほかの二枚と似ているのか?」トレイがきいた。「サイズや額縁は?」

「まったく同じよ」ソニアが答えた。

「だったら、あと四枚だ。アストリッドの肖像画を描いたのは、コリンでもきみの父親でもないし、サイズもはるかに大きい。額縁のデザインも異なる。肖像画はセットなんだろう」

「それか連作よ」ソニアが言った。「最初の花嫁から最後の花嫁までの」

イアンがワインを手に戻ってきた。トレイが試飲してうなずくと、今夜のおすすめ料理を説明しながら四つのグラスにワインを注いだ。

イアンがさがって四人に時間を与える間もなく、ソニアとクレオは今夜のおすすめ料理から選んで注文した。トレイとオーウェンが頼んだのは、それぞれが昔から気に入ってる料理だった。

「これはいい、四人とも違う料理だ。きみは決して広東風ロブスターを食べきれないはずだ」オーウェンがクレオに言った。

「なんとか挑戦してみるわ」

「少しお裾分けして、代わりにオーウェンのロブスター・ポットパイをひと口味見するといいよ」トレイが勧めた。「きみは後悔しないはずだ。リスベスの肖像画を見つけたあと、ほかにも何かあったんだろう。肖像画に対するドブスの反応は?」

「かんばしくなかったわ」ソニアは肩をすくめてワイングラスを持ちあげた。「何度もドアを叩きつける音がして、ばたんと閉じると、風が吹き荒れ、明かりが点滅した。でも、そのうちドブスは失速したわ」

「ほぼ力尽きた」クレオが言いそえた。

「ええ、ほぼ力尽きた」

ソニアは午前三時の出来事について語った。

トレイが目を細めた。「屋敷のほうを向いていたのか?」

「ええ、最初は。あなたが目撃したときはそうじゃなかったんでしょう」

彼はソニアに向かってかぶりを振った。「ああ、ドブスは屋敷に背を向けたまま飛びおりた。それに叩きつけるような音がしたり、突風でガラス戸が開いたりなんてしなかった」

「クローバーからの警告はなかったのか?」

トレイはオーウェンに向かって左右に首を振った。「柱時計やピアノの音がして、窓に引き寄せられ、ドブスが飛びおりるところを目撃したが、それ以外は何も」

「あなたに電話するかメッセージを送るべきだったって言うつもりなんでしょう。でも、その必要はなかったの」ソニアはトレイの腕をぎゅっとつかんだ。「ふたりしてガラス戸を閉じたあと、ドブスは飛びおりた。それでゆうべの騒動はおしまい。今朝はホームジムでエクササイズしたくらいよ」

「ドブスへの当てつけだな」オーウェンの言葉にソニアはにっこりした。

「そうかも。ドブスは〈黄金の間〉からベルを何度も鳴らしたけど、それだけよ。ゆうべ以来エネルギーが低下したままなんじゃないかと、クレオは見ているわ。わたしも同感よ。ドブスは一日中おとなしかった。ずっとおとなしかったわ。あまりにも静かだったから、クレオは人魚の絵を描きあげたわ」

「えっ、完成したのか？　いつもらえるんだ？」

「完成したかどうかはまだわからない。明日になれば、確信できるわ。そのあと乾燥させて額に入れないと」

「額はまかせてくれ。おれが作るよ」

「装飾が凝ったものはだめよ、ぴかぴかの新品もだめ。あたしなら――」

「額はまかせてくれ」オーウェンが繰り返した。「まずはもう一度あの人魚を見たい。あとどれくらいしたら彼女の絵が手に入るんだ？」

クレオはワイングラスをつかみ、愛想よく微笑んだ。「あたしのヨットはどこ？」

「彼女を見に行くときに設計図を持参する」

「じゃあ、そのときに話しあいましょう。ところで、どうしてあなたの愛犬が『キングコング』の——あの古い映画のファンになったのか教えて」

「オリジナルのね」オーウェンが答えた。「ファンにならないやつなんているか？明日、仕事が終わったら見に行くよ。たぶん五時ごろになる」

「わかった。ただし、あなたがあの絵を手に入れて額に入れられるのは数カ月後になると思うけど」

「数カ月？　それじゃ制作期間よりも長いじゃないか」

「ええ。それが業界の常識よ。あの絵には油彩絵の具を使いたかったの。乾燥期間を短縮するメディウムを使ったけど、そうでなければ二カ月どころか半年待つ羽目になっていたはずよ」

「そういうものなのか？」

「ええ」

「だったら、それに従うまでだ」

料理が運ばれてくると、話題はもっと一般的な気軽なものに変わった。

途中で、ショートカットの赤毛にコック帽をかぶったブリー・マーシャルが厨房《ちゆうぼう》から飛びだしてきた。オーウェンを押しやり、ボックス席の端に座る。

「五分だけ時間ができたから来たわ。屋敷のイベントについて教えて。招待客は何名?」

「まだわからないわ」ソニアが答えた。「でも――」

「早めにだいたいの人数を把握したほうがいいわ。村のすべてのレストランに料理を注文するんでしょう」

「その予定よ。だから――」

「それぞれの店に何を注文するか決めたほうがいいわ。向こうにまかせたら、ひどいことになるから。給仕とバーテンダーと厨房スタッフも必要ね。あとは、誰かにトイレを管理させないとだめよ。みんな使うから」

クレオがオーウェンの向こうから身を乗りだした。「そのすべてのコーディネーターになってくれない?」

「頭が切れるわね、だからあなたが好きなのよ」ブリーはにっこりした。「まずはイベント会場を下見させて。来週の月曜日の十一時ごろなら行けるはずよ」

「完璧だわ」ソニアが応じた。「協力してくれて本当にありがとう」

「あなたたちには手伝いが必要よ。オープンハウスは無秩序だし、あたしは無秩序のなかで生きてるから」ブリーはトレイに微笑んだ。「だから、あたしたちはうまくいかなかったのよね」続いてオーウェンを肘で小突いた。「あなたとのほうが馬が合ったはずよ」

「当時も、きみにそう言おうとしたよ」

「いいえ、あなたは何も言わなかった」

「いや、潜在意識に訴えてた」

「あら、気づかなかったわ」ブリーはオーウェンの頬にキスをして、彼を笑わせた。「もう手遅れよ。もう心もホルモンもマニーに奪われたから。さあ、持ち場に戻らないと。あなたたちが分けあえるようにフォンダンショコラと苺《いちご》のショートケーキをふたつずつ注文しておいたわ。きっとあたしに感謝したくなるはずよ」

ブリーは瞬く間に立ち去った。

「生クリームの洪水に襲われた気がするのはなぜかしら?」ソニアは言った。

「ブリーにはそういうところがある」トレイはオーウェンに目をやった。「潜在意識に訴えたのか?」

「ブリーはセクシーだ」オーウェンは肩をすくめた。「昔から魅力的だった。だが、おれは親友の恋人に手を出すようなまねはしない。それはそうと、彼女の言うとおりだ。きみたちがそのイベントにブリーの手を借りるのは賢明だ」

「ブリーが無秩序のなかで生きているのは、その対処の仕方を心得ているからだ」トレイが言った。

「それに、人々の扱い方も」ソニアは言い足した。「だから、わたしたちはフォンダンショコラと苺のショートケーキのデザートを分けあうことになったのよね。もちろん異論はないわ」

「きみのその判断も賢明だ」トレイが言った。

デザートが運ばれてくると、ソニアはたしかに賢明だったと実感した。

「おれが払うよ」トレイが勘定書きを持ってくるよう合図するのを見て、オーウェンが言った。「前回はおまえが払っただろう——それに、屋敷で何度もごちそうになった」

「じゃあ、頼むよ」

「ありがとう」ソニアに視線を向けられ、クレオはうなずいた。「明日の五時ごろ来るなら、夕食を食べていってちょうだい。もし来られそうなら、あなたもどう、トレイ?」

「今度はジャンバラヤに挑戦してみるつもりなの。おばあちゃん《グラン・メール》にレシピを送ってもらったから。かなりスパイスが効いた料理よ」

「ああ、ごちそうになるよ」オーウェンは支払いをすませ、トレイに向かってにやりとした。「スパイシーな料理は大好物だ。今夜はもう行かないと。明日も早起きしないといけないからな」

「じゃあ、明日の五時ごろに。ディナーをごちそうさま」クレオが言いそえた。

「どういたしまして」オーウェンは立ちあがると、ソニアに向き直った。「明日の晩は泊めてもらうかもしれない。ドブスが崖から真っ逆さまに飛びおりるのを見るのも悪くないからな。まあ、ドブスがアンコールを披露してくれればの話だが」

「ええ、ぜひ泊まってちょうだい。アンコールのほうは保証できないけど。それと、あなたたちふたりにはリスベスの肖像画を見てもらいたいわ」

「じゃあ、また明日」オーウェンは立ち去った。

ほどなく三人も店をあとにし、春雨が降るなか車で帰途についた。

犬たちはまるで三人が戦争の英雄であるかのように熱狂的に出迎えたあと、外へ飛びだした。

「あの子たちが濡《ぬ》れた足で家中を歩きまわらないように、マッドルームのドアからなかに入れましょう。じゃあ、あなたに肖像画を見せるわ」

「その絵はクローゼットのなかで発見されるのを待っていたのか？」

「ええ」クレオが言った。「そうみたい。数日前に注文した画材をしまったときは、何もなかったのに、今日必要なものを取りに入ったら彼女がいたのよ」

三人は音楽室に足を踏み入れた。

「これは」トレイは肖像画に近づいた。「モデルも作品もなんてきれいなんだ。彼女は屋敷で生まれた生粋のプール一族だ、それが見てとれる。一族に共通する特徴がある」ソニアのほうを向いた。「昔の写真でははっきりわからなかったが、きみは彼女と瞳の色も顔の輪郭もそっくりだね」

「たしかにそうね。誰かが――たぶん複数の人たちが――わたしたちに肖像画を見つけさせて、ここに飾ってもらいたいと願っているのよ。一枚目の肖像画を壁にかけたときからそうするのが正しいことだと感じていたわ」

「それと、きみたちが言うとおり、これは連作だ。こうして並べて飾るために描かれている」

「たぶん、決着がつく前に七枚そろうと思うわ。一世代分、抜けているけど」クレオが指摘した。

「パトリシア・プールか。きっと彼女はドブスと遭遇したか口論になったかしたに違いない。父の手元には古い新聞の切り抜きがある。社交界のニュースやなんかの切り抜きだ。それによれば、パトリシアはプール家に嫁ぐ前に、何度も屋敷を訪れている」

「マイケル・プール・ジュニアと出会ったのもここよ」クレオが口をはさんだ。「そのゴシップ記事を見つけたわ――ディナーパーティーの記事を。婚約パーティーもここで開いている。別の社交欄の記事に、その写真があったわ」

「だが、ここで結婚式は挙げなかったし、それ以降も何もしなかった」トレイはさがり、三枚の肖像画を同時にじっと見つめた。「おそらく婚約パーティーでドブスと言い争ったに違いない。すべてが証拠で裏づけられた事実というわけじゃないが――」

「あなたの言うとおりよ！」ソニアは興奮して両手を握りあわせた。「頭が切れるわね、それに証拠なんかどうだっていいわ。あなたの説は完全に筋が通ってる」

「ソニアに同感よ。それより前に恐ろしいことがあったなら、パトリシアが屋敷で婚約パーティーを開くことに同意するはずがないわ。でも、ソニア、結婚式は九カ月後じゃなかった？」

「十カ月後よ。盛大な式だったから、婚約パーティーの直後から計画を立て始めたんじゃないかしら。パトリシアは婚約パーティーでは気ままに歩きまわっていたけれど、突然プール家の伝統を破り、屋敷で結婚披露宴を行うことを拒否した。地元でもっとも立派なこの豪邸に引っ越すことも拒んだ」

「証拠がない」トレイはポケットに両手を突っこみ、三枚の肖像画をしげしげと眺めた。「だが、それが真相だというほうに賭ける。実際、何を示唆しているのかは不明だが、そっちに賭けるよ」

「これはドブスがパトリシアを怯えさせて追い払ったことを示しているわ。それがいつ、どこで起きたかも。ドブスはほかの花嫁にも結婚式の前に姿を見せたのかしら？」

「それはわからないけど、ドブスがパトリシアを怯えさせて追い払いたかったとは思えない」クレオは両手を広げた。「次の被害者まで二十年も待つ羽目になるのに、そんなことをする?」

クローバーがソニアの携帯電話を使ってビートルズの《アイ・ミー・マイン》を流した。

「ええ、その次の被害者はあなただった」ソニアはそっとクローバーの肖像画の額に触れた。「たぶん……ドブスはパトリシアを挑発し、やりすぎて裏目に出たのよ。そう考えるのがもっとも理にかなっているわ」

「さてと、いまのあたしにとってもっとも理にかなってるのは、上階《うえ》にあがって本を読みながら眠りにつくことよ。じゃあ、また明日、ソニア。きっとあなたとは午前中に顔を合わせることはないでしょうけど、明日の晩には会えるわよね、トレイ?」

「ああ、お邪魔するよ」

「おやすみ、クレオ。さあ、犬たちを呼び戻さないと」

音楽室の明かりを消す前に、ソニアは入口にたたずみ、最後にもう一度肖像画を眺めた——過去や未来に思いを馳《は》せながら。

そして明かりを消し、いまに意識を集中した。

犬たちは飛びだしていったとき同様、うれしそうに駆けこんできた——すっかり泥まみれになって。

濡れた足をふいてやりながら、ソニアはトレイとの関係の次の扉を開けた。

「あなたにいくつか言いたいことがあるの」

トレイはぱっと眉をあげ、彼女を見た。「なんだい？」

「第一に、あなたは屋敷の鍵を持っているでしょう。だから玄関のベルを鳴らす必要はないわ。その鍵を使ってちょうだい。第二に……」

ソニアは立ちあがり、彼や犬たちとともに家の奥に向かった。

「あなたがそうしたければ、私物を置いてもらってかまわないわ。そうすれば泊まるときに、いちいち荷造りせずにすむでしょう。この話をしたのはあなたを箱に詰めて束縛するためじゃない。ただ――」

「ぼくはもう自ら箱を作った」トレイはさえぎるように言い、彼女の手を取った。

「快適で広々とした箱を」

ソニアは彼の肩に頭をのせた。「わたしも入れるくらい？」

「快適な箱だ」トレイはそう繰り返し、ソニアとともに階段をのぼり始めた。「きみが窮屈に感じたら、蓋を開ければいい」

「広々としているって言ったじゃない」思いださせるように言った。「それに、わたしたちにぴったりの箱みたいね」

ふたりは居間に入り、寝室へと移動した。犬たちはムーキーが来るたびに一緒に寝ているベッドへ直行し、ソニアは寝室のドアを閉めてもたれた。

「どうか私物を置いてちょうだい、トレイ。この部屋にも、わたしの人生にもたっぷりスペースがあるから」

「そうさせてもらうよ」トレイはバッグを置くと、彼女に歩み寄った。「ここや、きみの人生のスペースを分かちあいたい」

「あなたがここにいてくれてうれしいわ」ソニアは彼の首に両腕をまわした。「あなたが来てくれるたびに、そう思うの」

唇が重なった瞬間、激しいまでの欲望が一気にこみあげ、ソニアは呆然とした。

これこそ求めているものだ。触れあって、ともに燃えあがり、身を焦がすまで情熱をかきたてられたい。

その思いを察したのか、トレイは彼女をドアとのあいだに閉じこめるように体を押しつけてきた。情熱的なキスが焼けつくようなものに変わった。

これはありのままの欲望だ。なぜか今夜はお互い欲望がむきだしになっている。ソニアはそれに屈し、彼にまわしていた腕をいったんほどくと性急にジャケットを脱いだ。むさぼるような口づけを交わしつつ、せっかちに彼のシャツのボタンを外す。

シャツをはぎとってかたく引きしまった肌に触れたとたん、歓喜のうめき声がもれた。

トレイもドレスのファスナーをすばやくおろした。

ソニアは床に落ちたドレスから抜けだす間もなく、トレイの両手に体中をまさぐられた。いつもの忍耐強さは微塵もなく、彼の両手が貪欲に、独占欲もあらわに求めてきて、しまいにはむきだしの欲望が激しく燃えあがった。

彼女も渇望に身を焦がした。

思わずうめき声がもれた。「やめないで」

「やめようとしても無理だ」

ソニアは震える指でトレイのベルトを引っ張った。いますぐひとつにならないと、貪欲な衝動に引き裂かれ、散り散りになってしまいそうだ。

あらわになったトレイの熱く高ぶった場所に触れると、ショーツを引っ張られた。

「引き裂いて。ああ、もう！　引き裂いてかまわないわ。ほかにもあるから」

薄い生地が裂ける音がして、ソニアは息を弾ませて笑った。「早く！　ああ、早く！」

トレイに持ちあげられてドアにもたれ、思わず彼の肩に指を食いこませた。

ふたりの視線が重なり、からみあった。荒々しい情熱に何か新たなものが加わった。欲望と同じくらい強く、性急なものが。

トレイの目をじっと見つめながら、たくましい両手や熱い体を感じた。「そうよ、ええ、そうよ」

トレイはゆっくりと押し入ってきて、わざと互いをじらした。彼がじわじわと入ってくるたびに、ソニアの体は震え、歓喜を味わった。

奥深くまで貫かれた瞬間も、ふたりの視線はからみあったままだった。

トレイはソニアを見つめた。グリーンの瞳は快感にのまれ、互いにかきたてた情熱で彼女の肌は赤く染まり汗ばんでいた。

ともに身を揺らし、体がぶつかりあうたび、彼女はあえいだ。

トレイが見守るなか、ソニアは舞いあがった。彼に両脚を巻きつけ、奥深くまで貫かれた瞬間、彼女は絶頂に達した。ソニアがぐったりすると、彼もそれに続いた。

7

すっかり消耗して全身がゆるみ、このうえなく満たされ、たとえエイリアンに侵略されても気づかずに熟睡できそうだったが、ソニアはTシャツとパジャマ用のショートパンツを身につけた。

「もし夢遊病で歩きまわるなら、裸のままじゃいやだから。なんとも奇妙な話よね」

「きみの裸は魅力的だ」

「褒め言葉はありがたく受けとるわ。それでもパジャマは着たい」ソニアはベッドのなかでトレイに身を寄せた。「あなたの裸も魅力的よ」

「それでも、もしきみが夢遊病で歩きだしたらズボンをはくよ。きみにはぼくがついてる」

「そうね」

彼の胸に手を当て、ソニアはことんと眠りに落ちた。

午前三時に柱時計が鳴り、ピアノの曲が流れだすと、彼女は身じろぎをして、ため息をついた。

ソニアが背を向ける前から、トレイは彼女が夢遊病になるとわかった。ベッドの足元にあったズボンをつかんではいているあいだに、ソニアはベッドから抜けだして入口へ向かった。

「いま行くわ」

トレイが彼女のあとを追うと、犬たちも起きだした。

「静かに」彼は二匹に命じた。「おとなしくしていろよ」

犬たちを従えながら廊下を進むと、クレオが部屋から出てくるのが見えた。

「起きたほうがいい気がして」彼女はささやいた。「ゆうべオーウェンも泊まってくれたらよかったのに」

ソニアが通り過ぎると、クレオもトレイに加わった。

「彼女がいるの？　ドブスが？　確かめる暇がなかったけど」

「ぼくもだよ」

廊下の突き当たりで、ソニアはすすり泣く声がする子ども部屋のほうを見た。「なんて悲しそうなの。気の毒でたまらないわ」

だが、そちらには向かわず、階段のほうを向いた。

クレオは安心させるようにトレイの手をつかんだ。「たぶん今夜はあれが――鏡が

——別の部屋にあるのよ」

トレイは尾行を続けながらうなずいた。「そうかもしれない。だが、ソニアはどこに向かうべきかわかっているようだ。あわてていないし、かといって躊躇もしていない」

階段の中程にさしかかったとき、もの悲しい旋律の《バーバラ・アレン》からトレイの知らない陽気な曲に変わった。

「これは新展開だ、曲が変わった」

「楽しげな曲ね。声が聞こえる？　あたしはなんとなく聞こえるわ」

「ああ、反響しているみたいだ。遠くで歌っているのかな」

「そうじゃないかしら」

階段をおりたところで、ソニアは向きを変え、玄関ホールを横切った。音楽室のドアの前で立ちどまり、一歩なかに入る。

「音楽も歌声も——すべてがいまも遠くに感じる。だが、ソニアには何かが聞こえているようだ」

「それに、何か見えるのかしら。あなたは見える？　あまり明るくないし、常夜灯しかないけど、明かりはつけないほうがよさそうね」

「ああ。明かりはつけないでおこう。ぼくには何も見えない、音楽室しか」

ソニアの目にも音楽室が映っていた。ただ彼女が見ているのは、まぶしく照らされた音楽室だった。サイドテーブルを飾るランプには明かりがともり、花柄の青白いシェードが光っている。ピアノの上に置かれた銀製の枝つき燭台《しょくだい》でキャンドルの火が揺れていた。

その光が室内を照らす一方、窓の外は闇に覆われていた。

スーツ姿の男性が三人と、足首丈の美しいドレスをまとった女性たち――女性のうちのふたりは若かった。

ソニアはオーウェン・プールに気づいた。彼が優しげなまなざしで見守る女性――彼の二番目の妻で、子どもたちの母親――がピアノを奏でている。その背後では、ダークブラウンの髪を三つ編みにして頭に巻きつけたリスベスが海辺の歌を歌っていた。

以前にも一度あったように、今回もすべてが静止した。ひとりの若者が、リスベスと婚約しているエドワードが、満面の笑みを浮かべながらグラスを持ちあげる途中で手をとめた。

リスベスの母親は椅子に座って鍵盤に両手をのせたまま、笑って頭をのけぞらせていた。

若い女性はブルーのドレスの裾を波打たせ、ターンの途中で静止していた。

小さな暖炉の炎は音をたてるのをやめ、壁の絵画のように凍りついた。

スカートにひだ飾りのついたピンクのドレス姿のリスベスが、ソニアのほうを向いた。

「あの晩はみんなで大いに楽しんだわ！　ママはずっとピアノを弾き続けていた。わたしはエドワードを愛していたわ。彼ってハンサムだと思わない？」

「ええ、とても」

「わたしたちはほんの数週間後に結婚する予定だった。ウエディングドレスもすてきだったのよ。パパは大金を払ったけど、全然気にしなかった。愛娘《まなむすめ》のためならと。みんなが出席して、盛大な結婚披露宴になるはずだった」

「ええ、そうね」

「あなたは知っているのよね。死んだときは痛かったし、怖くてたまらなかった。それに悲しかった。エドワードが新しい相手を見つけたときはさらに悲しくなって、しばらく立ち直れなかったわ。彼はほかに愛する女性を見つけ、結婚して家庭を築いたの。そのことが無性に悲しかった。でも心から愛していたから、彼にはわたしと違って生き続けてほしいと思った」

リスベスはまぶしい笑みを浮かべた。「ただ、彼が生きるのをやめていたら、ロマンティックだったわよね。悲劇的でロマンティックだわ、まるで小説みたいに！　でも彼を心から愛していたから、そんなことは望まなかった。呪いを信じたことは一度もなかったわ。ばかげた迷信だと思っていたの。どうか彼女をとめてちょうだい。必ず呪いを解いて、指輪を見つけてちょうだい、ソニア」

「どこで、どうやって？」

「ばかね、わたしが知るはずがないじゃない」リスベスは微笑みながら、グラスを途中まで持ちあげたエドワードをふたたび振り返った。「彼と一夜をともにしていたらよかったわ。たとえひと晩だけでも」

幕間《まくあい》の静止が解けた。暖炉の炎がぱちぱちと音をたて、エドワードはグラスを傾け、ブルーのドレスの少女がターンした。

母親の背後でリスベスは歌っていた。「あなたとわたし、あなたとわたし、ああ、きっとわたしたちはとびきり幸せになるわ！」

次の瞬間にすべてが消え、闇に包まれた。

ソニアは震えながら明かりのスイッチを背後で手探りし、ヨーダが脚にすり寄ってくると、びくっとした。振り向いた先にはトレイとクレオが立っていた。

「彼女を、彼らを見た？　あなたたちも見た？」

「いや、ぼくたちは――」トレイがソニアを引き寄せた。「凍えているじゃないか」

「いいえ、違うの。ただ……圧倒されただけ。ちょっと座らせて」ふたたび向きを変え、おぼつかない足取りで椅子に向かった。「あなたたちは見なかったの？　わたしは夢遊病の状態だったけど眠っていたわけじゃなくて、気がついたらここにいたの。室内には音楽が流れ、人々がいた。それにリスベスも」

「音楽や歌声は聞こえたわ。でも遠くから聞こえる音みたいだった」クレオがソニアの手をぎゅっと握った。「水を持ってくるわね」

「いいえ、わたしなら大丈夫。まあ、大丈夫ではないけど、具合が悪いわけじゃないわ。本当に何も見えなかったの？」

「きみは何を目にしたんだい？」

「内輪のパーティーよ。オーウェンがいたわ――わたしたちの知っているオーウェンじゃなくて、リスベスの父親のほうよ。それと彼女の母親がピアノを弾いていたわ。リスベスは歌ってた。ピンクのドレス姿で歌っていたわ、たしか……海辺」ソニアは歌いだした。「海辺、美しい海辺って。そしてエドワードが――リスベスの婚約者が彼女を見つめながら微笑んでいた。ほかにもう一組のカップルがいたわ。リスベスたちのように若い、ブルーのドレス姿の少女とスーツ姿の男性が」

ソニアはピアノをじっと見つめたまま、彼女の膝に顎をのせたムーキーの頭を撫でた。あたたかい、これは現実だわ。

「次の瞬間、すべてが静止して凍りついた。アストリッドやあの応接間のパーティーを目にしたときのように。ただ、リスベスは例外だった。彼女はわたしを見たの。わたしを見て、話しかけてきた」

「きみは彼女と話していた」

ソニアはトレイを見上げた。「あれはわたしの想像じゃなかったの？　あなたは彼女と話すわたしの声を聞いたの？」

「あなたの話し声は聞こえたわ」クレオが椅子の肘掛けに腰をおろし、ソニアの腕をさすった。

「リスベスはみんなであの晩大いに楽しんだと語ってたわ。それは一目瞭然だった」

ソニアはそれ以外のことも語った。

「音楽室はいまと同じではなかったけど、さほど違いはなかったわ。壁に別の絵がかけられていて、もちろん肖像画は飾られていなかった。でも、わたしたちが上階《うえ》からおろした蓄音機がすぐそこに、わたしたちが置いた場所にあった。当時は新品だったはずよ」

「これはドブスの仕業じゃないみたいね」クレオが言った。「今回は」

「ええ、今回は違うわ。彼らは本当に幸せそうだった。応接間で目にしたアストリッドがそうだったように。友人と家族だけで音楽を楽しんでいたわ。リスベスはそれをわたしに見せたかったのよ」

「そして、その雰囲気も感じてもらいたかったのね」クレオが言い足した。

「この目で見て、感じたわ」

「この家にはそういう人々の感情や、歴史がある」トレイが口を開いた。「それはドブスがもたらしたものよりも色濃く残っている。それに、きみが取り戻してくれたものもある」

「そうね。奇妙なことだけど、リスベスと会って話すことができてうれしかった。ふたりは、リスベスとエドワードは心から愛しあっていたわ。まだ初々しくて甘い雰囲気だったけど、まぎれもない愛情で結ばれていた。屋敷にも愛があふれていた。互いに愛しあう人々によって。午前三時に起こしてしまってごめんなさい。でも、いまに始まったことじゃないし、これが最後だとも思えない」

ソニアは息を吸うと、立ちあがった。「さあ、ベッドに戻って寝ましょう」

「賛成よ。あなたたちふたりはあたしを寝室まで送ってちょうだい。愛犬のエスコートを含めたら、ふたりと二匹ね」

音楽室の入口で、トレイは最後にもう一度さっと見まわしてから明かりを消した。もうすべてが静まり返った。すべてがおさまった。とりあえずいまは。

翌朝、トレイはソニアを言いくるめて一緒にシャワーを浴びた。おかげで彼女の一日は、最高のスタートを切った。

階下に行くと、犬たちは——朝の日課が若干遅れたこともあり——ドアを開けたとたんに外へ駆けだした。二匹が朝食を食べに駆け足で戻ってきたときには、ソニアはすっかり満ち足りた気分でトレイの隣に座り、コーヒーとシリアルのボウルを前にしていた。

「亡くなった祖先との真夜中の会話をのぞけば、いたって普通に感じるわ」

トレイは彼女とマグカップを触れあわせた。「これがぼくらの日常だよ」

「あなたって何もかも、その……うまく対処しているわね」

「子どものころから屋敷に出入りして伝説や噂話を耳にしていたし、個人的に幽霊に遭遇したこともあったからね。きみは慣れないといけないことが山ほどあった。だが、四苦八苦しているようには見えなかった」

「とんでもない、大いに困惑したことが何度もあったわ。

「引っ越してきた当初は、あれこれ受け流すのが簡単だった。その大半は些細なことだったし、古い家だから単なる偶然や自分の妄想で片づけていたわ」

トレイは初対面の日のソニアを思いだした。大地が雪で覆われるなか、ニット帽をかぶった彼女は冷たい風に髪をあおられながら、その場に立ち尽くしていた。驚嘆と興奮が入りまじる表情を浮かべながら。

「きみが真実を受け入れて対処するまで、そう長くはかからなかった」

「この家に恋したからよ。正直、一目惚れだった。それが理由のひとつよ。でも……こんなことを口にするなんて自分でも信じられないけど、この血筋も理由かもしれないわ。プール一族の血も。プール家の一員だと実感する日が訪れるのかはわからない。マクタヴィッシュ家の人間として生まれ育ったし、幸せだったから。でも」

「ああ、ぼくもきみの祖先が関与していると思うよ。明らかに、きみとオーウェンはふたりともプール一族で、クレオやぼくには見えないものを鏡越しに見ることができた。おまけに――信じられないことに――鏡を通り抜けた。ゆうべもきみは過去の出来事を見聞きした。クレオとぼくはその一部をかろうじて耳にしただけだ」

「でも、あなたたちだって癇癪を起こしたドブスの声を耳にしたし、これまでに二度彼女を目撃している。一度目は〈黄金の間〉で――あれも忘れられない出来事だった――二度目は防潮堤で。クレオも防潮堤に立つ彼女を見たわ」

「ドブスはプール一族じゃない」

ソニアはスプーンですくったシリアルをのみこむと、椅子の背にもたれた。「ドブスはプール一族じゃない。ああ、そんな単純で論理的な事実が目の前にあったのに、うっかり見過ごしていたわ。さすが弁護士ね」

「単純で論理的な事実か。だったら、ぼくがクローバーを二回目撃し、きみが一度も見ていないのはなぜだ。説明できない」

「あなたが女性じゃないからよ」

「ご名答。だが、どういう理屈なんだ？」

「明らかに、クローバーはあなたを気に入っている、昔から」

ふいにトレイの携帯電話から昔流行《はや》った《ヒーロー《ホールディング・アウト・フォー・ア・ヒーロー》を求めてる》が流れだした。

物知り顔で眉を吊りあげると、ソニアは彼を指さした。「ほらね」

「セクシーな美女には反論できないな。それも、セクシーな美女がふたりでは。ムーキーとぼくはもう事務所に行かないと。何か用があればメッセージを送ってくれ」

「わかったわ。今日はすごく生産的ないい一日にするつもりよ。あなたもいい一日を」

トレイは立ちあがった。「一日の始まりにシャワー・セックスをしたから、もう生産的ないい日になったよ」

「異論はないわ」ソニアは彼にキスをした。「バイバイ、ムーキー。お行儀よくして聡明な弁護士役を務めるのよ」

ひとりになると、ソニアは朝食で使った食器を洗った。きっと常に抜かりないモリーがベッドメイキングをすませてくれただろう。

「さあ、行くわよ、ヨーダ。仕事に取りかかりましょう」

上階に移動して、ソニアはメッセージやメールに目を通し始めた。〈ライダー・スポーツ〉の企画書にただちに取りかかりたいところだが、現在抱えている顧客の仕事を先に行うよう自分に言い聞かせた。大手の潜在顧客の企画書は一日の締めくくりに取り組めばいい。

仕事を始めようとした矢先、クレオが目にとまった。

「あなたにしてはちょっと早いわね」

「目が覚めちゃったから仕方がないわ。身支度をして市場に行ってくる。どうかアンドゥイユ・ソーセージが調達できますように。おばあちゃん《グラン・メール》いわく、それが味の決め手らしいの」

「あなたがそんなことを言うなんて」ソニアはやや驚き、椅子の背にもたれた。「わたしはソーセージにいろんな種類があることすら知らなかったわ。ちなみに、アンドゥイユって何？」

「スパイシーな燻製《くんせい》ソーセージのことよ」クレオは楽しげに答え、眉をひそめて小首を傾げた。「今朝、セックスしたわね」

「どうしてわかるの？」ソニアはびっくりして、ぱっと両手をあげた。「いったいどうしてわかったの？」

「それは、妬ましいほどあなたがリラックスしているからよ。ああ、朝のセックスが恋しいわ。それに午後のセックスや、寝る前のセックスも。ああもう、最近ご無沙汰のセックスのことを考えちゃったわ。コーヒーを飲んでくる」

「今朝、シャワー・セックスをしたの！」ソニアが叫んだ。

「うるさいわよ、ソニア！」

ソニアは笑いながら仕事に戻った。

それから一時間足らずで、クレオは春向けのカーキのパンツとラベンダー色のカシミアセーターに着替え、戸口で足をとめた。

「行ってくるわ。何か買ってきてほしいものを思いついた？」

「いいえ」だが、ソニアは友人のすてきなヘアスタイルを見て、最初の休憩中に美容室に電話しようと心に誓った。「三十分ほどしたら電話がかかってきてコンサルティングを行う予定だから、あなたが戻ってきたときにわたしが返事をしなかったら、まだ電話中だと思ってちょうだい。きっとあなたは猫を連れて帰るだろうから、その子をだっこできるタイミングで休憩を取るわ」

「今回は様子見よ」

「へえそう。じゃあ、またあとであなたと子猫ちゃんに会いましょう」

以前もそうだったように、クレオがマナー通りへハンドルを切る前にやかましい音が響きだした。

iPadからブルース・スプリングスティーンの《降伏しない《ノー・サレンダー》》が大音量で流れだした。

「心配しないで。決して屈しないから」

膝によじのぼろうとするヨーダを抱きあげて撫でていると、両引き戸が大きな音をたてて閉まっては開き、また閉じた。身を切るような突風が吹きこんできて本棚の本が数冊落ちた。足元の床もうねっている気がする。

図書室の二階のプロジェクター・スクリーンからは銃声のような音がとどろいた。ソニアは鼓動が激しくなって喉が締めつけられ、腕のなかのヨーダはぶるぶる震えていた。だが、彼女はその場から離れなかった。

「せいぜいがんばって、ドブス。全然たいしたことないけど」

図書室の床を霧が這い始め、その冷気がデスクの下を覆う前にソニアは足を持ちあげて椅子の上で膝を組んだ。

吐く息が白く煙り、冷気が骨にまで突き刺さった。

「わたしたちはここを離れない」叫びながら、トレイに連絡しようと携帯電話に手を伸ばしかけた矢先、玄関扉が勢いよく押し開けられた。

次の瞬間、すべてがやんだ。

ソニアが息を切らす一方、静寂に包まれ、ふたたび空気があたたかくなった。

「わたしたちは大丈夫」震えるヨーダを抱きしめ、やわらかい虎毛を撫でてやった。「わたしたちは大丈夫よ」

クリスティーナ・アギレラの《ファイター》が図書室に響き渡ると、ソニアは長々と息を吐いた。「ええ、そうなろうとしているわ」なんとか立ちあがり、本棚に本を戻す。廊下に出て見下ろすと、玄関扉は閉まっていた。

いまも三階から流れ落ちてくる冷気の名残を感じた。

「やるじゃない。そうやってエネルギーを浪費すればいいわ、ドブス」

時計を確認したソニアは、休憩するゆとりがあると判断した。ヨーダはもう震えていなかったが、抱えたまま階下へおりた。

ヨーダを外に出して日ざしのなかを駆けまわらせ、そのあいだに覚悟を決めて美容室の予約を入れた。

「これも勇気ある行動よ」自分自身を称《たた》えた。

ご褒美のコーラを手に取り、ヨーダのための骨ガムをつかむと、愛犬を呼び戻した。ふたたび階段をのぼり、愛犬とともに腰を落ち着けると、コンサルティングの開始時刻を待った。

クレオは買い物袋を抱えて帰宅した。もちろん、猫も一緒に。

　ドアが開く音がすると、ヨーダがいち早く階段を駆けおり、ソニアもあとを追った。階段の中程にさしかかったところで、クレオが目に入った。片腕に買い物袋を抱え、もう片方の腕にはつややかな毛並みの黒い子猫を抱いていた。

「やっぱりね！」ソニアはそこから一気に階段を駆けおりた。「ああ、ヨーダ、失望させないでちょうだい」愛犬がクレオの脚に前足をのせ、新入りのにおいをかぎ始めるのを見て言った。

　新入りの猫は堂々と高みからヨーダを見下ろしていた。

「まだ生後六カ月なの。避妊手術はもうすんでるから、自分で対処する必要はないわ。ルーシーによれば、この子はほかの動物や子どもとも問題ないそうよ。ああ、ソニア、この子の瞳にやられちゃったの。この目を見て！　これってプール家特有のグリーンじゃない。だから、運命なのよ」

「きれいな子ね」ソニアは漆黒のやわらかい毛皮を撫でた。「あなたが黒猫を飼うと知ってても全然驚かないわ。彼女の名前は？」

「パイワケットよ。通称パイ」

「円周率の記号の？」

「ｐｉじゃなくて、Ｐｙｅよ。パイワケット。母の大好きなクラシック映画にちなんだ名前なの。『媚薬《びやく》』っていう魔女の映画。いつか一緒に観ましょう」

「この家で魔女の映画を観るの？」

「『媚薬』に登場する魔女たちはおもしろいし、ロマンスもあるわ。キム・ノヴァクの猫がパイワケットっていうの。彼女の使い魔なのよ」

「なるほどね、失われた花嫁の館《ロスト・ブライド・マナー》へようこそ、パイ」

「ルーシーはすばらしい人ね」クレオはしゃべりたてながら猫を抱き寄せた。「パイにとって必要なものをほぼ全部くれたの。おかげで、店に寄ってそれ以外のものをいくつか購入するだけですんだわ」

「車から取ってくるわ」

「ほかにも買い物袋があるの。でもまだパイをこの家に残して、そばを離れたくなくて」

「全部取ってくるわ。もともと休憩するつもりだったから。仕事の依頼が入ったの」

「別の法律事務所の仕事？　やったじゃない、ソニア！」

「それから、ドブスがひどい癇癪を起こしたわ。買ってきたものをしまいながら話すわね」ソニアは外に飛びだした。

「あたしの留守中にソニアを脅すなんて気に入らないわ。ここには魔女がいるのよ、パイ、意地悪な幽霊が。幽霊はほかにもいるわ。あなたもすぐ慣れるわよ」

クレオは、その場で尻尾を振りながら踊っている犬を見下ろした。

「ヨーダと知りあえるように床におろすわね。ふたりとも仲良くするのよ」

クレオはパイを床におろし、幸運を祈った。ヨーダが尻尾を振り、くうんと鳴きながらにおいをかいだ。猫のほうは犬にかゆいところをかいてもらうのを待っているかのように、しきりと向きを変えた。

しばらくすると、パイはもう待っていられないとばかりに伸びをしてヨーダから身を離し、応接間に向かった。おそらく自分のなわばりを探索し始めたのだろうと、クレオは思った。

「パイって完璧だと思わない？」そう言って振り返ると、ソニアが両腕に荷物を抱えて戻ってきた。「パイとヨーダは問題なさそうよ。ほら、あたしにも荷物を分けて。とりあえず里親用セットやなんかはここに置いておきましょう。まずは買ってきたものをしまうわ。もしかまわなければ、マッドルームに猫用トイレを置くつもりよ」

「ええ、そこがぴったりだと思う」

「でも、ヨーダと一緒に外へ出るようにしつけたいの」

残りの荷物を取りに行こうとしていたソニアは、戸口で立ちどまった。「猫に外で用を足すようにしつけるつもり？」

「ええ、この子は外で用を足すようにしつけるわ。しつけが終わるころには、猫用トイレは緊急時以外使われなくなるはずよ。さあ、ヨーダ、パイがあとをついてくるか試してみましょう」

パイは自分のペースで忍び足でついてきた。

ソニアが戻ってくると、クレオはにやりとした。「パイのキャットフードと水のボウルはヨーダのボウルの隣に置くわ。そうすれば二匹とも一緒に食事をすることに慣れるでしょう。それが一緒に用を足すことに慣れる第一歩となるはずよ」

「あなたがそう言うならそうかもね」

「そうよ。キャットタワーも注文したわ。ネットでチェックしてたんだけど、結局ルーシーが選んでくれたものにしたわ、本物の木みたいなキャットタワーに。アトリエに設置するつもり。とってもかわいい小さなベッドも注文したの。小さなピンクの洞窟みたいなのよ」

「ピンク」

「だってパイは雌猫だもの。さあ、今度はあなたの番。何もかも話して」

「じゃあ、いいニュースから。その法律事務所は、わたしが〈ドイル法律事務所〉のためにしたような仕事を望んでいるの。ウェブサイトのリニューアルと、写真とプロフィールの追加をしてほしいそうよ。そこは家族経営ではないけど似たような雰囲気で、もう少しフォーマルなウェブサイトにするつもり。すでに向こうから契約書が届いたわ。こんなに早く契約までこぎ着けたのは、デュースのおかげね。向こうはもうその気だったから」

「向こうをその気にさせるような仕事をあなたがしたからでしょう」クレオが思いださせるように言った。「でも、デュースにはお礼のハグをしないとね」

「彼らはコリーンのことも知っていて、〈ドイル法律事務所〉のウェブサイトに使用した彼女の写真を大いに気に入ったから、もし撮影を依頼できるなら、彼女とも契約を交わしたがってる。だから、すばらしい写真を利用できるとわかったうえで仕事に取り組めるの。ところで、それがあなたの探していたソーセージなの？」

「ええ、予定どおり調達できたわ！　あとはおばあちゃんの半分でもおいしいジャンバラヤを作れるかよね。さあ、ドブスの話を聞かせて」

「前回同様あなたが車道に出たとたん、ドブスが癇癪を起こしたわ」

「あたしたちを引き離して征服しようって戦法ね、まったくばかげてるわ」クレオは虎のような瞳をぱっと上に向けた。「あたしたちが分裂するわけがないのに。で、あの魔女は何をしたの？」

ソニアは最初から語りながら、クレオとともに買い物袋の中身を片づけ、パイワケット用のキャットフードと水を用意した。クレオがマッドルームに猫用トイレを置くと、ソニアはそれがこの家の必需品になると確信した。

「あなたしかいないときにそんなことが起きてたなんて」

「かえってよかったわ。ドブスに脅されても対処できると証明できたから――彼女にも自分自身にも。もう少しでトレイに電話するところだったけど、自分ひとりで乗りきったことに途方もない満足感を味わえたわ」

「トレイやあたしに電話したって恥じることはないわ。それを忘れないで」

「ええ」ソニアは約束した。「必要なときは連絡する。もう仕事に戻らないと。〈ライダー〉のプレゼンテーションの準備に少しでも時間を割けるように。何時から料理する？　わたしも手伝うわ」

「オーウェンが絵を確認して、あたしがヨットの設計図を見せてもらったあとよ」

「了解」

「さあ、仕事に行って。あたしはヨーダとパイを連れて外に出て、パイのトイレのしつけに取りかかるわ」

ソニアはびっくりして、つややかな毛並みの子猫を見下ろした。「パイをもう外に出すの？」

クレオは淡々とした口調で返した。「トイレのしつけには屋外のほうが都合がいいでしょ、ソニア」

「パイがどこかに行ってしまわないか心配じゃないの？」

「ルーシーの家の庭にも出たことがあるって聞いたわ。あそこは柵で囲まれているけど、この子はその気になればよじのぼれたはず。きっと逃げなくていいかどうかはわかるのよ。それに、ここは最高の場所でしょう」

「だったらいいけど」ソニアはもう一度ためらいがちに猫を見てから、仕事に戻った。

クレオが階段をのぼりながら猫に優しくささやく声が聞こえると、ソニアはほっとした。

「パイがおしっこしたわ！」

ソニアは愉快がりながら、友人に向かって親指を立てた。

ヨーダは階段をのぼってこなかったが、数分後、ボールが弾む音と愛犬が駆けまわる音が聞こえてきた。

屋敷はいたって平和だわ。

8

夕方までソニアは仕事に没頭し、クレオが階下に向かっても気づかなかった。五時を少しまわったころ、玄関のベルが響き、はっとわれに返った。

「あたしが出るわ！」クレオが叫んだ。

ほどなく、クレオとオーウェンが図書室の入口で足をとめた。ヨーダは駆けだしてジョーンズに挨拶した。ジョーンズは堂々と尻尾を振ってこたえ、二匹の背後にこっそり移動した猫のことはあからさまに無視した。

「これからアトリエに行くわ。あたしたちの用がすんだときに、まだ仕事が終わらなくても気にしないで。オーウェンを副コック長に任命するから」

「そろそろパソコンの電源を落とそうと思っていたところよ。脳がしゅうしゅう音をたて始めたから」

「おれはまず客間に着替えを置いてくる」オーウェンが言った。

彼がその場から離れると、クレオが指さした。「あれを見て。パイったら犬みたいにオーウェンのあとを追いかけてる。彼が家に入ってきたときも、すぐに直行して彼の脚のまわりを歩きまわったの」

「尻軽ね」

「まったくよ。パイとジョーンズはお互いの存在を認めようともしなかった。でも、オーウェンが手を伸ばしてパイを撫でたら、ジョーンズは目をそらしたの。あれはうんざりした顔だったわ、ソニア。間違いない。それにパイときたら、喉をゴロゴロ鳴らしたのよ。まるで快感を味わってるみたいに」

「嫉妬しているのね」

「そうかも。ほんのちょっとだけど」クレオは肩をすくめて一蹴した。オーウェンが猫と二匹の犬を引き連れて戻ってくると、彼女はソニアに言った。「あたしたちの用事はすぐにすむはずよ」

「どうぞごゆっくり。あなたたちの準備ができしだいでいいわ」

クレオは階段をのぼり始めた。「あなたが猫好きだとは思わなかったわ」

オーウェンが彼女をちらりと見た。「どうして？」

「アイパッチをした犬を飼ってるじゃない」

「犬も猫も、なんでも好きだ。動物のほうが多くの人間よりつきあいやすい。それが死者だろうが生者だろうが。ゆうべドブスは姿を見せて飛びおりたのか？」

「わからないけど、いろいろ話したいことはあるわ。まずはこれを片づけましょう」

三階にたどり着くと、彼は〈黄金の間〉のほうを見た。

「いまは静かだな」

「午後にちょっと騒ぎたてたそうよ」

「それなのに、きみはこの階で過ごすことが多いのか？」

「あんな女にあたしのアトリエを乗っとられてたまるもんですか」

アトリエに入ったとたん、オーウェンは納得した。もうその絵しか目に入らなかったからだ。

岩に腰掛けた美しい人魚や、その色使い、鳴き声をあげる鯨の潮吹きにまでこだわった緻密なタッチ。

そして、人魚が手にしたガラス玉に投影された魔法。

彼は持参した図面ケースを作業台に置いた。

「この人魚なら待つ甲斐がある。ああ、彼女は……。言い表す言葉が見つからない、必要ならいくらでも語れるだけの語彙力があるのに」

絵から目をそらし、画家に目を向けた。「きみが優秀なことは知っていたが、これほどとは知らなかった」

「彼女はあたしの最高傑作だと思うわ、だから大切にしてね」

「それなら心配いらない」彼は歩み寄った。

「さわらないでね！」

「わかったよ」オーウェンは両手をポケットに突っこんだ。「額に関しては、きみの言うとおりだ。おれなら彼女にふさわしい額を作ることができる。そのためには寸法を測らないと」

「縦六十センチ、横七十五センチ、厚みが三センチよ」

「それは正確な数値か？」

「ええ」

「だったらいい。了解だ。じゃあ、設計図を見てくれ。いったん製作に取りかかったら、もう心変わりはできないからな」

「あたしはこうと心を決めたら、それを翻したりしないわ」クレオは片手を腰に当てた。「それに、取引したらちゃんと約束は守る」

「じゃあ見て、決断してくれ」

猫がふたり掛けのソファの背もたれに飛びのり、臣下を眺める女王のごとく犬たちを見下ろしている。

オーウェンは作業台の上に下絵を並べた。

クレオは無言のままスケッチに目を通した。港から見たヨットや、右舷や舳先《へさき》、船尾のスケッチを。

右舷と左舷には泳ぐ人魚の装飾があしらわれ、髪を後ろにたなびかせた人魚の船首像もあった。

これは自分の描いた人魚だと、彼女は気づいた。オーウェンは彼女の顔や髪を模し、物々交換する小型ヨットの装飾に取り入れたのだ。

さっき告げられた言葉は、彼にも当てはまる。

クレオは、オーウェンがこれほどの腕前だとは思ってもみなかった。

「予想外だわ」なんとか言葉を絞りだし、指先を唇に押し当てくるりと背を向けた。

「なあ、違うデザインがいいなら――」

クレオは無言のまま手を振って息を吐くと、彼に向き直った。背後の窓からさしこむ夕日に照らされ、髪のまわりに光の輪ができた。

「ボストンに引っ越して以来、ペットを飼ったこともヨットを所有したこともなかった。それ以外のことを優先してきたから。学業や、画家として踏みだしたキャリアを。でも、こうしてここに引っ越してきてヨーダと出会い、この子を飼い始めた。厳密にはソニアの愛犬だけど。それに、今日はパイを手に入れた。あたしがパイの名前を呼んだとき、あなたはこの子の名前の由来に気づいたんでしょう」

「もちろんさ。あれは傑作だし、おれは昔の映画が好きなんだ」

「あたしもよ。あなたがちゃんとした立派なヨットを作ってくれるとわかっていたわ。美しい湾でセーリングを楽しめるようなヨットを。でも、あなたがこんなふうにあたしに語りかけてくれるデザインを思いつくなんて予想外だった。本当にこれを作れるの？　この人魚の彫刻を？」

「ああ。おれは作れないものを設計して時間を無駄にしたりしない」

「だったら、これは完璧よ。ううん、完璧を上まわる。あなたに言われるまでもなく、このヨットを大切にすると誓うわ。で、あとどのくらい待てばこれでセーリングを楽しめるの？」

彼は絵画に目を戻した。「数カ月だ」

クレオは噴きだしてかぶりを振った。「本当に？」

「ああ、もう製作に取りかかってるからな。もしきみが待てないなら、別の誰かが待ってくれるだろう」

「もう作り始めたのね。あたしはこのヨットがほしいわ。セイレーン号の船長の座は誰にも譲らない」

オーウェンは笑みを浮かべずにはいられなかった。「もう船の名前を決めたのか？」

「それ以外の名前はしっくりこないわ」

「いい名前だ」彼は歩み寄って片手をさしだした。「取引成立だな」

「ええ、取引成立よ。でも、正直になりましょう。この取引は心のこもった握手だけじゃ物足りないわ」

クレオはさっと近づき、オーウェンの肩に両手をのせた。これから軽い戯れのキスをすると目で告げながら。

だが、オーウェンの考えは違った。

クレオがそっとかすめるようなキスをすると、オーウェンはぐいと彼女を引き寄せ、情熱をかきたてた。

しばらく前から情熱の炎がふつふつと燃えていたが、もし彼女がそう感じていなかったのなら、ただちに拒絶の意を示すはずだ。

クレオは面くらいながらもまったく抵抗しなかった。やがて、オーウェンの肩に置いていた手を伸ばし、彼の髪にさし入れた。

そうやって彼女も情熱の炎をいっそう燃えたたせた。

オーウェンの巧みさに、クレオは驚かなかった。彼は力強い両手で彼女のヒップをつかみ、経験に裏打ちされた自信たっぷりのキスをする。

クレオはこの瞬間に身をまかせ、試したりじらしたりせずに嵐を乗りこなし、ためらうことなく快感を味わった。

やがて体の奥で高まっていたものが爆発した。彼女はそれを受け入れ、感謝の念を持ってしがみついた。

ポケットの携帯電話から、マーヴィン・ゲイの《さあ、楽しもう《レッツ・ゲット・イット・オン》》が流れだした。

まだだめ、まだだめよ。

次の瞬間、ふたりは体を密着させたまま立ち尽くし、至近距離で見つめあいながら用心深い目つきになった。

「もう離れたほうがいいわ」

「本気か？」

「本気よ、残念だけど。とりあえず……」クレオはオーウェンの頬に触れ、後ずさった。「しばらく棚上げにしましょう」

「しばらく」

「お互い大人だし、次の段階に進めばどうなるかわかるでしょ。セックスよ。あたしはそれに関していくつかルールがあるの」

「おれもだよ。きみのルールはなんだ？」

「まず、既婚男性とはセックスしない、真剣な交際相手がいる男性とも。軽いおつきあいの相手がいる男性もパスね。一度目は、一夜限りでも害はないから大丈夫。でも、双方が一対一のつきあいを望まなければ、二回目以降はなし。ほかの女性ともベッドをともにしたければどうぞご自由に、ただしあたしはごめんよ」

「それだけか？」

「まあ、ほかにも敬意や誠実さを求めるけど、いまのが重要な必須ルールよ。あなたのルールは？」

「既婚女性や、別の男とつきあっている女性は対象外だ——そんな相手と寝るのはばかげてる。結果的にそうなったのなら、一夜限りでも問題ない。女性からノーと言われたら——言葉以外の方法で伝えられても——ぐっとこらえて受け入れる。それに、誰かを嫉妬させるためにおれを利用しようとする女性とはセックスしない。おれも次から次へと別の女性に乗り換えない。どちらも侮辱的な行為だからな」

まるで仲間を支持するように、ジョーンズがオーウェンの隣に移動してきて座った。

「おれの読み違いでなければ、今夜おれがきみのベッドにもぐりこむのはノーってことか？」

「そうよ」クレオは琥珀色の瞳でじっと彼を見つめた。「残念だけど」

「でも、まったく望みなしのノーじゃないってわけか」

「あなたのことは好きよ。出会ったときから好きだった。あなたはソニアにプレッシャーをかけたり、突然現れて屋敷やほかのもろもろを相続した彼女に罪悪感を抱かせたりしなかったから」

オーウェンが口を開こうとすると、クレオは片手をあげた。

「ほかの人ならそうしておかしくないわ。でも、あなたはそういう人じゃない。だから好感を持ったの。それにあたしにも親友がいるから、真の友人を見ればわかる。あなたはトレイの真の友人よ、そういう忠誠心はポイントが高いわ。率直な物言いをする人もすごく尊敬するし、あなたはそういうタイプに見える。でも何より、あなたがあんなふうにためらいもせずソニアと鏡を通り抜けたことが、あたしにとっては決め手となったわ」

「しばらくお預けが解除されるなら、喜んでその賛辞を受け入れるよ。だが、あの状態ではほかにどうしようもないだろう」

その言葉にクレオは微笑んだ。「そんなふうにちょっといらだった口調で問い返すあなただから好きなの、そういうところに惹《ひ》かれるわ」

「だったら、どうして今夜きみのベッドにもぐりこんじゃだめなんだ?」

「いったん関係を持ったら、どちらかが終わらせようとしても難しいからよ」彼女は両手を広げた。「友情がからんでるでしょ。あなたとトレイ、あたしとソニア、あたしとトレイ、あなたとソニアの友情が。あなたはどうかわからないけど、あたしは元彼と友だちでいられたためしがないの。表面上は取り繕えても内心は違うもの。元彼になったのは、それ相応の理由があるわけだし」

「たしかに、きみの言うことは一理ある。トレイとブリーはいまも友人同士だが、あれは例外だろう」

「だから、しばらく棚上げにしましょう」

「了解だ」オーウェンはふたたび彼女に触れた。

クレオが噴きだした。「抜け目ないわね。抜け目ない人は好きよ」

ふたりのあいだでふつふつと燃えているものがあるというオーウェンの見立ては間違っていなかった。彼の予想では、それが爆発する日はそう遠くないはずだ。

だから待てる。しばらくは。

ふたりが身を離した瞬間、ソニアが入口に現れ、とたんに後ずさった。「あっ、ごめんなさい」

「気にしないで」クレオはオーウェンを見つめたまま言った。「ちょうど取引を成立させたところよ」

「あなたたちがアトリエに行ってからずいぶん経つから……ちょっと様子を確かめたほうがいいかと思って。ごめんなさい」

「気にしないで」クレオは繰り返した。「ねえ、あたしのヨットを見て」

クレオが作業台に移動すると、明らかに狼狽《ろうばい》したソニアがあとに続いた。「わたしはちょっと……。まあ！　これがあなたのヨットなの？　人魚だわ！　あなたにぴったりね、クレオ。オーウェン、これはまさにクレオのヨットよ。完璧だわ」

「おれがヨットを完成させた暁には、またぜひそう言ってくれ。ところで、ビールはあるかい？」

「ええ。ああ、すごく気に入ったわ。わたしまでヨットがほしくなりそう」

「きみは犬小屋を手に入れるだろう」

ソニアは微笑んで彼を振り返った。「本当に？」

「約束を交わしたからな」

「みんな取引成立ね」クレオが言った。「あたしは夕食の支度に取りかからないと」

「手伝うわ」

「おれは設計図を丸めて今夜泊まる部屋に置いてくる。そのあと、ビールを取りに行くよ」

廊下に出てからソニアが目をやると、クレオはほてりを冷ますように顔をあおいでいた。クレオはふざけて天井をあおぎ、ソニアを肘で小突いた。

「洗いざらい話してもらうわよ」ソニアがつぶやいた。

「あとでね。夕食を作らないと。もう予定より開始時刻が遅れてるから」

「オーウェンとキスするので忙しかったせいね」

「それだけじゃないけど。待って、そういう意味じゃないわ」またクレオは天井をあおいだ。「ヨットのデザインを見ながら話しあってたのよ」

「美しいヨットになりそうね、まさにあなた好みのヨットに。もうオーウェンにすっかり夢中なんでしょ」

一階にたどり着くと、玄関ドアが開いた。ムーキーが飛びこんできて、トレイが続いた。

ソニアはトレイが鍵を使ったことを喜び、まっすぐ歩み寄って抱きしめ、キスを待つように顔をあげた。

「アトリエでクレオのヨットの設計図を見ていたの。すばらしいのよ」

「ぼくも見せてもらった。きみに同感だ」

「夕食までもう少しかかるわ」クレオは告げた。「これからソニアと支度に取りかかるから」

「じゃあ、寝室に荷物を運んでから、ぼくにもできそうなことを手伝うよ。オーウェン」そこにオーウェンがジョーンズと猫を従えておりてきた。

「この子は?」

「あたしの猫よ。名前はパイワケット。すっかりオーウェンに懐いたみたい」

トレイは身をかがめ、猫をゆっくりと撫でた。すると、パイは背中を弓なりにし、よく整備されたエンジンさながらに喉を鳴らした。

「そして、移り気なようね」クレオは言い足した。「犬たちとパイを外に出したら、料理に取りかかりましょう」

「犬たちと一緒に猫も外に出すのかい？」

「外で用を足すようにしつけてる最中なの」クレオがトレイに説明した。

「そうか、それは興味深い」

「ビールを取ってくる」オーウェンが言った。「おまえもいるか？」

「ああ。二分で戻る」

「急いでちょうだい。話したいことが山ほどあるから。いまからクレオとゆうべのことをオーウェンに話すわ」

「おれもビールを飲んだほうがよさそうだ」オーウェンはキッチンの奥に直行し、音楽室で立ちどまった。

「あれが最新の肖像画か」

「リスベスよ。アトリエのクローゼットで見つけたの。そのことは話の発端にすぎないわ」

「じゃあ、始めるわね」ソニアはキッチンのドアを開けて動物たちを外に出すと、ゆうべのことを語りだした。

クレオはときおり口をはさんで詳細をつけ加えながら、鍋を取りだして火にかけた。

オーウェンがビールを用意したところに、トレイが入ってきた。

「ゆうべは忙しかったんだな」オーウェンが言った。

「まあ、しばらくは。あの肖像画を見たか？」

「ああ。そして、きみは実物を見た」オーウェンはソニアのほうを向いた。「厳密には、生身の彼女じゃないが」

「でも、そんなふうに感じたわ。リスベスは活気に満ちあふれ、生き生きとしていた。もしあの場にいたら、あなたにも彼女たちが見えたかしら」

「見えたかもね。ソニア、鶏肉《とりにく》をカットして」クレオはすでに鍋で炒めていたソーセージに刻んだ赤パプリカやタマネギやセロリを加えた。「あたしとトレイにも何かが聞こえたけど、鏡のなかの音とは違うわ。でも、オーウェンはプール家の人間だから見えたと思うわ」

「たぶん、コリンも何か見たんじゃないかしら」ソニアは鶏肉をカットし始めた。ソーセージをカットするクレオほど速くはないが、形はより均一だった。

「そうかもな」オーウェンは鍋のなかの野菜をかきまぜた。「きっと音楽室の肖像画はドブスに打撃を与えたはずだ」

「同感だ」トレイはワインを取りだし、ふたつのグラスに注いだ。

「そうね、ドブスはわたしたちが肖像画を並べて壁に飾ったのが気に入らなかったみたい。ありがとう」ソニアは鶏肉を切るのを中断してグラスを受けとった。「それで、今日は……」

ソニアはワインを飲んでグラスを置くと、料理を再開しながら語った。

「ドブスがまた騒動を起こしたってわけか」オーウェンが見守るなか、クレオは野菜にニンニクとハーブを加えてかきまぜた。

「その霧はきみに触れなかったのか？」トレイが尋ねた。

「ええ。両脚を引きあげたから。そうしなかったら低温やけどをしていたはずよ。もう少しであなたに電話するところだったわ。正直パニックを起こす寸前だった。でも、おさまったの。すべてが一瞬でおさまった。あの場にはクローバーもいたわ。いま思うと、ずっといたんじゃないかしら。彼女の……存在を感じたから」

ソニアの携帯電話からトム・ペティの《わたしは引きさがらない《アイ・ウォント・バック・ダウン》》が流れた。

「そのとおり、わたしたちは引きさがらない。鶏肉はこれでいい、クレオ？」

「ものさしを使っても、こんな正確にカットできないわ。これを炒めないと。そろそろあの子たちを入れてあげたら？」

「おれがやるよ」オーウェンがドアに向かいながら笑った。「猫が犬たちを追いかけまわしてるぞ。みんなも見てくれ。パイはジョーンズまで駆けまわらせてる」

「鬼ごっこみたいなものね」みんなで外を眺めながら、ソニアが言った。「パイは一匹追いかけてつかまえたら、また最初から鬼ごっこを始めてる。永遠に鬼のままでいるつもりね」

「賢い子は主導権を握るものよ」クレオは気をよくし、また鶏肉を炒めだした。「楽しんでいるなら、もう少し外にいさせてあげましょう」

クレオが炒めるうちに肉がじゅうじゅうと音をたて、香ばしいにおいが立ちのぼってきた。

「あとどのくらいかかるんだ?」オーウェンは彼女がこんがりと焼いた鶏肉をほかの具材に加えると、きいた。

「おばあちゃんによれば、この工程はあと十分前後よ。それからスパイスと残りの材料を加えて沸騰させ、火を弱めて蓋をする。そして、何度かかきまぜながら四十五分煮こむ」

「つまり約一時間だな。ちょっとあちこちのぞいてくるよ」オーウェンはトレイを見た。「おまえもどうだ?」

答える代わりに、トレイはビールを置いた。

「〈黄金の間〉はだめよ」

いらだちに目の色を濃くして、トレイはソニアに向き直った。「あのドアはいずれまた開けなければならない」

「でも、今夜はだめ。ゆうべも今日の午前中もいろいろあったし……。今夜はやめてちょうだい。でも、いずれ……。あなたが言ったことは正しいわ、正しいとわかってる」

「わかった、またの機会にするよ」

「あたしが鍋の具材をかきまぜるように、あなたもドブスのことを引っかきまわしたいのね」クレオは肩越しに振り返った。「いいことよ。でも火を弱めて、あたしが同行できるようになるまで待ってちょうだい」

ソニアはワイングラスをゆっくり傾けた。「それならペットたちを呼び戻さないと。ドブスがあの子たちに何かするかもしれないから。わたしたちは一致団結すべきよ」

携帯電話からボン・ジョヴィの《希望を胸に生きる《リヴィン・オン・ア・プレイヤー》》が流れると、ソニアは困惑した。

「これは結束を歌った曲だ」オーウェンが指摘した。「肖像画を三枚手に入れたし、きみとおれはあの鏡を通り抜けてまた戻ってきた。完璧とは言わないまでも、おれたちの結束はだいぶ強まっている」

「ドブスは今朝からおとなしかった。きっと邪悪なエネルギーを充電しているのよ」

「午後は若干うるさかったとクレオは言っていたが」

オーウェンの言葉に、ソニアはぱっと振り向いた。「そんな話、聞いてないわ」

「だってドブスはほぼ毎日やかましい音をたてるじゃない。それに、今日はいつもよりは騒々しくなかったし。ただ自分が〈黄金の間〉にいることをあたしに知らせたいのよ」

クレオは頃合いを見て、カイエンペッパーとパプリカを加えて溶かした。つぶしたトマトやチキンスープも加え、必ずいい隠し味になると思ってワインも注ぎ、米を量った。

「これを沸騰させたら、三十五分後にタイマーが鳴るようセットするわ」

「さっきは四十五分と言ってたぞ」

「十分前に海老を入れるのよ」クレオはオーウェンに説明した。「それと、失敗しないようにお祈りを捧げるわ」

「すごくいいにおいだ」トレイはソニアの肩を撫でた。「四匹の仲間を呼び戻すよ。三階で落ちあおう。ぼくはクレオの――オーウェンの絵を見たい。ついでにアトリエのクローゼットもチェックする、念のため。ドブスのドアにはさわらない」

ソニアはうなずいた。「でもドブスが逆上したら、全員三階に向かうわ。今朝あんなまねをした彼女は平手打ちをくらって当然だから。あなたの言うとおりね。あなたたちの言うとおりだわ」

トレイが四匹を迎え入れると、パイは気取った足取りでカジュアルなダイニングテーブルに近づき、ぱっと椅子に飛びのって自分の毛皮をなめ始めた。

犬たちは三匹とも、もうくたくただと言わんばかりに倒れこんだ。

「パイのせいで三匹ともくたくただな」トレイが言った。

「パイはもうすっかりこの家になじんだようね」ソニアはうなずいた。「わたしにはその気持ちが手に取るようにわかるわ。それに、ここは自宅よ。〈黄金の間〉に直行して、わたしの家から出ていってと言えたらいいのに」

「今朝はきみひとりだった」オーウェンが指摘した。「だから動揺したかもしれないが、誰だってそんなことがあれば不安になるさ」

「たしかに動揺したわ、だからあのドアを開けないでって言ったのかも。でも、正直いまはあんなふうにドブスと対峙《たいじ》しないほうがいいと思うの。その前にもっと何か必要なのよ。何が必要なのかはわからないけど」

ソニアはため息をついた。「グレタ・プールとの面会を申しこまないと。それもずっと棚上げにしていたわ。父やコリンに、クローバーの赤ちゃんたちにされた仕打ちに腹が立って仕方なかったから。グレタ・プールはそれに荷担していた」

「ぼくは彼女のことをあまり知らなかったし、いまもよくわからない」トレイが話しだした。「昔から老けて見えた。年老いて……」言葉を切って肩をすくめた。

「トレイはああいう状態の女性を悪く言いたくないんだよ」オーウェンは鍋のにおいをかいだ。「だが、おれは気にしない。彼女はいまも昔もああだった。気が弱いんだ。

祖母がよく言ってたよ、くらげだってグレタ・プールほどやわじゃないと。祖母がその人物評を覆すところは見たことがない。なあ、もう沸騰してるぞ」

「沸騰してから一分よ」クレオはもう一度かきまぜた。「あたしも一緒に行くわ、ソニア」

「ありがとう。でも、彼女は赤の他人をふたりも迎えるのは無理じゃないかしら」

「ソニア」トレイがソニアの髪を撫でた。「いまのグレタにとっては誰もが他人だ」

「そうでしょうね。それでも、一対一で面会したほうがいいんじゃないかしら。とりわけ、無駄足になりかねないし」

「あなたの気が変わったら同行するわ。そうでなければ、ひとりで屋敷で過ごすのもおもしろそう。初めてここを訪れて、あなたが外出したとき以来、本当にひとりきりになったことがないから」

「それなのにあなたったら元使用人部屋に行ったのよね。幽霊屋敷だと承知しながら、ひとりきりで」

「だって」クレオは満足して火を弱め、最後にもう一度かきまぜてから鍋に蓋をした。「おもしろいじゃない。あたしが買い出しに行くたびに、あなただってひとりきりになるでしょう――まあ、完全にひとりってわけじゃないけど」

「今日は何があったの？」ソニアが嚙みついた。

「あなたが対処したようなことよ」クレオは携帯電話のタイマーをセットした。「あたしには対処できないと思ってる？」

「そういうわけじゃないけど――」

「ここはあなたの家で、あたしの家じゃないと思わせたいのね」

「なんてひどい言いぐさなの！」

「あら、きれいごとを言っても仕方ないでしょう」クレオはポケットに携帯電話をしまった。

「ふたりとも――」

かっとなった女性ふたりに目を向けられて、トレイは口ごもり、両手をあげて後ずさった。

「わたしはあなたの買い出しより長時間留守にすることになるわ。少なくとも、次回あなたが村に行く日に合わせてオガンキットを訪問するよう手配することは可能よ。あなたは村に長居してアンナとランチしたり、絵になる景色を探したりすればいいんじゃない」

クレオはふたたび腰に手を当てた――この件に関して一歩も引かないサインだ。

「あなたの都合に合わせて訪問を計画すればいいわ、あたしはそれに同行するか、ここに残って自分の面倒は自分で見る。あたしの留守中、あなたがそうしているように。

あたしたちはお互い支えあう仲でしょう、ソニア。でも、ふたりとも自力でなんとかしなきゃならないのよ」

「何かあったら、トレイかオーウェンに電話してくれる？」

「今日あなたがしたように？」クレオは仲直りの印に手を振った。「まあ、正確には、電話する寸前だったのよね、だから同じようにする。何かあって心底びびったら、助けを求めるわ。約束する」

「それならいいわ」

「オーケー。さあ、ドブスの神経を逆撫でしに行くわよ」

四つの携帯電話から《今こそそのときだ《タイムズ・ライク・ディーズ》》が流れだした。

「フー・ファイターズか」オーウェンがかぶりを振って、にやりとした。「もし彼女が人妻じゃなくて、おれよりうんと年上かうんと年下じゃなかったら、クローバーはまさに理想の女性だ」

9

ソニアは〈黄金の間〉のことを考えると、血に染まった純白のウエディングドレスや、猛吹雪のなか叫びながら凍死した花嫁や、双子を出産して命尽きた女性が脳裏に浮かんだ。

連想するのは殺人や邪悪さだった。

それを察したかのように、トレイが彼女の手をつかんだ。「大丈夫だよ」階段をのぼりながら淡々と告げた彼をもう少しで信じそうになった。

だけど……。

「ハン・ソロたちがよく言っていたように、いやな予感がするわ」

「フォースはわれらとともにあると信じろ。フォースは常に正義の側にある」トレイの背後で、オーウェンがダース・ベーダーの呼吸をまねてクレオに腕をパンチされた。

「おれはいつだってドブスよりベーダー派だ」オーウェンは図書室を通り過ぎながら、

ちらりと振り返った。「ちょっと待ってくれ」図書室に入り、ソニアのムード・ボードをじっくり眺めた。

「これは〈ライダー・スポーツ〉のプロジェクトか？ きみがさまざまな世代をターゲットに表現してるのがわかる。洗練されていて、しゃれてるな。きみは仕事のやり方を心得てる」

「たいていはそうよ」

「きみは仕事のやり方を心得てる」オーウェンはそう繰り返し、今回はクレオを微笑ませた。

男性ふたりと女性ふたり、それに三匹の犬と一匹の猫が階段をのぼり始めた。〈黄金の間〉から鼓動のような音がゆっくりと揺るぎなく重々しく響いてきた。

踊り場まで来たところで、そのドアが赤い光で縁どられた。

「ドブスは全員そろってやってきたのが気にくわないみたいね。もっとも」ソニアはトレイの手をぎゅっと握った。「ここまでは何度も来たことがあるけど」

音が大きくなってテンポも速くなるなか、一同は廊下を進んだ。あたりは闇に包まれていたが、その廊下だけはクレオのアトリエの窓からさしこむ光に照らされていた。

動物たちが反応し、ムーキーは低いうなり声をあげ、ヨーダは歯をむきだしてうなり、ジョーンズはしゃがれ声で吠えた。

しゃあっと声をあげた猫を、クレオが抱きあげた。

「冷えてきたな」トレイがクレオをちらりと見た。「きみがアトリエで仕事をしているときも、こんなふうに冷えるのかい？」

「いいえ、こんなことは一度もなかった。それに、ドブスがあたしを凍えさせようとしても、セーターなら何枚も持ってるわ」

クレオのアトリエの前でトレイは立ちどまり、ソニアの手をつかんだままなかに入って絵画をじっくり眺めた。

「これはすばらしいのひと言だ。本当に魔法がかけられてる。オーウェン、おまえはかなり立派なヨットを作らないといけないな。もっとも設計図を見た感じでは公平な取引だ。クローゼットを確認してみよう」

ソニアがクローゼットに向かい、扉を開けた。すると、クレオの画材が整然と収納されていた。

「次はアガサのはずよ。でも、今夜じゃない」ソニアはふたたび扉を閉めた。

「ここは廊下よりあたたかいな」トレイが言った。「それは単に日がさしこむからって理由じゃない」

「ドブスを閉めだして彼女の騒音を防ぐために、いくつか置いているものがあるの」

「クリスタルとか、お香みたいなものか？」

クレオは冷ややかな目でオーウェンを見据えた。「あんなバカ騒ぎをする幽霊を信じるなら、それ以外のことも信じられるでしょう?」

「オーケー、きみの言い分は正しい」

〈黄金の間〉から窓がばたんと開いたり閉じたりする音が響いた。

「ドブスはいらだってるようだ」トレイは廊下に戻った。

ドアを縁どる光がいまや真っ赤に染まり、ドア自体も呼吸するかのようにそり返ったりへこんだりしている。

トレイの隣で、オーウェンは左右のポケットに親指を引っかけていた。「けっこうやるな、ドブス、こいつはクールだ」

明らかに異を唱えるように、ジョーンズは廊下を駆け抜け、波打つドアに向かって激しく吠えたてた。

「落ち着け」

オーウェンがジョーンズに歩み寄ろうとすると、ソニアが呼びかけた。「ドアには触れないで。ドブスの怒りが頂点に達しているから」

「ああ、そんなことはしない。待て」トレイはムーキーがオーウェンを追いかける前に愛犬を指さした。

「よしよし、おまえはいい子なんだから――」だが、オーウェンが身をかがめてジョーンズを抱きあげようとした矢先、ドアが勢いよく開いた。

　すると、ジョーンズがなかに駆けこんだ。

「くそっ」オーウェンはためらいもせず続いて飛びこんだ。

　トレイはソニアを振り返った。「あとを追わないと」そう言うなり〈黄金の間〉に駆けこんだ。そのとたんにドアがばたんと閉まった。

「ああ、もう！　彼女をつかまえていて」クレオはしゃあっと声をあげる猫をソニアに押しつけた。「この状況を打開できるかもしれないものがあるの」

　クレオがアトリエに駆け戻るなか、ソニアは二匹のうなる犬と怒った猫とともに立ち尽くしていた。

「ああ、もう」ふと、ドブスが恐れや嘆きを糧にしていることを思いだした。だったらどちらも与えてなんかやらないわ。ソニアが踏みだすと、携帯電話からサンタナの《邪悪な手口《イヴィル・ウェイズ》》が流れた。

「本当にそうね。おまけに、ドブスはわたしのボーイフレンドといとこと犬を監禁している」

「待って！」クレオが乾燥させたホワイトセージの束を持って駆け寄ってきた。

「嘘でしょう、クレオ。それでドブスに対抗する気？」

「おばあちゃんのお手製よ。だから、否定しないで。せめて半分ぐらい信じてちょうだい、ソニア！」

ドアが脈打ち、冷たい風が隙間からもれだして廊下を駆け抜けた。まるで戦場のように、ドアの向こうから叩きつける音や衝突音が響く。

「いったいなかで何が起きているのかしら？」

「落ち着いて」髪をあおられながら、ソニアは猫を床におろし、空いているクレオの手をつかんだ。「それはドブスがわたしたちに抱かせたい感情の真逆だから。落ち着いてちょうだい」

「そうしようとしているわ」クレオはドアに向かって煙が立ちのぼるセージの束で円を描き始めた。「ここに闇に対抗する光を捧げん。暴力に対する平和。憎しみに対する愛を」

〈黄金の間〉では、風が暴風と化した。煙が波打ちながら鳥のように舞いあがり、窓から飛びだした。

ベッドが床から百八十センチ以上浮きあがったかと思うと、岩のように落下した。その衝撃で床に黒いひびがジグザグに走った。

四方の壁は血を流していた。

「彼女を見たか？」オーウェンが叫ぶと、息が白く煙った。

「ああ、一瞬だけ。だが、いまは見えない」

「おれには見える」

ドブスは床から三十センチ上に浮かび、両腕を広げていた。黒のロングドレスは波打ちながら渦を巻き、たなびく髪は黒煙のようだ。

足元のジョーンズが歯をむきだして吠えたてるなか、ドブスは歓喜と狂気にきらめく黒い瞳をオーウェンからそらさなかった。

「プール家の人間ね」ドブスのなめらかな声が風の音にまじって聞こえた。「あなたのほうが無骨だけど、あの晩わたしのなかに欲望を解き放ったのに従順な小娘を選んでわたしを捨てた男に似てる。彼も、あなたも、プール一族は地獄に落ちればいい。屋敷の支配者はわたしよ」

「これまで悪事の限りを尽くしてきた理由が、一夜限りの関係なのか？　くだらない、ばかげているにもほどがある。おまえこそ地獄に落ちろ」

トレイにはドブスが見えなかったが、オーウェンが飛びかかると加勢しようとした。次の瞬間、オーウェンがぱっとのけぞり、トレイは親友が倒れないよう腕をつかんだ。

オーウェンは鼻血をぬぐい、ジョーンズがうなって飛びかかった瞬間、ドブスが鉤《かぎ》爪《づめ》のように両手を丸めるのが見え、次の攻撃に身構えた。

血が床に滴ると、白煙がドアの下から流れこんできた。

ドブスは殴らずに悲鳴をあげ、髪やドレスがぐるぐる旋回したかと思うと、ぱっと姿を消した。

〈黄金の間〉はただの部屋に戻った。

「いったい何があったんだ？」トレイが問いただした。

「ドブスはおれを殴り、また殴りかかろうとしていた。だが、一瞬で姿を消した。くそっ。ジョーンズ、おまえはばかか」だがその声には誇らしさがにじんでいて、ジョーンズは得意げな足取りでオーウェンに歩み寄った。

「こいつが何かくわえてるぞ」トレイがしゃがんでちょっと引っ張りあったのち、ジョーンズから黒い生地の切れ端を奪った。「嘘だろう」オーウェンを見上げた。「これはドブスのドレスに間違いない。ジョーンズはドレスの端をくいちぎったんだ」

「でかしたぞ、ジョーンズ。おまえは頭がいかれてるな」

「さっさとここから出よう。女性たちはかんかんに怒っているか、半狂乱になっているはずだ。いや、その両方かもしれない」

「ああ、だけど、おれはどうすればよかったんだ？　ジョーンズの邪魔なんて誰にもできない」

トレイがドアを開けた。

ソニアとクレオは手をつないでたたずみ、クレオの手には煙が立ちのぼるハーブが握られていた。二匹の犬と猫はおとなしくお座りしていたが、ムーキーは尻尾を振ってくうんと鳴きながらトレイに駆け寄った。

「大丈夫だ。もうみんな大丈夫だよ。すまない、でも――」

「ほかにどうしようもなかったんでしょう」ソニアはそう締めくくり、オーウェンに目をやった。「ふたりとも。もしあれがヨーダやクレオだったら、わたしも同じことをしたはずよ」

途方もない安堵感がこみあげ、トレイを抱きしめたかったけれど、ソニアはぐっとこらえた。「オーウェン、血が出ているわ」

「不意打ちをくらった」オーウェンは肩をすくめた。「鼻血が出るのはこれが初めてじゃないし、これが最後じゃないだろう」

「バスルームは向こうよ。洗ってきたら」クレオが言った。「手伝いましょうか？」

「いや、大丈夫だ」

「あたしはディナーがどうなっているか確認しないと」

「ぼくたちはどのくらいあのなかにいたんだ？」

「永遠に思えるくらい長かったわ」ソニアはトレイに両腕をまわした。「でも、実際はおそらく五分弱ね。さあ、階下《した》に移動して話しましょう」

だが、ソニアはまずバスルームへ向かった。「もしまたあの部屋に入ったら、今度はわたしがあなたを殴るから」

「おっかないな」オーウェンは洗面台に身を乗りだし、鼻梁をつまんだ。「ドブスは今夜はもう幕引きだろう。おれもだ。ビールをもう一本飲みたい」

ソニアは満足してほかのメンバーに加わった。オーウェンの足元でお座りをするジョーンズ以外、みんな階下に向かった。

「オーウェンが加わるのを待って、最初から何があったか話すよ。ぼくはあの部屋で一瞬ドブスを見たが、オーウェンのほうがよく見えていたはずだ。それに、ふたりは会話を交わしているようだった」

クレオはアトリエで足をとめ、邪気を清める乾燥ハーブの煙を消した。

「それはなんだい？」

「ホワイトセージよ」クレオは答えた。「おばあちゃんにもらったの」

「負の魔力に有効なのよ」ソニアが言いそえた。

「なるほど。たしかにあそこには負の力が蔓延してた。ぼくはきみとの約束を破ってしまった」

「さっき、わたしも同じことをしたはずだって言ったのは本心よ。あなたはそうせざるを得ないから、そうしただけ。それに、厳密には約束を破ったわけじゃない。あなたがドアを開けたわけじゃないもの。内側から勝手に開いたんだから仕方ないわ」ソニアは続けた。「ワインをたっぷり飲みたい」

一同はキッチンへ直行し、クレオは鍋の蓋を開けて中身をかきまぜた。

「犬たちと猫に餌をやってくるよ。キャットフードはあるかい?」トレイがクレオに尋ねた。

「もちろんよ。パイには最高のものだけを与えないと」

クレオがふたたび蓋を閉め、猫用の缶を取りだしているあいだ、トレイは犬たちのボウルを餌で満たし、ソニアはビールを二本取りだし、グラスにワインをなみなみと注いだ。

オーウェンとジョーンズがやってくると、ジョーンズはドッグフードに直行し、オーウェンはビールを取りに行った。

トレイはまじまじと友人を見た。「明日はあざになるかもな」

「いや、そこまでじゃないだろう。このメンバーの前でドブスは女の子みたいなパンチを繰りだしたなんて言う気はないが、あのときおまえがくらったようなパンチじゃなかった」

「さあ、座りましょう。クレオ、煮こんでる料理は放っておいても大丈夫? あなたも座れる?」ソニアは自分のグラスをテーブルに運んだ。「さあ、最初から何もかも話して」

「まずぼくが話そう。今回もぼくが初めてあの部屋に入ったときと状況がそっくりだった。冷え冷えして風が吹き荒れ、ベッドが浮かんでは落下し、壁から血が滴っていた。今回は煙が窓から外にあふれでていたよ。前回同様、ドブスの姿が一瞬見えた。オーウェンにはもっとよく見えたようだが」

「ジョーンズもだ。ジョーンズもドブスを見た。ああいうタイプが好みなら、ドブスはたしかに目を引く女だ。官能的で、ちょっととげがある。おまけに、完全にいかれてる。それがひと目でわかった。床から三十センチ以上浮いてたよ」

オーウェンは続きを語りだした。

「一夜だけ？」ソニアはおうむ返しに言った。「愛人だったわけじゃなく、一夜限りの関係だったの？」

「本人がそう言ったし、屋敷の支配者は自分だと豪語していたよ」

「だから、おまえは〝ばかげてる〟って言ったのか」トレイがつぶやいた。

「ばかげてるとしか言いようがないし、ドブスには無性に腹が立った。この家を建てたのは、おれの——おれたちの家族だ」オーウェンはそう言い直した。「ここはあの女のものじゃないし、そうだったことは一度もない」

「おまえはドブスに飛びかかった」

オーウェンは肩をすくめ、トレイに向かってビールをかかげた。「まあ、逆上してたからな。それにおまえも加勢してくれた。だが次の瞬間、不意打ちをくらった。ドブスはもう一発殴ろうとしてたが……何かが変わったんだ。一瞬で」

オーウェンは指を鳴らした。

「ドブスはコマみたいに旋回し、悲鳴をあげて姿を消した」

「そして、すべてがおさまった」トレイが言いそえた。「彼女はガス欠になったのかもな」

「たぶん邪気を清めるホワイトセージが効いたのよ」携帯電話のアラームが鳴り、クレオはふたたび立ちあがって、冷蔵庫から海老を取りだした。「煙がドアの下から流れこむのが見えたわ。別にあなたを責めてるわけじゃないけど、あなたが逆上したせいでドブスは力を得たんだと思う。不安や苦痛や悲しみを糧にしているように」

「たしかにそうね。それに、クレオとわたしは冷静だった。ドブスはそれが無性に気に入らなかった」

「平静を保てたのは、あなたに命じられたおかげよ」クレオは海老を加えると、振り向いた。「血だわ」

「またか?」オーウェンは鼻に手を伸ばした。

「ううん、いまはとまってるけど、出血したでしょう。それがきっと床に滴ったのよ。つまり、これは仮説だけど」クレオは戻ってきて腰をおろし、ワイングラスをつかんだ。「よい魔女が作った浄化のハーブ、冷静さ、そして血。血は命で、力の源よ」

「おまけに、プール一族の血だし」ソニアが言いそえた。

「その組みあわせがドブスを封じこめたのか？」トレイはビールを飲みながら考えこんだ。「そうかもしれないな。興味深いし、それならかなり納得がいく」

「もうひとつおまけがある。ジョーンズがドブスの一部を手に入れた」

ソニアは目をみはった。「彼女に嚙みついたの？」

「さすがにそれは無理だったようだ。だが、嚙みつこうとした」

「それで、これを手に入れた」トレイはポケットから黒い生地の切れ端を取りだした。

「それは——ドブスのドレスの切れ端？」トレイが生地をテーブルに置くと、ソニアはためらいがちに指で撫でた。「どうして実際に、こんなふうに触れることができるの？　わたしったら何を言ってるのかしら。モリーがベッドメイキングや掃除をして、ジャックがヨーダとボール遊びをしてくれるのに」

「ジョーンズはドブスのドレスをくいちぎったのね」クレオは躊躇なく布きれを手に取った。「ジョーンズはおりこう《グッド・ボーイ》さんね」

「こいつはボーイじゃなくて〝マン〟と呼ばれたがってる」

「そうでしょうとも。この切れ端を利用できるかも。おばあちゃんにきいてみるわ」

「どこか安全な場所に保管すべきだ。屋敷内にしまうのはやめたほうがいい。少なくともいまは」

「おれが持ってるよ」オーウェンが手をさしだした。「ジョーンズの戦利品だしな。使い道がわかったら持ってくるが、それまではおれの家で保管する」

それからコンロを振り返った。「まだできないのか?」

クレオは片方の手のひらをかかげて、また鍋の中身をかきまぜた。

「テーブルの用意をするわ」ソニアが立ちあがった。

「ぼくは犬たちを――いや、犬たちと猫を外に出すよ。どうやってこの三匹をおとなしくさせていたんだ?」トレイがきいた。

「正直わからないわ」ソニアは皿を取りだしてオーウェンに渡した。「わたしたちが冷静になったら、この子たちも落ち着いたみたい。そのあとクレオがホワイトセージをいぶし始めたの。これは何?」

ソニアはカウンターのふきんに気づき、何が覆われてるのか確かめようとふきんを持ちあげた。「ケーキ?」

「コーンブレッドよ。それもおばあちゃんのレシピなの。おばあちゃん直伝のジャンバラヤを作るなら、おばあちゃん直伝のコーンブレッドも作らないとだめだって言われて。ちょっと味見したけど、おいしくできたと思うわ」

「おれたちも味見できるとうれしいんだが」

「味見どころかすぐにたっぷり食べられるわ、オーウェン。この見た目からして、ジヤンバラヤも完成したみたい」

一同は料理を皿に盛り、オーウェンはさっそく食べ始めた。「絶妙にスパイスが利いてるな」

「これは最高だ」トレイも賛同した。

「すばらしいわ、クレオ。あなたがこんな才能を隠し持っていたなんて」

「別に隠してたわけじゃないわ、ソニア。そんな才能がまさか自分にもあるなんて知らなかっただけ。いまは料理が趣味になって楽しんでる。これまでは無趣味だったけど」

「買い物があるじゃない」

クレオはかぶりを振った。「買い物は衝動的なものだし、使命と言ってもいいわ」

クローバーがいきなり明るいピアノの音色を鳴らし、だみ声が流れた。

「ドクター・ジョンか？」オーウェンがコーンブレッドをつかんだ。「《ママ・ルー》だな。やっぱり、クローバーはおれの理想の女性だ」

「ドクター・ジョンを知ってるの？　これはニューオーリンズの音楽よ。おばあちゃんは彼の大ファンなの」

「だったら、きみのおばあさんは趣味がいい」

「ちょっと不気味な感じじゃね」

「そういう曲なのよ、ソニア」

「シェフとクレオのおばあちゃんに乾杯」

残りの三人もトレイにならってグラスをかかげた。

クレオが料理をしたので、ソニアは残り物を三つの容器に詰めた。「地下のホームシアターで映画を観たい人は？」

「どんな映画だ？」

オーウェンが警戒していることに気づき、ソニアは微笑んだ。「心配は無用よ、ロマンティックコメディやお涙ちょうだいものは、クレオとふたりで観るように別の機会に取っておくから。ひとつだけ選択肢から外してほしいのは、ホラー映画ね。本当は大好きだから残念だけど。でもこの二、三日いろいろあったから、ドブスを怒らせたくないの」

「『インディ・ジョーンズ』の三作目は悪くない」

「観たことがあるの？」ソニアがきいた。

「ああ。だが一度しか観る価値のない映画は、きっと一度も観る価値がない」

「デザートはポップコーンになりそうね。コーヒー、ビール、コーラ、どれがいい？」クレオがきいた。

「コーラを頼む」

「おれもトレイと同じで、コーラだ」オーウェンが言った。

「じゃあ、ポップコーンとコーラとインディね」ソニアがうなずいた。「最高だわ。それに、殴られて当然の誰かさんにお返しの顔面パンチをくらわせるような気分にちょっとなれそう」

一同はクッションの利いた椅子に腰を落ち着け、犬たちは床に寝そべって居眠りを始めた。パイは椅子の背に横たわって、うとうとし始めた。

映画が終わると、ソニアは思わず拍手していた。「この映画はひとつの時代の終焉《しゅうえん》をうまく描いているわ。それに、この奇妙で最終的にすばらしい一日の締めくくりとしてもよかったわ」

「ぼくはもっといい締めくくり方を知っているよ」トレイがソニアの耳にささやいた。

「心からそう願うわ。それに、ドブスはのぞき見すらしなかったわね」

四人は動物たちを引き連れて階段をあがり、最後にもう一度外に出してから、映画鑑賞中に使った食器を洗った。

そしてもう一度階段をのぼった。今回は二階で足をとめた。

「じゃあ、また明日の朝に。午前三時か」ソニアは言いそえた。「できれば、そのあとに」

彼女は自分の寝室にたどり着くまで待って、トレイに向き直った。「ところで、もっと抱きあげられると、笑い声をあげた。

ソニアは午前三時になっていつもの現象があれこれ起きても、目を覚まさなかった。

トレイは予想どおり、ドブスを目撃した。

だが、芝生に並んで立つオーウェンとジョーンズを目にしたのは予想外だった。そっとガラス戸を開け、バルコニーに出た。

「勘弁してくれよ、オーウェン」

「ただ間近で見たかっただけだ」オーウェンはそう言うと、ドブスが防潮堤から身を投げるのを見守った。「それに、仮説を確かめたかった」

「ぼくもおりるよ」

「ああ、なかで落ちあおう」

ソニアが眠っている隙に、トレイはズボンをはいた。忍び足で部屋を出て階段をおりると、オーウェンが正面の応接間の窓辺にたたずんでいた。

「また鼻血を出したり、もっとひどい目に遭ったりしたいのか？」

「ドブスにはおれが見えていなかった。そのことが気になって、二時四十五分にアラームが鳴るよう携帯電話をセットしたんだ」

オーウェンはかぶりを振って、にやりとした。「それでクローバーがシナトラ・バージョンのオールディーズを流さないわけがないよな。とにかく、おれは外に出た」

それからトレイのほうを向く。「いまは半月に近づき、春のにおいがする。この時間だとまだ冷えるが、それでも春のにおいがする。玄関ドアは開けておいたから、時計やピアノの音も聞こえた。今夜はいきなり《バーバラ・アレン》だったよ。やがて、外の様子が変化した」

オーウェンは窓辺に近づき、防潮堤を眺めた。

「空には満月が浮かび、夏の終わりのように感じた。気がついたらドブスがいた。ぱっと現れたんだ。ソニアやクレオが目撃したときのように」

「屋敷のほうを向いていたか？」

「ああ。だが、おれには気づかなかった。おれはすぐそこに立ち、ジョーンズがうなってたのに。おれたちはドブスを見たが、向こうはおれたちを見なかった。あの女はくるりと向きを変え、己の血によって強固な呪いをかけると唱えだした。そのとき、おまえに呼びかけられたんだ」

「ドブスはぼくの声にも気づかなかったのか」トレイははっとした。「おまえやぼくの姿も見えなかった。つまり、屋敷から出てしまうとそれほどの魔力はないってことか。それと、この現象はループしてるようだ」

「おれもそう思った。きっと先日の晩は、ドブスは万全の準備を整えてガラス戸を押し開けたんじゃないかな。だが今夜は押し開けようともしなかった。ただ飛びおりただけだ。そして、すべてがもとに戻った」

これまでにわかっている事実を整理しながら、トレイは歩きまわり、まだ完全に判明していないことも含めて思案した。

「ぼくたちの考えでは、ドブスは毎晩午前三時に飛びおり自殺をしている、一八〇六年からずっと」

「ああ、全財産を賭けてもいい」

「毎回苦痛を味わっていることを願うよ。またこんなまねをする気になったら、まず呼びに来てくれ」

「ドブスはおれがそこにいることにすら気づかなかった。おれがプール家の人間だからか?」

「ドブスがおまえに気づかなかったのは、当時おまえがその場にいなかったからだ。あの女が飛びおりた現場に。あれは何度も繰り返されるループだ。同じ時刻、同じ晩、同じ満月ものとでで」

「ふうん、それは見抜けなかったな。そのとおりな気がする」

「屋敷はずっとここにある。当時とまったく同じわけではないが、場所は変わらない。それに、ドブスが飛びおりたときも、彼女は屋敷にいた」

困惑してオーウェンは髪をかきあげた。「おまえの話がわからなくなった」

「ループだよ、オーウェン、リプレイみたいなものだ。だが、幽霊になったドブスは屋敷内にいる。だから、いまでも叩いたり殴ったりなんでもできるんだ。飛びおりることさえも」

「荒唐無稽だな」一瞬、オーウェンは考えこんだ。「だが、どういうわけか筋が通っているようだ」

「今夜はこれで終わりだ。今夜のショーはすべて終わった。さあ、寝るとしよう」

「賛成だ」

翌朝、ソニアがトレイよりも先に階下へおりると、オーウェンがステンレスボトルにコーヒーを注いでいるところだった。

「やあ」彼が口を開いた。「犬たちを外に出したら、猫もついてきて一緒に出たよ。それと冷凍ペストリーをひとつもらった――箱にぎっしり入ってたから。ボトルを借りるけど、ちゃんと返すよ」

「オーケー。あなたも食べたければ、スクランブルエッグを作るわ」

「このタイミングでそんなことを言うなんて。おれはもう行かないと」

「ジャンバラヤを忘れないで。それから、オーウェン」ソニアもコーヒーを飲もうとマグカップを取りだした。「あなたも自分の部屋に、それかどこでも好きな部屋に私物を置いていいわよ。いつでも泊まりたいときに泊まってちょうだい」

「ありがとう」オーウェンが振り返ると、トレイが入ってきた。「おれはもう行くけど、おまえはスクランブルエッグにありつけそうだな。ゆうべのことはおまえから彼女に話しておいてくれ」

残り物の入った容器をつかむとオーウェンは裏口から出て、ジョーンズを呼んだ。

「じゃあ、また」

「ゆうべのことって？」

「スクランブルエッグは？」

「トレイ」

彼は片手をあげた。「まずコーヒーを飲ませてくれ。きみは熟睡していた。おそらくたいしたことが起きなかったからだろう。午前三時のいつもの現象だった。ぼくが起きたのは、ただドブスが飛びおりるかどうか確かめたかったからだ。彼女は前回同様、防潮堤に立っていた」

彼はその日最初のコーヒーを飲んだ。

「それで？」

「そうしたら、オーウェンが外にいたんだ」

「彼は——彼は外に出ていたの?」

「あらかじめ三時前にアラームをセットして、起きて外に出たらしい。あいつがそんなことを計画しているなんて知らなかったが、名案だと言うつもりだった」

「そうでしょうね。あなたは――」ソニアは口ごもり、険しい目つきで彼を見た。「まさか、あなたまで外に出たなんて言わないわよね？」

「バルコニーに出て、オーウェンに声をかけた。本当にスクランブルエッグを作ってくれるのか？　ぼくも食べたくなったよ。いらいらして作れないなら、ぼくが作る」

「たしかにいらだってるわ」ソニアはフライパンを取りだした。「なぜいらだってるかというと、オーウェンが出血する羽目になったのに、そのあとふたりしてそんなばかなまねをしたからよ」

「まず、ひと言言わせてくれ。ぼくは何もばかなことはしてない」

「でも、オーウェンがそんなことをしても平気なのね」

「ああ。残りの話を聞けば、きみもいらだちがおさまるかもしれない。聞きたいかい？」

理性的な、いついかなるときも理性的なオリヴァー・ドイル三世には、本当にむしゃくしゃさせられることがある。

彼女はフライパンにバターを放りこみ、ボウルに卵を割り入れた。

「その沈黙は同意の証《あかし》と受けとるよ」トレイは残りの話を語りだした。

「わたしを起こすべきだったわ」

「なぜだい？　ぼくがオーウェンと話そうと階下《した》におりる前に、ドブスは身を投げた。それに、きみは的外れなことにいらだってる」

「的外れなこと？」ソニアはフライパンに卵液を流し入れた。

「ドブスはぼくたちを見なかった」トレイはパンを二枚トースターに入れた。「彼女はぼくらを見なかったし、ぼくらの声を聞かなかった」

「もう一度繰り返すわ。だから何？」

「きみはもっとコーヒーを飲んだほうがいい」トレイは気を利かせて彼女のマグカップにコーヒーを注ぎ足した。「犬たちに餌をあげてくる、あっ、それから猫にも。ドブスはぼくらがあの場にいたことに気づかなかった。それは、ぼくらがあの場にいなかったからだ」

「どういうこと？」

「ドブスが飛びおりたとき、ぼくらがあの場にいなかったのは、彼女が二百年前に飛びおりたからだ」

トレイの頭のなかでは、判明した事実や不明な点、論理的解釈は揺るぎなかった。

「あれは一種のループだと思う。時間のゆがみか、タイムスリップみたいなものだ。

きみはドブスが屋敷のほうを向いている姿を目撃した。オーウェンもそれを見た。だが、ぼくが外を眺めたときは二回とも彼女は反対側を向いていた」

「そして、ドブスはガラス戸を突風でこじ開けたわ」ソニアが思いださせた。

「それはドブスが屋敷内にいたからだ」

ソニアはいらだたしげに息を吐き、スパチュラで卵をつついた。「ドブスは防潮堤に立っていたんでしょう。あなたがそう言ったじゃない」

「彼女は一八〇六年に防潮堤の上に立った。オーウェンのポケットには彼女のドレスの切れ端が入っていた」トレイはドアを開けた。

二匹の犬と猫が駆けこんできて、すぐさま餌のボウルに直行した。

「今朝気づいたんだ、ドブスのドレスには裂け目なんてなかった。なくて当然だ、昨日〈黄金の間〉で起きたことは、一八〇六年には起こっていないんだから」

彼女は荒っぽい手つきで皿を取りだした。「それがなんの……」ゆっくり皿を置く。

「コーヒーが効いてきたようだね」トレイは彼女からスパチュラを奪うと、スクランブルエッグをふたつに分けた。

「つまり防潮堤からの身投げは、午前三時に繰り返し再生されるようにセットされたビデオみたいなものってこと？　あれは彼女自身というより、いわば彼女の録画ってこと？」

「まあ、そんなところだ」彼女の頭が冷えたのを見計らって、トレイは身をかがめてキスをした。「さあ、座って朝食を食べよう」

「クレオとわたしが目撃したときにドブスがしたことは？　誰かが叫びながら玄関扉を叩いていた晩や、わたしが猛吹雪の幻覚を見たときは？　あれだって午前三時で、彼女の仕業よ。そして屋敷のなかだった」

「考えてみると、ドブスは午前三時に固執していない。おそらく、あの時間帯はより負担がかかるんだろう」

「そう言われてみると、たしかにそうね。わたしを夢遊病に誘うのはドブスじゃない、それは確かよ。ドブスは自分自身を眺めているのかしら。窓辺に立って、毎晩自分が死ぬところを見守っているの？」

「ぼくはそうだと思う。ロチェスターの最初の妻みたいに頭がいかれてるから、一日で最高の時間だと思っているんじゃないかな」

「そうね。朝食の席で『ジェーン・エア』に触れるなんて、ポイントが高いわ」ソニアはトレイを見つめた。魅力的な深いブルーの目に、弁護士らしからぬやや襟足の長いダークブラウンの髪、ジーンズ同様彼にしっくりなじんだ冷静で自信に満ちた空気。

「ひとつ警告すると、いらだってる女性に対して、きみはいらだってるって言うのは思慮に欠けるわ」

彼はそれを聞き流した。「事実は事実だよ。今日は家族の集まりがあって、今夜は仕事が入ってる。だが、きみが望むなら、夜にまた来るよ」

「今夜は正式なお休みをあげるわ。わたしも〈ライダー・スポーツ〉の企画書にじっくり取り組まないと。プレゼンテーションの日が近づいてきているし、なんとしても最高のものにしないといけないから」

「ぼくが見る限り、もう最高だよ」トレイは空になったふたり分の食器をシンクに運んだ。「きみはやることを山ほど抱えてる。それなのに、本当に盛大なパーティーを開きたいのかい？」

「ええ、百パーセントそう望んでる。まさにわたしに、クレオとわたしに必要なものだから。正直、屋敷にとっても必要なことだと思うわ」

「だったら週末はここで過ごしてテーブルや椅子を引っ張りだすよ。オーウェンも連れてくる。じゃあ、ムーキーとぼくはもう行かないと」

彼女は冷蔵庫に近づき、ジャンバラヤが入った容器を取りだした。「お別れのプレゼントよ」

「おかげでランチを買わずにすんだ」ソニアがトレイの腰に両腕をまわすと、彼は彼女の顎に手をそえ、頭をかがめてキスをした。「あんまり根《こん》を詰めすぎないようにとは言わないよ。そんな助言をするつもりはないし、きみも耳を貸さないだろうから。さあ、オフィスに行って、ライバルを蹴散らしてやれ」

「まさに聞きたかった言葉だわ。あなたもね、だってお互い自分の仕事が大好きなんだもの」

トレイがムーキーを連れて立ち去ると、ソニアは食器に目をやった。「モリーも自分の仕事が大好きなのよね、だから食器洗いは彼女にまかせるわ。さあ、仕事に取りかかるわよ、ヨーダ。あなたも来ていいわよ、パイ」

だが二階にたどり着くと、猫はすっと離れた。ソニアが見守るなか、パイは忍び足で廊下を進み、クレオの寝室に消えた。

まるまる二時間邪魔されることなく仕事をしたあと、寝室から出てきたクレオと猫を目にした。

ソニアは作業中の仕事を保存して立ちあがった。「一緒に階下《した》へ行くわ。ちなみに、パイは朝、外に出て、朝食も食べたわ」

「ありがとう。もっと早起きして、あたしがやるべきだったわ」

「オーウエンが外に出してくれて、トレイが餌をあげたの。でも、わたしがやってもかまわない。どっちみち起きているし、ヨーダを外に出して餌をあげるついでだから。それと、オーウエンがあなたの冷凍ペストリーの箱を開けたわ」

一瞬クレオは眉をひそめてから、肩をすくめた。「まあ、彼はそれに値することをしたわよね。てっきりパイはあたしのベッドで身を丸めて眠ると思いきや、夜はぴったり寄り添うタイプじゃなかったみたい。窓辺の椅子で寝てたわ」

「パイもショーを目撃したのかしら」

「なんのショー？」クレオはあくびをしながら、マッドルームに入った。「ほらね！パイは猫用トイレを一度も使ってない！　また外に出してあげないと。ヨーダ、あなたも一緒に出てあげてね。で、なんのショー？」

「まずコーヒーを飲んで」ソニアは説明しつつ、自分のコーラを取りだした。

クレオがその現象が暗示することを瞬時に理解したため、ソニアは若干いらだちをのぞかせた。

「こだまみたいに繰り返してるってことね。ドブスがふたりの姿や声に気づかなかったのは、いま飛びおりてるわけじゃないからなのね」

「ええ。そう説明しようとしていたところよ」

「興味深いわ。もっと早くそれを思いつかなかったことが悔しい。アラームをセットして外に行くなんて」クレオは三十秒ほど不機嫌な顔になった。「オーウェンがそんなことをするなら、知らせてほしかったわ」

「そうしたら、彼に同行したの？」

「もちろんよ」クレオは冷凍ペストリーをトースターで焼いた。「あたしたちも同行するべきだもの。でもその時間帯は、あなたにとって別の現象が起こりうる。だから、あたしも同行しない、その時間帯にあなたをひとりにするつもりはないから」

ペストリーを食べながら、ソニアに指摘した。「ドブスは頭がいかれてるから、きっと自分の飛びおり自殺を嬉々《きき》として眺めてるはずよ。彼女にとって人生のメインイベントだし、毎晩追体験できるんだから」

クレオの携帯電話から、グリーン・デイの《ノイローゼの人《バスケット・ケース》》が流れだした。

「まさにそうね」クレオが同意した。

身をもって証明するかのように、上階から複数のドアがばたんと閉まる音がした。

「もうマンネリ化してるわよ」ソニアが叫ぶと、クレオはにやりとした。それでも、ソニアはドアに向かい、ヨーダを呼んだ。愛犬は猫に連れられて戻ってきた。

「ドブスが騒ぎたててるときは、ヨーダたちを外にいさせたくないの。それに、もう仕事に戻らないと。今日は夜も仕事をする予定よ。〈ライダー〉の企画書を大型スクリーンに映すつもりなの」

「用意ができたら教えて。あたしも見たい」

「一緒に見てと頼むつもりだった。いろいろ意見をもらえるとありがたいわ。今夜はあなたとわたしだけよ。厳密には、あなたとわたしと猫と犬、それに幽霊の一団ね」

10

その日の夕方、トレイは〈ドイル法律事務所〉があるヴィクトリア朝風の古い屋敷の二階の会議室に座っていた。ちなみに、その建物の三階が彼のアパートメントだ。ドイル家は元自宅を改装したこの事務所で、年に二回家族会議を開く。自由参加のファミリーディナーではなく、ビジネスにふさわしい場で。

上座には、スリーピーススーツをまとった白髪のエース。その向かいには、落ち着いて気品ある彼の妻のポーラ。エースの右隣にはデュースがコリーンとともに座り、トレイは妹のアンナとともに左隣に並び、その向かい側には妹の夫のセスが座っていた。

デュースの秘書を務め、この何十年もしてきたようにすべてを取り仕切るセイディーが、チーズやクラッカーやフルーツをのせたトレーを手に入ってきた。

「さあ、これを食べて」セイディーはアンナを指さした。「おなかの赤ちゃんを育てるにはエネルギーがいるわ。エネルギーには燃料が必要よ」

アンナはふくらんだおなかをぽんと叩いた。

「最近は四六時中おなかがすいてるの」

「それに、あなたは」セイディーはデュースに鋭い目を向けた。「依頼人が一時間と……」腕時計を確認した。「十分後に到着するから、のんびりしている暇はないわよ」

「すぐに行くよ」

「セイディー、もしデュースがのんびりしていてミーティングに遅れたら、クビにするよ」エースが請けあった。

「ええ、そうしてください」

セイディーの背後でドアが閉まると、エースがトレーを指さした。「みんな、自由につまんでくれ。さっさと本題に入ろう」

弁護士事務所の創立者で一族の家長でもあるエースが進行役を務めた。黒縁の遠近両用眼鏡をかけ直してから切りだす。

「まずわれわれの新しいウェブサイトについて取りあげよう。みんな目を通し、大いなる改善だという点で意見が一致した。ソニア・マクタヴィッシュに依頼したトレイに感謝しないとな。すばらしい写真を撮影した愛すべきコリーンにも」

「被写体のみなさんのおかげです」コリーンが返した。「とりわけムーキーの」

テーブルの下で、名前を呼ばれた犬が尻尾を床に打ちつけた。

「エース」ポーラは夫がこっそり犬にチーズをあげるのを見て、とがめるように声をかけた。

「こいつは褒美に値する働きをした。ウェブサイトにもわれわれの事務所の法律アドバイザーだと明記されてる。次は、リニューアルして改善されたウェブサイトの別のセクションを取りあげよう。インターンについて。エディが司法試験に合格したら、アソシエイト弁護士として迎えることを提案する」

一同は詳細について議論を交わしたあと、議題は書類の更新や署名が必要な案件に移った。

「わたしからもひとつ伝えたいことが。ソニアが〈スティーヴンソン、キューブリック&ウェイン法律事務所〉の新しいウェブサイトにも、わたしの写真を採用するよう推薦してくれたそうです。みんなもピート・スティーヴンソンのことは知っているでしょう。担当弁護士からは利益相反に当たらないと言われたわ」

「きみがわたしよりピートをハンサムに見せなければ問題ない」

「そんなことは無理だと知っているくせに」コリーンは夫の手をぱしっと叩いた。

「あの娘のビジネスはいたって好調だな」エースは承認するようにうなずいた。「ソニアの相続に関わる法的義務についてこの場で議論することはできないが、彼女が仕事以外の面でどうしてるか知りたい。トレイ?」

「いたって順調です。正直ソニアと会う前は、コリンが彼女に屋敷《ザ・マナー》や家財等を遺すことに懐疑的でしたし、彼女が遺産を相続する条件を満たさず、年末まで持たないだろうと高をくくっていました。でも、相手が誰だろうがなんだろうが、彼女はすぐに負けを認めるタイプではなかった」

「これは弁護士と依頼人として交わした会話じゃないから、話すが」デュースが口を開いた。「ソニアはグレタ・プールと面会するためにオガンキットへ行く予定だ。まだ、面会を申請している段階だが」

「まあ」ポーラの瞳が気遣わしげに曇った。「ソニアがグレタとどうしても話さなければと、話すべきだと感じるのは理解できるけど、失望するんじゃないかしら」

「その可能性が高いだろうな」エースが同意した。「ソニアと会っても、グレタがプール家の歴史に関して新事実を明かすとは思えない。それどころか、ひと言も話さない可能性だってある」

「グレタは昔から意志が弱かった」ポーラがつぶやいた。「いま振り返ると、彼女が誰かと出会って妊娠したなんて話をよく鵜呑みにしたと思うわ。わたしが覚えている限り、一度も道を踏み外さず、母親に刃向かったこともなかったのに。もっとも、あの母親に刃向かった人はごく少数だったけど」

「きみはそのひとりだ」エースはいかにも誇らしげに妻に満面の笑みを向けた。

「昔の話よ」

「そして、永遠に色褪《いろあ》せない記憶だ」エースはにっこりして、妻に投げキスをした。

「当時コリンは遺産を――屋敷やそれ以外のすべてを――相続したばかりで、屋敷の閉鎖を解いてあそこで暮らすと決断した」

「覚えているよ」デュースは水のグラスをつかみ、それを見つめながら微笑んだ。

「わたしもコリンに負けないくらい興奮した。少年時代に何度もこっそり忍びこんだ場所だったからね」

「正確には〝こっそり〟じゃないわ」ポーラが淡々と言った。「あなたたちふたりが何をたくらんでたかはお見通しだったから」

「本当に？」デュースはおもしろがり感心しながら小首を傾げた。「でも、わたしたちをとめようとしたことはなかったね」

「少年ふたりが幽霊屋敷を探検するのをとめようとするってこと？」ポーラは想像してふっと笑った。「そんなことをしたって無駄だもの。だったらあなたたちにまんまと親の目をかいくぐってると思わせておいたほうがいい。だから、コリンが屋敷に引っ越すと決断したときは、ちっとも驚かなかった。でも、明らかにパトリシアは違った」

「彼女には一度も会ったことがありません」セスが言った。「でも、いろいろ噂は聞いてます──両親からも。でも、このエピソードが一番おもしろそうですね」

「パトリシアが訪ねてきて、わが家のドアをノックし──」

「もう、エースったら」

「いいじゃないか、ダーリン。それがこの家だ」エースは続けた。「われわれはまだここで暮らしていた。わたしはちょうど留守だった、残念なことに。だが、ダーリンが見事に対処してくれた。あの老いぼれ……いや、別の言葉を使うよ。あの威張り散らした女に」

デュースは椅子の上で身じろぎし、母親のほうを向いた。「パトリシアがここに、母さんに会いに来たのか？　コリンが屋敷に住む件で？」

「ああ、もう、わかったわ」ポーラは両手を振りあげた。「どちらかというと、あなたの件よ、デュース。最初はとても礼儀正しかったわ、パトリシアらしい冷ややかで皮肉めいた態度だったけど。彼女はコリンが屋敷に引っ越すと決めたのはあなたの影響だと思いこみ、コリンに悪影響を与えないよう息子に命じてほしいと言ってきたの。それに対するわたしの回答は、彼女のお気に召さなかったみたい」

「ちなみに、その回答は？」トレイがきいた。

「あなたの孫息子もわたしの息子ももう成人しているし、コリンのことはよく知っているから、決断をくだしたのは彼自身のはずだと答えたわ。パトリシアは彼女なりに口調をやわらげて同じ要求を何度も繰り返してきたけど、わたしが同意しなかったものだから、うちの家族を脅迫し始めたの」

「まあ」アンナがつぶやいた。

「プールズ・ベイでわたしたち一家を破滅させると脅されたわ。わたしたちが村八分になり、エースは弁護士資格を剝奪され、息子も汚名を着せられて法学部の学位を取得できないように仕向けると」

「威張り散らすなんて言葉じゃ手ぬるいな」トレイが言うと、祖父が満面の笑みを浮かべた。「彼女にはそんなことは決してできなかったはずだ」

ポーラはグラスの水をひと口飲んだ。「できると思いこんでいたか、そう言えばわたしが脅しに屈すると信じていたのかもしれない。パトリシアは逆上していたわ」

「わたしのダーリンは、パトリシアにとっとと出ていけ、もう二度と歓迎しないと言い放った。そして――ここからがわたしのお気に入りのパートだが――そんな脅しはくそくらえだ。もし家族に害を及ぼすようなまねをすれば、パトリシアはドイル家の反撃がどれほどのものか思い知る羽目になるだろうと言ってのけた」

「やるわね、おばあちゃん！」アンナが拍手した。

「すべて初耳だよ」デュースがつぶやいた。「そんなことがあったなんてひと言も言わなかったね」

「あなたのお父さんと違って、あのときの自分の口調や態度があまりいいとは思えなくて。それに冷静になれなかった。だから、あなたやコリンを不安にさせるようなことはひと言も言わないようにしようと、あなたのお父さんと決めたの」

「パトリシアは何か仕掛けてきたんですか？」トレイがきいた。

「いいえ――少なくともわたしの知る限りは。いじめっ子って相手が毅然《きぜん》とした態度を取ると、引きさがることがよくあるでしょう。たぶんパトリシアはコリンをわたしたち家族に押しつけたのよ。そうやって切り捨てたの」ポーラのかつての怒りの片鱗がふたたびあらわになった。「あっさり切り捨てたのよ。孫息子が受け継いだ遺産に関しては、まったく手が出せなかった――屋敷も家業も資産も。だから、ともに仕事をしてはいたけど、あれ以来プライベートではいっさいコリンのことを気にかけなくなった」

「コリンは母さんが愛してくれていることを知っていたよ」デュースはポーラのほうを見た。「ぼくらが彼の家族だってことも」

「そうね。当時はコリンの出生の秘密も、彼に双子の弟がいることも、大昔にパトリシアがくだした無慈悲な決断も知らなかった。でも、コリンはわたしたちの家族だったわ。彼はあなたにとって兄弟も同然で、あなたのお父さんとわたしにとって息子同然だったのよ、デュース」

「その家族にいまやソニアが加わった」

「ええ」アンナは同意した。「たとえこんなに彼女を好きじゃなかったとしても、もう家族の一員よ。それで、屋敷ではいったい何が起きているの、トレイ？」

「じゃあ、屋敷での冒険談を披露するよ。まずソニアたちはコリンのアトリエでまた別の肖像画を発見した。ちなみに、いまはクレオのアトリエになっている。肖像画は結婚式当日のリスベス・プールを描いたものだった」

「リスベス」デュースがつぶやいた。「最初はジョアンナ、次はリリアンで、今度はリスベスか。新しい順だな」

「コリンの署名が入っていた。ほかの作品同様、目録になかった肖像画だ。ソニアたちはリスベスの絵をほかの二枚とともに音楽室の壁に飾った」

「薄気味悪いな」セスはテーブルを囲む面々を見まわし、両手をあげた。「薄気味悪いって思うのは、ぼくだけかい？」

「そんなことないわ」アンナが答えた。

「だったら、覚悟したほうがいい」

トレイが残りの話を語り始めると、家族がときおり口をはさんできた。

「〝薄気味悪い〟から〝恐ろしい〟に認識をあらためるべきかもしれない」

「実際のところ、そうでもないよ」トレイがセスに言った。「普段はコリンを訪ねていたころの記憶のままの屋敷だ。広々とした魅力的な館で、ちょっとしたおまけがついてくるだけだ。それに、おまけが加わっても魅力的だし、いっそう魅力が増す側面もある。ただ、ドブスは癇癪を起こすと強烈なパンチを繰りだす。それが、文字どおり現実に起きることがある」

「ソニアは屋敷にいて安全なの、トレイ？」

トレイは母親のほうを見た。「安全だと信じなければやってられないよ。彼女はぼくにとって大切な人だし、安全だと信じてる。わかっているのは、ドブスは数で圧倒されている。しかも、それは気骨あるふたりの女性だけじゃない」

「そのクレオに会ってみたい」エースは妻に向かってウインクをした。「気骨あふれる女性には弱くてね」

「みんな日曜日のディナーに集まれる？」コリーンがテーブルの面々を見まわした。「ふたりを招待するわ。それに、オーウェンも。彼は家族の一員も同然だし、この件にからんでるから。いいわよね、デュース？」

「もちろん大丈夫だよ」

「よかった。それじゃ、ぼくはもう上階《うえ》に行くよ」トレイが言い足した。「ディナー・ミーティングのために着替えないと」

で、ミーティングは終了だ」

「ソニアと？」アンナがきいた。

「いや、依頼人と」

「よし、ほかに議題がなければ……」エースがテーブルの面々を見まわした。「これでミーティングは終了だ」

屋敷では、ソニアが図書室の二階にノートパソコンを設置していた。午後六時までぶっ通しで働き、〈ライダー・スポーツ〉のプロジェクトのために自分にできうる最高の企画書を作成した。

だが、クレオの目が、どこにどんな改善の余地があるか教えてくれるだろう。

ノートパソコンとスクリーンを同期している最中に、クレオがワイングラスをふたつ持って階段をのぼってきた。

「あなたの緊張をほぐして、あたしが楽しむためよ」

ショーを期待するかのように、ヨーダは早くもソファの隣にちょこんと座った。猫はクレオのあとに続き、新たな空間をさまよったのち窓辺の椅子を選んだ。

「そんなに不安じゃないけど、本番は緊張しそう。本番ではワインが飲めないから、いまいただいておくことにする。忌憚《きたん》のない意見を聞かせてね、クレオ」

「あなたには本音しか言わないわ」クレオはソファに腰を落ち着けてグラスをかかげ

た。「準備ができしだい始めて」

「ナレーターはわたし自身がやったから、時間を計って調整しないと。もし〈ライダー〉が採用してくれたら、彼らが声優を雇えばいいわ。でも、もし出来が悪かったら教えて、プロの声優と契約するから」

興奮しすぎてじっと座っていられず、ソニアはワイングラスを片手に立ち、もう片方の手にリモコンを持った。

「まず修正を加えたロゴデザインを披露するわ。次はウェブサイトにある〝ヒストリー〟のプルダウンメニューに追加したいコラージュよ」

スクリーンにぱっとロゴが光ると、ソニアは胸のうちでつぶやいた。やっぱり動きを感じさせるこのデザインがいいわ。

「**三世代にわたって、〈ライダー・スポーツ〉は卓越さや斬新さを表現してきました**」ロゴにかぶせるようにソニアのナレーションが流れ、ボストンの旗艦店やライダー家のパブリックドメインの画像に切り替わった。

ソニアはライダー家とアスリートの写真を織り交ぜつつ、一族が行っている慈善活動や、恵まれない子どもや障害のある子どもを対象としたスポーツキャンプ、奨学金の給付やスポンサーシップにさらに焦点を当てた。

「**ライダーは抜きんでている、そしてあなたもそうなれる**」ソニアのナレーションがそう締めくくった。

ソニアはリモコンの停止ボタンを押した。

「やりすぎ？　それとも物足りない？」

「上出来よ、ソニア。みんな〈ライダー〉の慈善活動や長い歴史や成功について聞きたいに決まってるわ。それに、そのタブをクリックした人は社史について知りたいはずよ」

「社史か、ウェブサイト自体か、それとも商品広告から始めるか心底迷っているわ」

「社史は強烈なインパクトはないけど、そこから積みあげていくんでしょう。さあ、続けて」

「オーケー」ソニアはウェブサイトを映した。「ここはナレーションなしよ。じゃあ、プレゼンテーションを始めるわ」

「ええ、聞かせて」

うなずくと、ソニアはワインをひと口飲み、さらにもうひと口飲んだ。

「わたしは〈ライダー・スポーツ〉のウェブサイトデザインを手がけたプロジェクトリーダーですが、リニューアルの必要性を感じました」

ソニアはタブレットを用いて、プルダウンメニューやリンク、シンプルなレビューセクションのデモンストレーションを行った。続いて、ポートランドの新店舗をぱっと映した。

「新店舗は準備中のため、このセクションは今後アップデートし、開店に向けてのカウントダウンを表示する予定です」

ソニアは最後にどのようなリニューアルをなぜ行うのかひとつ残らず説明し、ふたたびリモコンの停止ボタンを押した。

「専門的すぎる？」

「ええ、ちょっと」クレオは脚を組みながら人さし指で腿を叩いた。「ウェブサイトが利用者が使いやすい仕様だってことは理解できる。利用者の立場から言わせてもらうと、ずっとそうだった――あなたが手がけたウェブサイトだもの。あたしだったら専門的な説明は控えるわ、その手のことに興味がない人は耳を貸さないだろうから。そんな事態は避けたいでしょう。専門的なことは質問を投げかけられたら答えればいいのよ」

「あなたの言うとおりね。つい専門的な話ばかりしちゃったわ」ソニアは気づいた。「それを省略すれば時間短縮になるし、もっと早く例の強烈なインパクトがあるパートにたどり着ける」

ソニアは次の画面に切り替えた。「デジタル広告よ」

「イエス！　バーベルをあげるセクシーな男性だわ」オーウェンの写真がスクリーン

に映しだされると、クレオが言った。

「あなたがバーベルをあげるときも」写真が次々と切り替わるなか、ナレーションが流れだした。「バスケをするときも、〈ライダー・スポーツ〉が全面的にサポートします。ボールをさばくときも、自転車通勤をするときも、〈ライダー・スポーツ〉が全面的にサポートします。ヨガや太極拳をするときも、初めて自転車に乗るときも、アメフトボールを投げるときも、〈ライダー・スポーツ〉が全面的にサポートします。では……」

最後は〈ライダー〉のスポーツ用品がずらりと並んだ競技場と、その下に字幕が映った。

試合開始《ゲーム・オン》！

「キャリアにおいても人生においても、〈ライダー・スポーツ〉があなたをサポートします」

「やったわ、ベイビー、金メダル確定！　本当よ、ソニア。新しいヨガウェアや新品のマットを注文したくなったもの。それにウエイトトレーニングを始めなきゃっていう衝動に突然駆られたわ」

ソニアが噴きだすと、クレオが彼女を指さした。「本気で言ってるのよ。まあ、ヨガウェアはとっくに買い換えないといけない時期だから当然だけど。でも、あなたの腕は筋肉がついてきたし、わたしもそうなりたいわ」

「そう?」ソニアは眉間にしわを寄せながら腕を見下ろし、筋肉を動かした。「たしかにちょっと引きしまってきたかも」

「さあ、残りを見せて」

ソニアは店内用の広告や、広告板、看板を披露した。

最後は三輪車に乗った幼い女の子から公園で太極拳を行うシニアグループまでを映し、幅広い世代や分野の画像で締めくくった。

〈ライダー・スポーツ〉

あらゆる世代、あらゆるシーン、

すべての人々のために

「あたしなら完全に採用よ。それに、締めくくりのメッセージもインパクトがあったわ。相当なインパクトが。専門的な話は控えめにね」

「了解」

「ライダー家の誰がプレゼンに出席するか、把握してるの？」

「ううん。バートが——バート・スプリンガーが——出席するのは知っているけど。彼のおかげで、こんなすばらしいチャンスに恵まれたのよ」

「聞き手の目を見て話すのよ。プレゼンテーションの最中、アイコンタクトを忘れないで、とりわけ創業家一族の誰かがその場にいるなら。プレゼンのやり方は心得てるわよね——いままで何度もやったはずだもの。だから、いつもどおりに行えばいいわ。内容に関しては申し分ないから、ソニア、嘘偽りなくそう思うわ」

「ありがとう、もう少し磨きをかけるわ」ソニアは歩きまわりながら、うなずいた。

「ところどころ磨きをかけて、向こうから質問されない限り専門的な説明の大半を省く。そうすれば、自分にできる最高のプレゼンテーションになる。〈バイ・デザイン〉ほど見栄えはしないでしょうけど——」

「そうかもしれないけど、あなたのプレゼンは心に訴えるものがある」クレオは胸に手を当てた。「あたしに言わせれば、心に訴えるほうが勝ち。向こうが見栄えにこだわるなら、向こうの負けよ。今夜はもう仕事を切りあげたら。残り物を食べて、楽しいコメディ映画を観ましょう」

クローバーがアリアナ・グランデとヴィクトリア・モネが親友について歌っている《モノポリー》を流した。

「あなたはソニアのおばあちゃんかもしれないけど、あたしたちの親友よ」

ふいに草原の野の花の香りが漂ってきた。甘さにスパイスが入りまじる香りだ。

「ねえ——」

「ええ」ソニアはノートパソコンとタブレットをかき集めた。「わたしも感じるわ。今夜はあの名前を口にしないけど、例の亡霊について不安でたまらなくなるたびに、クローバーやモリーやジャック、ほかの六人の花嫁、それと名もなき同居人たちのことを考えるの。コリンや父やこの家のことも。あなたやわたしが一生懸命仕事をしてディナーに残り物を食べることを」

「あたしもよ。さあ、階下《した》に行きましょう。ここに来る前にパイとヨーダには餌をあげたから、残り物をあたためるあいだ、あの子たちを外に出しましょう」クレオは階段をおり始め、肩越しに振り返った。「パイはまだ猫用トイレを使ってないわ」

「トイレトレーニングがうまくいっているのは、あなたのおかげ？　それとも、猫か、屋敷のおかげかしら」

「その三者のおかげじゃない？」

階段の半ばにさしかかったところで、ふたりの携帯電話からメッセージの受信音が鳴った。

「コリーン・ドイルから日曜日のディナーに招待されたわ」

「あたしもよ」クレオが言った。「楽しそう。もちろん、お互い答えはイエスよね」

「ええ。金曜日に予約した美容室で、わたしの髪がとんでもないことにならないよう祈ってちょうだい」

「そんな美容室をアンナが利用すると思う?」

「いいえ。でも、とんでもない髪型にならないとは限らないでしょう」ソニアは憂鬱そうに言った。「もしかしたら――いったい何をしてるの?」

キッチンに入ると、クレオはカップのように丸めた右手の上で、左手を振った。

「あたしのマジック8ボール（占いなどに使うボール）に相談してるの。結果は良好よ。だから、心配することはないわ」

ソニアは心配しないことにした。とりわけ残り物のディナーとコメディ映画がいまの気分にぴったりだったから。

ベッドに入って就寝前の読書をしていると、別のテキストメッセージが届いた。

〈ちょっと様子を確かめたくてメールした。ディナー・ミーティングは長引いたよ。まあ、そうなると思っていたが。そっちは問題ないか?　何かあれば駆けつけるよ〉

〈ええ、すっかり静まり返っているわ、心配してくれてありがとう。今日は遅くまで

仕事をして、クレオを相手にプレゼンの練習をしたわ。わたしたちは大丈夫よ〉
〈じゃあ、明日会おう。ぼくを相手にまた練習してもいいんじゃないか。ぼくもプレゼンテーションを見たいし。もし夜中に騒動が起きたら、連絡してくれ〉
〈そうするわ。じゃあ、また明日〉

ソニアはハート型の絵文字をつけ加えた。彼からもハート型の絵文字が届くと、思わず笑みがこぼれた。

ソニアは午前三時に目を覚まさなかったが、夢を見た。

最初に音楽が流れた。ミック・ジャガーが〝満足できない〟と歌っていた。やがて人々の声がした、不安そうに震える男性の声や女性の苦痛の叫び声が。

夢のもやが晴れると、まず炎が見えた、煌々《こうこう》と燃える暖炉の火が。次に部屋が目に映った。わたしの部屋だわ。ただ、壁はつぎはぎだらけの色褪せた壁紙に覆われていた。

ソニアのベッドには、女性が――少女から大人になったばかりの女性が――横たわっていた。ブロンドのロングヘアはもつれ、美しい顔は真っ青で汗ばみ、ブルーの瞳はうつろだった。

リリアン・クレスト・プールが、クローバーが双子の息子を出産する場面だ。わたしの父だ、そう思ったとたん、ソニアはその場で凍りついた。父とコリンが誕生する場面だった。

少年から大人になったばかりの男性がクローバーのかたわらにひざまずき、彼女の両手を握っていた。ダークブラウンの髪は肩につきそうなくらい長く、プール家特有のグリーンの目は涙にうるんでいた。

「大丈夫よ」クローバーが彼のほうを向いた。「ひとまず陣痛がおさまったわ。こんなに痛いなんて知らなかった！　本当に痛くてたまらなかったわ、チャーリー」

「練習する時間がもっとあったはずなのに。予定日は何週間も先なのに。なんて忌々しい吹雪だ」彼がガラス戸のほうを向くと、おもてでは雪が渦巻いていた。「ぼくらは閉じこめられた。ほかのみんなは吹雪が来ると言って逃げ去ったが」

「あなたとわたしだけね」クローバーは額の汗をふいてもらいながら、チャールズに微笑んだ。「あなたとわたしとわたしたちの双子の赤ちゃんだけ。やっぱりわたしの言ったとおり双子だった。ふたりを感じたの。だから、早産になったのよ。自宅出産の本は全部読んだし、わたしたちには音楽があるわ」

「停電にならない限り、音楽を流し続ける。きみのために録音した曲を全部。あっ、《ただあなたとともにいたい《アイ・オンリー・ウオント・トゥ・ビー・ウィズ・ユー》》だ」

「ばかげているけど、真実よね」クローバーは歌いだしたが、うめき声をもらしてすすり泣いた。「もうひとりが生まれるわ。ああ、ああ、ああ。チャーリー！」

「マリファナを吸うんだ、クローバー、一回だけ。マリファナならここにある。これを吸えば楽になる」

だが、彼女は首を振り、陣痛にあえぎながら必死に息を吸った。「赤ちゃんたちによくないわ。チャーリー！」

「ぼくはここだ、すぐそばにいる。ぼくを見るんだ、ベイビー。ただきみと一緒にいたい」チャールズが歌うなか、彼女はまた叫び声をあげ、どうにか痛みをやわらげようとするように枕の上で頭を振った。

だが、陣痛の痛みが増していき、苦痛がやわらぐことはなかった。

「いきまないと！」

「頭が見えた！　ああ、クローブ。生まれそうだ。本当に生まれるよ」

彼女はいきみ、すすり泣きながら奮闘し、やがて笑った。

出血して汗だくになり、痛みに耐えながら、彼女は息子を出産した。

「息子を両手で受けとめたぞ！」チャールズの頬を涙が伝い、プール家特有のグリーンの目に驚嘆の色が浮かんだ。「わあ、なんて叫び声だ！　ロックスターだな。こんなに小さいのに完璧だ。ほら、息子が生まれたよ。本で読んだとおり、へその緒を縛ってカットするよ」

彼女は両腕を伸ばして、大声で泣き叫ぶ赤ん坊を抱きしめた。「なんて美しい子かしら。そう思わない？」

「美しいのはきみだよ。きみはこの世で一番きれいだ。きみはぼくの人生そのものだよ、クローバー」

「この子はいまやわたしたちの人生そのものよ。ねえ、この完璧なちっちゃな指を見て！　ああ、まだ終わっていないわ！」彼女は苦痛に身を弓なりにした。「この子を受けとって！　わたしたちの赤ちゃんを受けとって、あたたかい布でくるんで、チャーリー。まだ終わっていないわ」

彼女は次の陣痛に身を震わせ、圧倒された。

チャールズは赤子をくるみ、毛布を敷き詰めて花やピースマークをあしらった箱のなかに置いた。

クローバーのもとへ戻ると、ぬぐってもぬぐっても間に合わないほど、彼女の顔から汗が流れた。それなのに、まるで凍えているかのように体が震えていた。

「赤ちゃんたちにお乳を飲ませるわ、ふたり同時に」あえぎながら、手を伸ばしてチャールズの手をつかんだ。「そうすれば、ふたりとも泣かないはずよ」

「胎盤は木の根元に埋めましょう。わたしたち家族のシンボルツリーの根元に」

彼がクローバーの顔をふき、手を握るあいだ、赤ん坊は泣き叫び、テープレコーダーからボブ・ディランの《時代は変わる《ザ・タイム・ゼイ・アー・ア・チェンジン》》が流れていた。

「何もかも変わる、ぼくらにとって。ぼくたちは、きみも、ぼくも、ぼくたちの双子も自由になる」チャールズがクローバーの両手を引き寄せてキスをすると、彼女は苦痛にあえぎながらうめいた。「自給自足の生活をして、この家をアートや音楽や愛のために解放する」

「いきまないと。もう一度いきまないと。ああ、もう！　痛い！」

「わかるよ、クローバー。わかるよ」

「あなたはいきまなくていいのに、わかるなんて言わないで！」

「ああ、うん。頭が見えた、生まれそうだ。この子のほうが早い。もうすぐ生まれるぞ！」

ソニアは父親の誕生の瞬間を目の当たりにした。なぜかアンドリュー・マッキントッシュとしてボストンで育ったのは、双子の弟だとわかった。理由は不明だが、そうわかった。

瀕死の少女は次男を両腕で抱きしめた。

「ちょっと起きあがらせて、チャーリー。もっと枕をちょうだい。もっと体を起こさないと、ふたり同時にお乳をあげられないわ。手を貸して、チャーリー」

チャールズはクローバーを枕にもたれさせて顔をふいてキスをし、彼女が抱いている赤ん坊にもキスをした。「長男を連れてくるよ。ぼくたちに双子の息子が誕生した、クローバー。双子の赤ん坊の息子が」

「なんて美しいの、それにとってもかわいいわ。この子ったらもうお乳を吸ってる。もうひとりの子もわたしの乳首を見つけられるよう手助けしてあげて、チャーリー。そうよ! その調子。ああ、信じられない。わたしたちの双子の赤ちゃんにお乳をあげてるなんて、チャーリー。ふたりで家族を築いたのね」

クローバーが微笑んだ。彼女は微笑んでいたが、ソニアは部屋にひそむ影に気づいた。シーツやタオルに染みこんだ大量の血痕にも。

「寒くなってきたわ。信じられない。こんなにほてってるのに寒いなんて」

チャールズは暖炉に火をおこし、クローバーに毛布をかけた。

「シーツを替えようか、きみを抱きあげて反対側の端に移動すれば、少なくとも濡れたシーツをはぎとることはできる」

「大丈夫よ。ねえ、息子たちが眠ってるわ。おむつの交換を頼める? わたしはまだ起きあがって交換できそうにないから。もうへとへとよ。本当に疲れたわ」

「まかせてくれ。きみはただ休んでいるだけでいい。ああ、クローバー、きみは女神だ。明日の朝、屋根裏から揺り椅子をおろしてくるよ。息子たちをきれいにふいてから、階下《した》に行って、きみが作ったスープを持ってくる。それを暖炉であたためよう。きみは何か食べないとだめだ。ぼくがきみの世話をする、クローバー。きみとぼくたちの家族の世話を」

「オーケー、チャーリー。愛しているわ」

「きみ以外こんなに誰かを愛したことはない、これからもずっと」

彼は正方形の白い布とおむつ用のピンを使って、双子の赤ん坊をひとりずつ布でくるみ、花とピースマークをあしらった箱に一緒に寝かせた。

チャールズは音量をさげると、蠟燭《ろうそく》を一本手にして戸口へ向かった。「スープと、このあいだ焼いたパンとワインを持ってくる。きみに花をプレゼントできたらいいのに、クローバー」

「必要なものはすべてそろっているわ」

チャールズが立ち去ると、部屋のなかの影が濃くなり、ベッドのなかの少女がソニアのほうを見た。

「わたしはもう死にかけているから、あの女がやってくる。わたしの指輪を奪うつもりよ。チャーリーにもらった指輪を。どうかわたしのために指輪を取り返して。すべての指輪を取り返してちょうだい」

さらにシーツに血だまりができ、ソニアは駆け寄ろうとしたが、吹き飛ばされた。部屋に入ってきたドブスをただ傍観することしかできなかった。

「この時間にあなたが死ねば、あなたの血によってわたしの力が増幅する。己の力の高まりを感じるわ。あなたに残されたのは葬送歌だけ。わたしはこのプール家の花嫁から奪った指輪を自分の指にはめる。未来の花嫁もすべて葬り去ってやるわ。屋敷は未来永劫《えいごう》わたしのものよ」

ドブスが姿を消すと、クローバーはほぼ生気を失った目を開いた。「かわいそうなチャーリー、かわいそうな双子の赤ちゃん。わたしにはあの女をとめられなかった。あなたならできるわ。あなたならきっとできる」

ソニアはベッドの脇の床で目を覚ました。すすり泣く彼女にヨーダが鼻をすり寄せた。

第二部　知識

〝知は力なり〟

――サー・フランシス・ベーコン

11

ソニアが犬を抱き寄せてその首に顔を押しつけると、ベッド脇の携帯電話からINXSの《ベイビー、泣かないで《ドント・クライ》》が流れた。

ソニアはかぶりを振って、さらにヨーダを抱き寄せた。

嗚咽をもらし、張り裂けそうな胸が乱れ打つなか、気温が一気にさがり、ガラス戸が音をたてた。

深い悲しみがドブスの糧となっているのだ。

すすり泣きをぐっとこらえ、なんとか気持ちを落ち着かせようとした。こんな深夜にトレイに電話していいの？　クレオのもとに行って慰めてもらう？　なんのために？　過去の出来事や自分が目撃したことのせいで、なぜ真夜中にふたりに迷惑をかけるの？

「だめよ、そんなことはしない」

ソニアは立ちあがると、犬を従えてバスルームに入り、冷水を顔に浴びせた。

「わたしがあの場面を目撃したのは」身を起こして、鏡に映った自分の顔や悲しげに曇る瞳を見つめた。「あなたがそれを必要としていたからなのね」

同意するように、クローバーがマーヴィン・ゲイの《証人になってくれる？《キャン・アイ・ゲット・ア・ウィットネス》》を流した。

「ええ、いいわ。わたしがあなたの証人になる。それに、決して忘れない。もう大丈夫よ、ヨーダ。わたしたちはもう大丈夫」

ヨーダが自分のベッドに戻ると、ソニアもベッドに引き返し、静かに横たわった。

父の誕生の場面は逐一覚えている。ほんの数分しか母親になれなかった女性の強さと優しさも。その数分間に彼女が双子の息子たちに注いだ深い愛情も。

双子の命をもたらした祖父母の愛を目の当たりにし、また実感できた。だが、ある女性の指示により、双子の兄弟は兄弟として過ごす機会を得られなかった。

あの泣き叫んでいた小さな赤ちゃんが愛情深い立派な男性へと成長し、自分に命を与えてくれたことを決して忘れない。

「ありがとう、クローバー」ソニアはまぶたを閉じた。「あなたがいなければ、わたしはこの世に生まれなかった。この場にもいなかった。そのことを決して忘れないと約束するわ」

ついに眠りに落ちたとき、ソニアは自分を見守っている存在や、指輪をはめていないほっそりとした手が優しく彼女の頬に触れたことに気づかなかった。

だが、ふたたび夢を見た。またあの少女と少年の夢を。

今度は日ざしのなか、ふたりはたたずみ、生き生きとした表情で愛を胸に笑いあっていた。彼は花柄のシャツを着てビーズのネックレスをつけていた。

彼女は長いブロンドの髪に花をあしらい、花束を持ち、左手の薬指にはふたつのハートが重なった金の指輪をはめていた。

青空の下、野の花が咲き乱れる草原で、ふたりはゆっくりと甘いキスを交わした。秘密を抱えた子どものように、ふたりは互いの目を見つめて笑いあった。

「きみへの愛は永遠だ、クローバー」

「あなたへの愛は永遠よ、チャーリー、永遠のその先もずっと」

そのとき、ふたたび音楽が流れだした。ダスティ・スプリングフィールドが歌う《ただあなたとともにいたい《アイ・オンリー・ウォント・トゥ・ビー・ウィズ・ユー》》だった。

草原で裸足で踊る少女の白いドレスが波打った。

眠りながら、ソニアは微笑んだ。

翌朝、ソニアはヨーダとパイを外に出して朝食を与え、ボウルの水を替えた。目覚めのコーヒーを飲みながら森を眺めていると、うれしいことに雌鹿を一瞬目撃した。

　エクササイズをしに地下へおりると、驚いたことに猫がついてきた。クレオに腕を褒められたことを思いだし、ダンベルを選んだ。

アームカールからダンベルを頭上に持ちあげるあいだに、使用人用の呼び鈴が鳴り響いた。猫は音がしたほうに移動し、背中をそらしてしゃあっと声をあげた。

「まったく同感だわ」チェストプレスをするためにマットの上で仰向けになり、ソニアもしゃあっと声をあげた。「ドブスがわたしたちから得られる反応はこれだけよ。しゃあっ」

　エクササイズを終え、シャワーを浴びて着替えると、まだ濡れている髪を後ろでまとめた。階下におりてもう一杯コーヒーをいれ、マグカップを持って二階のクレオの寝室へ向かった。

　親友は枕の山とともにベッドに横たわっていた。

　ベッドの端に座りながら、大学時代のことを思い返した。クレオが彼女にしては朝早いクラスを受講していたとき、当時よく行っていたことを。

　ソニアはマグカップの上で手を振り、コーヒーの香りを友人のほうに漂わせた。

「クレオ」

　クレオの琥珀色の瞳がまばたきして開いた。

「もう朝なの？　それはコーヒー？」

「あなたが普段起きる時間より早いけど、もう朝よ。それと、早起きの苦痛をやわらげるコーヒーをどうぞ」

クレオは上体を起こし、猫がベッドに飛びのるなか、両手でコーヒーを受けとった。

「あたしが普段起きない時間にどうしてベッドまでコーヒーを届けてくれたの？」

「ゆうべ時計の音を聞いた？」

「うーん」クレオはコーヒーをひと口飲んでまぶたを閉じた。「ううん、聞いた覚えはないわ。ただ——」ぱっと目を開き、ソニアの手をつかんだ。「ああ、ソニア、また夢遊病になったの？ それなのに、あなたのそばにいなかったなんて。熟睡しちゃったわ。ああ——」

「そうじゃないの。夢遊病じゃないと思うわ。わたしも時計やピアノの音を聞いた覚えがないし、自分の部屋から出なかったから。きっと鏡のほうがやってきて、それを通り抜けたのよ。鏡を通り抜けた先は、クローバーが父とコリンを出産している場面だった。まずコリンが生まれた——なぜだかわからないけど、コリンだとわかった」

頭をすっきりさせるために、クレオはコーヒーをたっぷり飲んだ。「父親が生まれる瞬間を目の当たりにしたの？」

「その一部始終を目撃したわ。最初から話すわね」

ソニアはただの夢じゃなかった夢について何ひとつもらさぬよう注意深く語った。

「ああ、ソニア」クレオはコーヒーを脇に置き、親友を抱きしめた。「かわいそうに、なんて気の毒なの」

「気がついたら、ベッドの脇の床に座りこんでた。クレオ、わたしは寝室を出たとは思えない。あれはわたしの寝室だったのよ、すべてが起こった場所は」

「たぶん、だからなのよ。リスベスが亡くなったのは舞踏室だった。だからあなたはあの部屋に行き、ほかの人々も目にした」

「どこに行ったのかはわからない。最初の二、三回は夢だと思っていたから。ただ夢を見ただけだと。三番目の花嫁のマリアン・プールのあと、ただの夢じゃないという現実を受け入れるようになったの」

「受け入れたから、もっと意識するようになったのかもね」

「だとしても何もできないことに変わりないわ。助けることもドブスをとめることもできない。とめようとしたら……。気がつくと床に倒れてた。死をくいとめることはできないと理解することと、なすすべもなく傍観することは、まったく別物よ。それに、クローバーにとって――」

「どれほどつらくて苦しかったか想像もつかない。でも、彼女はあなたを見たわ、ソニア。クローバーはあなたを見て、話しかけた。あなたがその場にいると知っていた。彼女の証人として」

「クローバーはそれを裏づけるように《証人になってくれる?》《キャン・アイ・ゲット・ア・ウイットネス》を流したわ」ソニアは眉をひそめた。「歌っていたのはローリング・ストーンズじゃなかったけど」

「ベイビー、最初に歌ったのは偉大なミュージシャン、亡きマーヴィン・ゲイよ。それに、いかにもクローバーらしい選曲じゃない。ソニア、本当につらかったと思うけど、よく考えてみて。あなたは父親の誕生の瞬間を目の当たりにしたのよ。あなたのお母さんとともにあなたをこの世に送りだした人の誕生の瞬間を。それは一種の奇跡だし、すばらしいことよ」

「クローバーは双子の赤ちゃんにお乳をあげてたわ。瀕死の状態だったのに。本人は完全に理解していなかったかもしれないけど、すっかり消耗して死にかけていたのに、双子を抱いてお乳をあげることを望んだ。そして、彼は、チャールズは赤ちゃんたちに布おむつをしてあげて、ふたりが眠るとあたたかい毛布でくるみ、一緒に寝かせてから、クローバーのためにスープを取りに階下《した》に行ったの。クローバーはチャールズが席を外した隙に亡くなった、それが見てとれたわ。彼が寝室を出ると、ドブスが現れた」

「ドブスがなんて言ったか書き留めた?」

「ううん。でも、一語一句覚えてる」

「じゃあ、あたしが書き留めるわ」クレオはPOUR YOUR ART OUTと文字が入った寝間着代わりのTシャツ姿で寝返りを打ち、メモ帳と鉛筆をつかんだ。

「もう一度言って」クレオは書き留めた。「何もかも記録に残しましょう」

「ええ、それがわたしのやることリストの次の項目よ」

「あたしを呼びに来ればよかったのに、ソニア」

「もう少しでそうするところだった。トレイにもメッセージを送ろうかと思ったわ。でも、それじゃ意味がない。もうこれ以上、ドブスにわたしの恐れや嘆きを与えたくないの。だから、しゃあっと叫ぶだけにしたのよね、パイ?」

「しゃあって?」

「今朝エクササイズをしに地下のホームジムに行ったとき、パイワケットがついてきたの。そしたら〈黄金の間〉で呼び鈴が鳴って、わたしたちはしゃあって叫んだのよ。ゆうべ目を覚ましたときはヨーダが慰めてくれて、今朝はパイが地下までついてきてドブスにしゃあって叫んでくれた」

「ここには最高のモフモフ仲間が二匹いるわね」

「ええ。あの子たちは朝一で外に出して朝食もあげたわ。このあとまた外に出して、朝食後の用を足させてから、わたしはマイボトルに水を注いで仕事に取りかかるわ」

「じゃあ、あたしは朝食を用意して、二匹を呼び戻すわ。あたしもあなたと一緒にその場に行けたらよかったのに」

「あなたがここにいるとわかっていたから、心強かったわ」

ベッドから立ちあがったソニアは二匹を呼ぼうとして、はっとした。

「もうひとつ夢を見たわ」

「えっ」

「ううん、悪夢とは正反対の夢よ。もう少しで忘れるところだった。ふたりを見たわ、クローバーとチャールズを。結婚式当日のふたりを。ここではなかった、屋敷では。ふたりがいつここに引っ越してきたのか、誰か知らないかしら。とてもすてきな結婚式だったわ、クレオ。どこかの草原でダンスを踊ってた、太陽が光り輝いてたわ。ふたりともまだ若く、とても幸せそうで、心から愛しあってた。お産のときに、チャールズがクローバーのために流した曲が――《ただあなたとともにいたい《アイ・オンリー・ウォント・トゥ・ビー・ウィズ・ユー》》が聞こえたわ」

ソニアのポケットのなかの携帯電話から、またその曲が流れた。

「クローバーがあなたをそこに導いたのよ」クレオの目がうるんだ。「あなたに結婚式を見せて実感させたかったのよ。光が闇を圧倒したところを」

そのとおりだと思いつつ、ソニアは猫と犬を連れて階下におりた。二匹は四月の陽光のなかにうれしそうに飛びだしていった。彼女はマイボトルを水で満たしたあと、階段でクレオと行き会った。

「猫用トイレには砂しか入っていなかった」

「パイはとびきり賢い子だもの。あなたもとびきり賢いから、ゆうべの出来事をトレイに知らせるんでしょう」

「いまからメッセージを送ってざっくり説明して、直接顔を合わせたときに詳しいことを話すわ」

　クレオは微笑んだ。「人生に理解しあえる相手がいるのはいいことね」

「そうね。でも、わたしにはずっとあなたがいたわ。それはそうと、ジム用のショートパンツをはいてるところを見ると、あなたは有言実行でエクササイズをするのね」

「あたしもマイボトルに水を詰めて、試しに三十分やってみる。ウエイトトレーニングに二十分、その後ヨガを十分やって締めくくるわ。今日はちょっと早起きしたし、やってみることにしたの」

「ねえ、あなたの腕はもう筋肉がつき始めているわよ」

「それはヨガのおかげよ。でも、もっと筋肉がほしいわ」

　クレオがその気になれば、実現するだろう。ソニアは二階の図書室に向かった。

　すると、テイラー・スウィフトの《シェイク・イット・オフ》に出迎えられた。

「ええ、気にしない《シェイク・イット・オフ》ようにしてるし、気にしなくなってきたわ」

　トレイに短いメッセージを送り、コンピューターを立ちあげて書類作成に取りかかところ、彼から返信があった。

〈ゆうべ知らせてくれなかった理由はわかったよ。でも、ひとりでそんなことを経験したなんて大変だったたね。ディナーをテイクアウトしようか、会ったときに詳しい話を聞かせてくれ。ピザがいいかい？〉

たしかに、彼はわたしを理解してくれる。

親友が使用人用の隠し通路に向かう足音が聞こえて、ソニアは呼びかけた。「クレオ、トレイが今夜ピザを持ってきてくれるって」

「了解」

〈ピザは最高ね、今夜全部話すわ。でも、わたしはひとりきりじゃなかった。クローバーがいたから。じゃあ、またあとで〉

ソニアはゆうべの出来事をすべて書き留め、作っておいたファイルに追加した。

それを完全に頭から閉めだすことはできなかったので、こちらはいたって順調だと、母親に短いメッセージを送った。

すぐに返信が届き、ソニアは愛され、恋しく思われていることを実感した。最初のメールを開くと、顧客の〈ベビー・マイン〉からデジタル広告と三つ折りパンフレットの依頼で、偶然にも商品のターゲットは双子だった。早くもアイデアが頭に浮かび、週明けにはコンセプトを提示すると返信した。次はアンナ・ドイルからの添付ファイルつきのメールだった。ウェブサイトに掲載する新作の件だ。

〈わたしは元気満々よ！　だから、アトリエで長時間過ごしているわ。添付したのは新作とその説明と価格よ。五月の催しに向けて制作中の作品があるから、全部送ったわけじゃないわ。それから、あなたとクレオが日曜日のディナーに出席できそうでうれしい。あなたたちふたりの都合がいいときに、村で待ち合わせしてランチしたいわ。いまは休みもとらずに仕事ばかりしているから〉

ソニアは返信する前に、添付ファイルをすべてダウンロードした。

「仕事中毒かもしれないけど、最高の仕事ぶりだわ」

〈どの作品も美しくて、写真も完璧よ。午後にはウェブサイトに掲載するわ。実は、明日思いきってプールズ・ベイの美容室で髪をカットするから、村へ行く予定なの。カットが失敗した場合に備えて帽子を持参するけど、ぜひあなたとランチしたいわ。クレオも来られるか、きいてみる。お互い休みが必要よね。午後一時でどう？〉

そのメールを送信すると、次のメールとその次のメールに目を通した。

すると、アンナの返信が届いた。

〈午後一時ならちょうどいいわ。待ち合わせ場所を教えて！　わたしには女子会が必要よ〉

微笑みながらソニアが顔をあげると、クレオが入口で足をとめ、筋肉を収縮させた。

「わかる？」

「信じられない、筋肉隆々じゃない！」

「嘘つきね。でも褒め言葉はありがたくちょうだいするわ」

「明日、アンナと村でランチしない？　わたしがプールズ・ベイの美容室を試したあとで。午後一時はどう？」

「いいわね。場所はどこ？」

「それは妊婦さんに決めてもらうつもり」

「あたしはどこでもオーケーよ。じゃあ、仕事モードに切り替えるわ」

〈クレオも来られるって。お店はあなたが決めてちょうだい〉

〈じゃあ〈ウォーターサイド〉にしましょう。ホテル内のカジュアルなレストランよ。コネがあるから、いいテーブルを予約できるわ。女子会ランチね！　やったー！〉

ソニアも〝やったー！〟と返信した。

そして、クレオ同様、仕事モードに切り替えた。

クローバーが大音量で《ア・ハード・デイズ・ナイト》を流しても休憩を取らず、ヨーダがくうんと鳴きながら身をくねらせると、はっとわれに返った。

「ああ、ごめんなさい。外に出たいのね。それに、あなたの言いたいこともわかったわ、クローバー。のってるときは中断したくないのよ」

ソニアが立ちあがると、ヨーダは階段へと走り、くうんくうんと鳴きながら身をくねらせ、その場で小躍りした。

「いま行くわ」

作業中のデータを保存して歩きだそうとした矢先、パイがソニアを追い越して階段を駆けおり、ヨーダがあとを追った。クレオが三階からおりてくるのが見え、ソニアは立ちどまった。

「わたしが二匹を外に出すわ」ソニアが言った。「ヨーダはもう我慢の限界だし、わたしもコーラが必要だから」

「あたしもコーラが飲みたいわ。きっとパイはあなたがヨーダを外に出すのを察したのね。窓台から外を眺めていたのに、突然アトリエを飛びだしたから」

「猫は耳がいいのね。わたしの仕事がのってたから、ヨーダは必要以上に我慢してたみたい。あなたはどうだった？」

「もう用はすませたわ」クレオはペットたちのためにドアを開けた。「じゃなくて、仕事のこと？　いたって順調よ、来月はあなたと一緒にボストンへ行くわ。そのころには仕事が終わって、あなたのプレゼンテーションのアシスタント役を務めるつもり。それにウィンターとも会いたいから。もし必要なら、担当編集者と打ち合わせもできるし」

「クレオ！」ソニアは親友をぱっと抱きしめて飛び跳ねた。「最高だわ。あなたのおかげでプレゼンテーションへの不安が半減したのがわかるでしょう」

「ソニア、一緒に来てって言えばよかったのに」

「ボストンまで同行して精神的な支えになってほしいなんて頼むつもりはなかったわ。とりわけ、大きなプロジェクトを抱えているあなたに」

「それはもうすぐ完成するわ」クレオは両腕をかかげ、満足そうにくるりとターンした。「そうしたら休暇を取るつもり。それができるのは、あなたのおかげよ。その休暇を、自分自身がどうしても描きたいと思う絵の制作に当てるわ」

「今日は本当にいい一日になったわね。母も喜ぶわ」

「パイが外へ駆けだす前にメッセージを送ったら、あなたのお母さんは喜んでたわ」

コーラ以外のものも口にしたいと思い、クレオはヨーグルトをつかんだ。

「あなたもいる？」

「ううん。わたしはポテトチップスにする。それにブドウをそえて健康的な食べ物のふりをするわ」

「あたしが本当は食べたいものを持って、オフィスに戻ってちょうだい。あなたはデスクで食べられるけど、あたしは制作がこの段階に入ったら無理だから。じゃあ、パイとヨーダを呼び戻すわ」

ソニアは上階にあがって契約書に署名捺印したのち、新たな法律事務所のプロジェクトに着手した。

〈ドイル法律事務所〉のウェブサイトよりも若干フォーマルで都会的にしよう。そもそも色使いや見た目を同じようにしたくない。

まず色相環を試し、テンプレート用に二色の組みあわせを三種類選んだ。

作業中、階下からボールが弾む音が聞こえ、ヨーダが出ていくと、ソニアは微笑んだ。

こちらは仕事で、ヨーダはボール遊びね。

ついに、クローバーが《終業後の世界《ファイヴ・オクロック・ワールド》》を流した。

「ええ、わかったわ、どのみち切りあげようと思っていたところよ。明日の朝もう一度見てみるわ。それに、恋人がピザを持ってきてくれるなら、ちょっとおしゃれしないと」

それを実行するために寝室へ移動した。仕事着から着替えるつもりはなかったが、モリーがブルーのセーターとグレーのパンツをベッドに広げておいてくれた。

「メイクだけするつもりだったけど、オーケー、このほうがいいわね」寝室から出ると、ちょうどクレオも部屋から出てきた。

「着替えたのね」クレオがソニアを指さした。

「あなたもね」

「もともとそのつもりだったけど、モリーがこのとってもきれいなシャツとすてきなパンツを広げておいてくれたから時間短縮になったわ。仕事ははかどった？」

「あたしもよ。もうワインを飲んでいいころよね。グラスを持って外に出て、波の音を聞きながらワインを飲みましょう」

「ええ、そうしましょう」

涼しいそよ風が吹き、空は淡い水色だった。トランペットを思わせるラッパズイセンが揺れ、それにこたえるようにヒヤシンスの香りが漂った。

そこここに春の訪れを感じる。

防潮堤まで歩いていくと、ヨーダは駆けまわりながら新緑のにおいをかぎ、あちこち偵察しては片脚をあげてマーキングをした。

「視界良好だわ」クレオは空のように広大なブルーの湾を指さした。「村も灯台も断崖もガラス彫刻みたい。いつかここにイーゼルを置いて、この景色を描くかも」

「そして、夏の日曜日には人魚のボートで湾をセーリングする」

「そのとおり」猫が防潮堤に飛びのり、自分の帝国を見渡すようにお座りすると、クレオは微笑んでワインを飲んだ。「パイをセーリングに連れていこうかしら。きっと猫用のライフジャケットが販売されてるはずよ」

ソニアも防潮堤のパイの隣に座り、自宅を振り返った。「あの木の花が咲いたところを見たいわ。それが、わたしの春の一番の目標よ」

「あたしはもう四季のプロジェクトを思いついて、それぞれの季節に絵を描くつもり。あなたも一緒にぜひ描いたら。もう何年も一緒に描いてないじゃない」

「あなたの作品の隣だと、わたしの絵がそこそこ才能がある高校生の作品みたいに見えるからよ」

「そんなの嘘よ」クレオはソニアの脚を軽く叩いた。「それに、お互い楽しかったじゃない。あたしは短い休暇を取って、描きたいときに描きたいものを描き、大いに楽しむつもりよ」

「イラストレーターの職を手放そうと思ってるの？」

クレオはかぶりを振り、ソニアの隣によじのぼった。「いいえ。イラストレーターの稼ぎは靴のコレクションに当ててるし、イラストの仕事が好きすぎてやめられない。ただ、いまは仕事を選べる立場になったから、仕事の間隔を空けて、絵画の制作にもっと時間を費やせるの。あなたの寝室の窓に人影が見えたわ」

「そうね。たぶんモリーだと思うわ」ソニアは確かめるために手をあげて振った。

人影が手を振り返した。

「モリーじゃなかったとしても、気さくな幽霊ね」

ヨーダがキャンキャン吠え始め、草原の境界に向かって駆けだした。ほどなく坂道をあがってくる車の音が聞こえた。

いた。

ソニアは防潮堤からおりた。「きっとピザが到着したのね」

「あたしはもう食べられるわ」

ソニアはトレイのトラックと、そのすぐ後ろに停《と》まっているオーウェンの車に気づいた。

ムーキーがまず飛びだし、耳をはためかせながらヨーダと再会を喜びあった。アイパッチをしたジョーンズはもったいぶった足取りで二匹に歩み寄った。

「偶然オーウェンと行き会ったから、余分にパイを買ってきたよ」トレイは、六本パックを手に自分のトラックからおりてきたオーウェンを指した。「オーウェンはビールを持参した」

「わたしたちはあなたたちが到着する前からもう始めているわ」ソニアは伸びあがって、トレイとの再会を喜んだ。「今日は屋外がとても気持ちいいから、防潮堤でワインを飲んでいたの」

「今夜は雪が降るぞ」

心底びっくりして、ソニアはオーウェンを凝視した。「嘘でしょう!　もう雪はいやよ。ほら、これ以上ないほど空が澄み渡ってる」

「日が沈んだら気温がぐっとさがる」トレイが説明した。「そして雲に覆われる」

「まあ、積もっても最大五センチってとこだ」オーウェンが肩をすくめると、猫がやってきて彼の脚にすり寄った。「明日は十二度まであがるから溶け残ることはない」

「でも、もうすぐ五月なのに」

「ここはメイン州だ」トレイが指摘した。

彼が話している最中に〈黄金の間〉の窓がぱっと開いたかと思うと、大きな漆黒の生物が飛びだした。男性の身長を上まわるほどの翼を広げ、空を切り裂くように見えた。

日ざしを浴びて、カミソリのように鋭い鉤爪やくちばしが光り、芝生の上空を横切った。

「いますぐ家に入るんだ」トレイはソニアを家へと押しやり、彼女の盾となった。

その最中、謎の鳥は煙と化した。

「硫黄だわ」犬たちが激しく吠えたてるなか、クレオがつぶやいた。「こんなに離れていても硫黄のにおいがする」

「ドブスはハゲワシに扮《ふん》したのか。こんないかれたやつは見たことがない」オーウェンが言った。

「ハゲワシ」まだグラスを手にしていたクレオは最後のひと口を飲み干した。「ハゲワシって相手が死ぬまでその場を離れないんじゃなかった？」

「ただの猛禽だろう」

「翼の長さが三メートルはあったのに？」トレイがきいた。

「ああ、それぐらいはあったな。だが、たいして遠くまで飛ばなかった」

「充分遠いわ」ソニアは肺に詰まっていた息を吐きだした。「ドブスはほぼ一日中おとなしくしてたけど、こんなことをするためにエネルギーを蓄えていたのね。きっともうガス欠だろうし、四人でピザを楽しみましょう」

「ええ、家に戻ってピザを食べましょう」クレオは猫を抱きあげ、家に向かいだした。

「ええ、そうしましょう」ソニアは同意した。「いつもの屋敷の夜ね」

一同が家に入った瞬間、クローバーが《平穏で心地よい気分《ピースフル・イージー・フィーリング》》を流して出迎えた。

「楽観主義者だな」トレイがピザの箱をキッチンに運ぶと、クレオは四匹に餌をあげ始めた。

ソニアは自分とクレオのグラスにワインを注ぎ足してから、皿に手を伸ばした。

「きみから大まかに聞いた話はオーウェンに伝えたよ。さあ、詳しい話を聞かせてくれ」

「ピザがこれ以上冷めないうちに食べ始めましょう、それから話すわ。すべて書き留めたから、記憶が薄れても思いだせる——そんなことはありえないけど」

「あたしには何も聞こえなかったわ」一同でテーブルを囲みながら、クレオが言った。「ずっと熟睡してたから」

「あなたが何か耳にすることはなかったはずよ。すべてわたしの部屋で起きたことだから。当時もいまも」ソニアは自分の皿にピザをひと切れのせたが、すぐには手をつけなかった。「また鏡を通り抜けたの。でも、今回はわたしが鏡のところに行ったんじゃなくて、鏡のほうがやってきたの」

ソニアが語りながら涙ぐむと、クローバーが《時間が悲劇を癒やす《トラジェディー・タイム》》を流した。

「たしかに、クローバーはまた笑えるようになった」オーウェンが言った。

「クローバーはすばらしいわ」ソニアは涙をぬぐった。「彼女が残されたわずかな時間にコリンやわたしの父に与えてくれたあふれんばかりの愛を目にしたことは、永遠にわたしの心に刻まれた」

「おそらくそれが今回の目的のひとつだ」トレイがソニアの手に手を重ねた。「さあ、少し食べたらどうだい？」

彼女はうなずいてピザをつかんだ。「それと、わたしが証人になることね。それが切り札なんだと思う。ドブスはクローバーの指輪を奪い去った——肖像画に描かれていたように、ハートが組みあわさった細い金の指輪だった」

「そして、ドブスは……」クレオはポケットから紙を取りだし、書き留めた言葉を読みあげた。

クレオが読みあげるあいだ、窓が震えた。

「うるさいわね、この冷酷でおぞましい魔女」

オーウェンはクレオのグラスにそっとボトルを当てた。「いいぞ、よく言った」それからソニアのほうを向いた。「今回はおれと一緒に鏡を通り抜けたときとは違うな。あのときは起きて意識があるときに通り抜けたが」

「ええ、あれとは違ったし、今回は夢を見ているみたいだったけど夢じゃなかった。でも、あのときみたいに蠟燭のにおいがして暖炉の火のぬくもりを感じたし、話し声も聞こえたわ。まるでその場にいるかのように。実際は違うけど。でも最終的にまた眠りについたとき、さらに夢を見た。鏡を通り抜けたときのように現場にいたわけじゃないけど、はっきり見えたわ。ふたりの、クローバーとチャールズの結婚式で――彼女はウエディングドレス姿だった。光と幸せに満ちあふれていたわ。彼女はわたしにその場面も見せたかったのよ。おかげで、見ることができた」

「そして、今日ドブスはおとなしかったんだね」

ソニアはトレイに向かってうなずいた。「ええ、硫黄のにおいの煙が立ちのぼるまでは」

「あたしがエクササイズをしに地下へ行ったときも、ドブスは使用人用の呼び鈴を鳴らしたわ。パイはあの女に向かってしゃあっと声をあげてた」

「きみはエクササイズをするのか？」

クレオは両方の眉を吊りあげてオーウェンを見た。「たいていはヨガだけど、新しいルーティンを試してるの」

「おれたちに土曜日に運びだしてもらいたいものがもっとあるようだから、金曜日と土曜日の晩は泊まることにした。もし地下に誰もいてほしくないなら、きみがホームジムを使う時間帯を教えてくれ」

「土曜日は午前十時前は利用しないわ、そして日曜日は」クレオはまつげをぱちぱちさせた。「休息日よ」

「その日はあなたのご両親のお宅でディナーでしょう。クレオもわたしも楽しみにしているわ」

「ハムだといいな。コリーンのハムは世界一だ」オーウェンはクレオをちらっと見た。「きみが金曜日にディナーを作ってくれるなら、おれが土曜日に作るよ。それが公平ってものだ」

「あなたも料理するの？」

「テーブルや椅子を地下から運びあげたあとだから、簡単な料理だ。マカロニ＆チーズなら作れる」

「箱を開けるのを料理とは言えないわ――それに関して、あたしの見解は変わってない」クレオはそうつけ加えた。

「オーウェンはマカロニ&チーズを一から作る」トレイが説明した。「しかも絶品だ」

「本当に？　だったら、土曜日はキッチンを自由に使ってちょうだい」

「了解だ。ソニア、上階《うえ》に私物を置いてもかまわないというきみの言葉に甘えさせてもらうよ。明日、私物を持ってくる」

「けっこうよ」ソニアは立ちあがり、ドアの前に座っていた四匹のためにドアを開けた。「裏手にいてね。ドブスは裏手では何もしないから。少なくともいまのところは。ワインのお代わりはどう、クレオ？」

「いいえ、もう充分。上階《うえ》にあがって少しスケッチするわ」

「ビールは？」

「ぼくはいい」トレイは辞退した。

「おれは一本で充分だ。このピザを食べたら、もう帰らないと」

「泊まってもいいのよ、オーウェン」

「無理だ。仕事が待ってる。おれはピザを食べに来ただけだ。でも、帰り道に飲むコーラをもらえるとありがたい」

「その仕事ってあたしのボートにかかわること？」

「まあ、あとでやるかもしれない。時間があれば。いまは犬小屋を作ってる」

「ヨーダの犬小屋ね！」ソニアはテーブルに駆け戻り、背後からオーウェンの首に抱きついた。「すてきな犬小屋なの？」

「まだ言えない」

「写真を撮ってもらっていい？　写真を見せてくれる？」

「だめだ」

「オーウェンはその点に関しては頑固なんだ」トレイが警告するように言った。

「二週間もすれば、実物を見られるよ。もし気に入らなくても、デザインしたのはきみだってことを忘れないでくれ」

「気に入るに決まっているわ、それにヨーダも」

「その言葉を忘れないでくれ」オーウェンはトレイとクレオを指さした。「じゃあ、もう行くよ」

ソニアはコーラを取ってきて、ふたたびオーウェンを抱きしめた。

「一緒に外まで行くよ。トラックに荷物があるから。二階に置く私物が」

女性たちには聞こえないところまで来ると、オーウェンは振り返った。「なあ、もしおまえが心配なら、スケジュールを調整して今夜は泊まってもいいぞ」

「いや、大丈夫だ。それに、オーウェン、たいていの場合、あのふたりだけでなんとかしてる」

外に出て、ある程度屋敷から遠ざかると、オーウェンは〈黄金の間〉を見上げた。

「問題はあの鳥の化け物だ」

「ああ、あの鳥の化け物だ。ソニアは前にも遭遇したらしいが、あんなにばかでかいなら、そう言っていたはずだ。あの鉤爪を見たか？　本物そっくりだったぞ。長時間は姿を保てないとしても、そのあいだに……」

「長時間は姿を保てないってのが鍵だ。もっと長持ちするのか心配することはできるが」オーウェンはトラックへ引き返した。「現時点でできることは何もない」

オーウェンがドアを開けると、ジョーンズが飛び乗った。

ああ、いまはまだ。トレイは走り去る友を見送った。だが、ただ反応したり防御したりするだけではすまないときが、いずれやってくる、必ずやってくる。

頭上の小塔の窓が、図書室の窓が開く音がして、ぱっと顔をあげた。

すると、クローバーが黄昏《たそがれ》にブロンドの髪を輝かせながら身を乗りだした。

トレイは思わず立ちどまり、口を開こうとした。

だが、彼女は投げキスをよこしただけで姿を消した。

12

　雪が降った。

　ソニアは広大な芝生がふわふわした純白の雪に覆われているのを見るなり、罵った。うっすらと積もった雪の上で揺れているラッパズイセンを見ても、さらなる悪態をこらえられなかった。

　たしかに、ボストンでも四月下旬に粉雪が舞うことはある――ときおり春雨が降ることも――だが、もうすっかり春の気分に浸っていた。

　メイン州のせいよ。

　トレイは無言で肩をすくめ、フランネルのシャツにフードつきベストを身につけただけで、行ってきますのキスとともに立ち去った。

　ソニアは自分自身を慰めた。少なくとも、ゆうべは屋敷に来るまでは当たり前だった夜を過ごせた。おかげで、八時間近く邪魔されることなく熟睡できた。

　目覚めたときは雪が降っていて、幽霊のおかげで寝室の暖炉で火が燃えていた。

気温がぐっとさがると言っていたトレイとオーウェンは間違っていなかった。

クレオが十時少し前に目を覚ましたとき、ソニアはすっかり身支度をすませてメイクもして、デスクに向かっていた。

「美容室の予約はキャンセルして、アンナとのランチに出かけるまで仕事をするわ」

「だめよ。行かなきゃ」

「あなたの髪じゃないでしょう！」

「そうだけど、あなたは髪型を整えてもらって、さりげなく入れたハイライトをきれいに染め直したほうがいいわ。ハイライトのおかげでメープルシロップ色が際立つから。あたしにはコーヒーが必要だわ！」

ソニアはあわてて立ちあがり、クレオのあとを追った。「つまらない虚栄心で髪にこだわって、あなたを屋敷にひとりにしたくないわ」

「やめてちょうだい。それに、ゆうべあたしが上階《うえ》にあがる前に、早めに出発して〈ブックストア〉にも立ち寄るって言わなかった？」

「あれはゆうべのことよ。おまけに雪が降ったわ」

「そうなの？」クレオはキッチンの窓辺に移動した。「雪が降るなんて信じられない。でも、もう溶けてるわ。それによく晴れてる。コーヒーを飲まないと。でも、だから起きたとき、寝室の暖炉で火が燃えてたのね」

「モリーが図書室の暖炉にも火をおこしてくれてたわ。心のどこかで暖炉の火が恋しかったことに気づいた」

「今夜はポークチョップを食べましょう」

「オーケー、でも――」

「さっさと出かける用意をしたほうがいいわよ。書店の棚を見てまわるのが大好きなんでしょう。それに〈ジジ・オブ・ジジ〉にも立ち寄るべきよ。ヨーダとパイは、あたしが出かける前に外に出して、また呼び戻すわ」カウンターに背でもたれ、クレオはコーヒーを飲んだ。「ソニア、あなたの髪はカットが必要よ。美容室に行ってらっしゃい」

「ああ、もう、わかったわ。もしオレンジのハイライトを入れられて園芸用の大ばさみでばっさり切られたような髪でランチに行く羽目になったら、あなたのせいよ」

「ええ、あたしが責任を負うわ」

「失敗したら、あなたのせいよ」ソニアは脅すように繰り返すと、ジャケットとハンドバッグを取りに行った。それから帽子も。

書店で過ごすのは大好きだし、〈ブックストア〉はお気に入りの店だ。おかげで緊張がほぐれた。少なくとも選んだ二冊をレジに持っていくまでは、そうだった。だが、ふたたび不安が一気にこみあげた。

「この本の新刊見本を読んだわ」ダイアナが上のほうの本をぽんと叩いた。「すごくよかったわよ。ひねりの利いたミステリーで、思わず夢中になるようなロマンスの要素もあって。これ以上何を望むのっていうくらい最高だった」

ダイアナが売上げをレジに記録しようとして、ちらっと振り返った。「大丈夫？」

「実は少し緊張していて。美容室を予約したんです。ここに引っ越してきて初めて」

「〈ジョディーズ・サロン〉に？」

「ええ」

「だったら心配ないわ。ジョディはわたしやアニータの髪もカットしているから」

「わたしの名前が聞こえたけど？」アニータがさらに在庫を持って裏から出てきた。

「ソニアがこれから〈ジョディーズ〉に行くんですって」

「まあ、誰があなたのカットを担当するの？」

「さあ」ソニアは緊張が高まり、胃が締めつけられた。「それは重要なんですか？」

「ダイアナとわたしはジョディを指名してるわ。ジェニーはカーリーよね？」

「ジェニーって？」

「週末にこの店をまかせている女性よ。たしか、彼女はカーリーを指名しているはず。

それと、アイリーンは――ここでパートタイムで働く妹は――ミカに頼んでる」

「ミカはとってもかわいいの」ダイアナは本を袋に詰めた。「新しい美容室は怖いわよね。でも、あの店なら安心して行ってらっしゃい」

それが真実であるように願うことしかできず、書店に長居しすぎたせいでほかに寄り道してぐずすることもできず、ソニアは細い歩道をたどった。

今朝目にした雪は、まるで降らなかったかのようだった。美容室に向かう道中、溶け残った雪はいっさい見なかった。

美容室の入口で、自分自身に言い聞かせた。〈黄金の間〉に居座る幽霊よりも新しい美容師を恐れるなんてどうかしているわ。

ソニアは店に足を踏み入れた。

二時間足らずで店から出てきたソニアは、すっかり上機嫌だった。ハイライトを入れてセットしてもらった新しいヘアスタイルで、駐車した車へと引き返した——帽子もかぶらずに。

恥じらうことなくサンバイザーをさげてミラーに顔を映し、左右に頭を振った。

「復活したわ！」

村を走り抜けながら、店やレストランや住宅やアパートメントに愛の波動を送った。とりわけ、〈ドイル法律事務所〉が入っている古いヴィクトリア朝風の建物に。

女性は担当美容師を見つけるまで、完全に自宅に腰を落ち着けたとは言えない。

ひと目見ようとホテルの前を通り過ぎたことはあったものの、まだ足を踏み入れたことはなかった。

アンナの夫のセスの家族がオーナーを務め、運営するホテルだと知っているが、外観からして彼らは仕事のやり方を心得ているようだ。

純白のレンガ造りのホテルは湾や海を見下ろす高台に鎮座し、一流のサービスと心地よい静かな空間を提供していた。

海に面して小さなテラスつきの客室がずらりと並び、円形の車寄せは春の訪れを告げるラッパズイセンやヒヤシンスやチューリップが咲き乱れている。

突き当たりには、蛇行しながら庭園を横切る舗装された小道があった。まもなく庭園の花も満開になりそうだ。

キャンセルすることになった結婚式のために、いくつもホテルを見てまわったことをふと思いだした。ソニアが望んでいたのはまさにこういうホテルだった。ブランドンが固執したおしゃれで豪華絢爛なホテルではなく、歴史があって、あたたかく迎えてくれる雰囲気が漂うホテルだ。

ソニアはその思い出を脇に押しやった。

庭園のそばの駐車場に車を停め、うららかなぬくもりに包まれながらドアマンのいる玄関に向かった。

「いらっしゃいませ。チェックインでしょうか？」

「いえ、〈ウォーターサイド〉でランチをする予定で」

「レストランは、ロビーの奥までまっすぐ進んだのち、右手にございます。ランチをお楽しみください」

ソニアはホテルに入ると、その心地よさと重厚でありながら素朴な雰囲気に恋に落ちた。鉄製の燭台風シャンデリアの電球からは光が降り注いでいた。薪がぱちぱちと音をたてる大きな石造りの暖炉と、壁に取りつけられた炉棚が、歓迎するようにぬくもりをもたらしている。

人々はコーヒーや飲み物を口にしながら椅子やソファでくつろぎ、なかには村の店の買い物袋をかたわらに置いている人もいた。

壁面を飾るアートは村や湾や港のさまざまな風景画だった。険しい断崖にそびえる屋敷を描いた絵もあった。

その画風に見覚えがあり近寄ってみると、隅にコリン・プールの署名が入っていた。コリン自身のやり方で、彼もここにいたのだ。そして、屋敷にも。

おかげで、ソニアはさらに歓迎されている気分になった。

湾の上空を飛ぶカモメのモザイクアートが中央に入ったタイルの床を横切り、レストランに入った。

小さな暖炉に火が燃え、幅広い窓の外には湾が広がっている。アンナは景色を一望できるテーブルに座っていた。

膝丈の赤いドレスをまとい、小さくふくらんだおなかが誇らしげだ。ソニアに気づくと、ショートカットの黒髪に縁どられた顔に満面の笑みが浮かんだ。

「わたしも到着したばかりよ。それで――。あっ、その髪。すごく似合っているわ」

「〈ジョディーズ〉のジョディのおかげよ」

「彼女は腕がいいものね。本当にすてきよ」

「あなたもよ。それに、このホテル、すごく気に入ったわ！　最高の眺めね」

「わたしのお気に入りのひとつなの」

ドリンクの注文を取りに来たウエイターに、ソニアはミネラルウォーターを頼んだ。

「ひと言断っておくわね」ウエイターが遠ざかると、アンナが言った。「わたしは週にワインをグラスに一杯だけ飲んでいいと言われているの。今日その一杯を飲むつもり。でも、ひとりで飲む気はないわ」

「クレオとわたしはそんなことさせないわ。こんなすばらしいレストランで女子会ランチをするのにワインを飲まないなんてありえない。あっ、クレオだわ」

「彼女って、いつ見てもすてきよね」

「ええ。もしクレオのことが大好きじゃなかったら、憎らしく思うはずよ」

「遅刻した？」

「わたしたちもついさっき着いたところよ」ソニアが返した。

「よかった。こんな楽しい集まりに遅刻するなんて最悪だもの。まあ、その髪！」

「もう不安から解放されて、〈ジョディーズ・サロン〉の大ファンになったわ。美容室に行くのがどれほど好きだったか忘れるところだった。あの雰囲気や、飛び交う噂話、一、二時間自分自身に集中する機会。それと――」ソニアはクレオを小突いた。

「あなたにはミカがぴったりよ。あの場の全員がそう言ってたわ」

「たしかにそうね」アンナが同意した。「カーリーヘアに関して、彼は天才よ」

「それに噂では聞いていたし、実際この目で見たけど、彼ってかわいいの」

「かわいくて天才なの？　それはこの目で確かめないと。ところで、おなかの赤ちゃんは元気にしてる？」

アンナは微笑んで、ふくらんだおなかをそっと叩いた。「元気いっぱいよ。わたしは一分一秒を楽しんでいるわ――いまのところは。今日はふたりが来てくれて本当にうれしい。ふたりとも忙しいんでしょう」

「居眠り運転はしちゃだめよ。いいわね？　クレオ、あとでアンナの新作を見せてあげるから楽しみにしてて」

三人はそれぞれグラスワインとサラダを注文し、アンナの勧めで前菜のミニ・キッシュを分けあうことにした。

「あなたの言うとおり絶品だわ」クレオはひと口食べるなり言った。「一度も作ったことがないけど、試してみるべきね。かわいいミニ・キッシュを作ってみたいわ」

「クレオは料理にはまっているの」

「ほらね、やっぱり忙しいじゃない。トレイから屋敷で何が起きているか聞いたわ。ずいぶんいろんなことがあったのね。わたしがコリンを訪ねたときに経験したことをはるかに上まわってる。わたしはいつも陽気でおもしろいと思ったけど、あなたたちが対処しているのはそんなものじゃないわね」

「普段は陽気でおもしろいと感じるけど」ソニアはアンナに言った。「そうじゃないときは、その最中でさえ、実際そんなことが起きているのが信じられないほどよ」

「ヘスター・ドブスはあたしたちを追い払うつもりなのよ。でも、そんなことはさせない。屋敷はあたしたちの家だし、何もかも気に入ってるから。ソニアは大学生のころから歴史ある個性的な家に住みたいと言ってたのよ」

「そうね。ただ、幽霊たちと同居することになるなんて思いもしなかった」ソニアは複数いることを強調した。「でもひとりの悪女をのぞけば、あとの幽霊たちとはうまくやってるわ。生物学上の祖母とも知りあって、とてもすてきな人だとわかった。あっ、トレイはゆうべまた彼女を目撃したんですって」

「なんですって？」クレオはサラダ用のフォークを落とした。「それなのに、あたしに黙ってたの？」

「トレイが家に戻ったとき、あなたはもう上階《うえ》にあがっていたし、わたしは今朝、美容室のことで頭がいっぱいだったから」

「ちょっといい？」アンナが片手をあげた。「わたしにも言わせて、〝なんですって？〟トレイはあなたのおばあちゃんの幽霊を見たの？　しかも、〝また〟？」

「これで三回目よ」

「ちょっと待って」アンナが人さし指をまわした。「話を巻き戻して」

「最初に目撃したとき、トレイはまだ子どもだった。ギターの弾き方を覚えたくて、屋敷の音楽室にいたんですって。あなたのお父さんとコリンはチェスをしていたそうよ。そうしたらクローバーが現れたの。〝セクシーな美女〟だったと、トレイは言っていたわ。彼女はしばらく音楽について語ったあと、姿を消したそうよ」

「トレイはそんなこと一度も言わなかったわ」アンナがつぶやいた。

「数週間前、トレイが〈静寂の場〉の柱時計を確かめていたときも、彼女が現れたの。ゆうべはオーウェンを見送りに外に出て、彼が立ち去ったあと、図書室の窓が開く音がして見上げたら、クローバーが身を乗りだしていたそうよ。トレイに向かって投げキスをして」ソニアはぱっと手首をひねった。「ふたたび姿を消したんですって」

「あなたのおばあちゃんはあなたのボーイフレンドを気に入ってるようね、ソニア」

「なんとも奇妙な話よね」

「何から何まで変よ」アンナは食事をしながら一週間に一度のワインを口にしていたが、最後のひと口を飲み干した。「トレイから屋根上の見晴台《ウィドーズ・ウォーク》で白いドレスの女性を一度見たことがあるとは聞いていたけど、これは初耳よ」

「わたしは少年を――ジャックを――ちらっと目にしたことがあるわ。ヨーダと遊んでて、芸を教えていた。ジャックはときどきいらいらすると、キッチンの食器棚の扉を全開にするの」

「今日、家を出る前に外に出してあげたとき、パイは小さな毛糸玉で遊んでた。あたしは毛糸玉なんてあげてないのに。だから、ジャックは猫も好きなんだと思うわ」

「あなたは猫を飼っているの？」

「ええ」クレオは答えた。「パイワケットっていうの」

「まあ！　最高の名前ね。古い映画にちなんでいるんでしょう」

「その映画を観ていないのは、わたしだけ？」ソニアがきいた。

「今度一緒に観ましょう」クレオが応じた。

「セスとわたしは犬を飼いたいの、それに猫も。でも、赤ちゃんが生まれて半年経って、そのときの状況を見極めてからね。ただ、この子は動物とともに育ってほしいと思ってる。子ども部屋の内装について相談し始めたばかりだから、ペットの優先順位はもっとさがりそうだけど」

「ちょっと話を巻き戻して」クレオがアンナをまねて人さし指をまわした。「ソニアとあたしは子ども部屋に飾る絵やなんかについて相談を受けると思ってたわ」

「ええ、でもふたりともすごく忙しいし――」

「赤ちゃんに関することなら、とりわけクレオはいつだってスケジュールを調整できるわ。女の子だからピンクにしたいと思ってる?」

「実は、そうは思わないの。本当にこんな話を聞きたいの?」

「どうぞ、話して。ちょっと待って」クレオがウエイターに合図した。「デザートを注文しないと。おすすめは何?」

「ピーチメルバは絶品よ。量もたっぷりなの」

「じゃあ、それを分けあいましょう」

デザートの注文をすませると、クレオはアンナのほうを指した。「ピンクじゃないのね」

「あまり女の子っぽくはしないつもりなの、いかにも女の子っぽい娘じゃないかもしれないから。それに、少なくとも子どもはふたりほしいし、次は男の子かもしれないでしょう。セスとわたしは森っぽい雰囲気にして動物を取り入れたいと思ってる。かわいい動物のモチーフを」

「空想上の動物はどう?」

アンナは夢見るような目つきになった。「空想上の動物?」

「ユニコーンやペガサス、人なつっこいドラゴンやグリフィン。エルフや妖精も加えましょう。だってみんな魔法の森の住民だから」

「魔法の森。ああ」夢見るような瞳がふいにうるみ、アンナは手を振った。「心配しないで、ホルモンのせいで涙もろくなってるだけだから。魔法の森のなかで眠って目覚めるところを想像してみて」涙をふいた。「最高だわ。完璧よ」

「壁画を描いてもいいわ」

「そんなことを言われたら、一分後にはむせび泣いちゃう。本当にいいの?」

「ええ、信じて」ソニアが請けあった。「わたしも手伝うけど、この手のことはクレオの得意分野だから」

「ご主人と相談してみて。もしあなたたちふたりがそのアイデアを気に入れば、部屋を見せてもらって何枚かスケッチを描くわ」

「セスのことだから、大いに気に入るはずよ。お代はあなたが決めて!」

「材料費は払ってもらうけど、それ以外は受けとらないわよ」

「でも——」

「代金は材料費だけ、そうでなければ引き受けない」

「あなたは手強い交渉相手ね」アンナの頬をまた涙が伝った。

「でも、ランチはおごらせてちょうだい」

帰り道、ソニアは切り花を買うために花屋に寄った。花の香りに包まれながら、幸せな気分で家まで車を走らせた。

玄関で半狂乱のヨーダと、アデルの《ハロー》に迎えられた。

「ただいま！　あなたはいい子にしてた？　ジャックと遊んだの？　クローバーにも面倒を見てもらった？」

尻尾を振り続けるヨーダとキッチンに向かうと、クレオがスケッチブックとともにカウンターに座っていた。顔をあげた彼女は大きな花束を見て、眉を吊りあげた。

「お店にあった花を買い占めたの？」

「まあ、そんなところよ。先日しおれた花を全部片づけたから、ちょっと散財しようかと思って。何をしているの？」

「魔法の森についてあれこれ考えてるの。花屋にずいぶん長居したようね」

「そうみたい」ソニアは花瓶を選びに行こうとして、ふと立ちどまり、クレオの肩越しにスケッチブックをのぞきこんだ。枝が弧を描く樹木、蛇行する小川に流れ落ちる滝、川にかかった太鼓橋。

「やっぱりあなたは優秀ね」

「楽しいプロジェクトになりそう。ふたりがこのアイデアを気に入って、あたしが選んだ色で自由に動物を描かせてくれるように願うわ。猿とアライグマを掛けあわせた動物が枝からぶらさがってるのはどうかしら」

クレオは手を伸ばして、隣のスツールに座っている猫を撫でた。「長い尻尾を三つ編みにした猫とか」

ソニアはひとつ目の花瓶を運んだ。「アンナは想像しただけで涙ぐむくらいだから、あなたのスケッチを見たら泣き崩れるはずよ」

「そう願ってる。花もいるわね」ソニアが花を活け始めると、クレオがつぶやいた。「でも、地元のお花屋さんで見かけるような花じゃだめ。花のこともいろいろ試してみる。アンナとのランチはとっても楽しかったわ」

「わたしもよ。子ども部屋のことは、わたしも手伝うわ、あなたが料理を作るときにアシスタント役を務めるように」

「あなたは自分の芸術的才能を過小評価しすぎよ」

「そうかもしれないけど、わたしには猿とアライグマを掛けあわせた動物なんて思い浮かばない」

最後の花瓶に花を活け終わると、ソニアは同時にふたつの花瓶を運んだ。これも楽しい家事だ。花を抱えて屋敷を歩き、その生け花に合った場所を見つけるのも。モリーはソニアの選択に同意しないこともあるらしく、ときおり、花瓶の場所が移動していた。でも、それも楽しいと思うようになった。

一階と二階に花を飾ったあと、三階にあるクレオのアトリエに花瓶を運んだ。ひとりで三階に来たのは――少なくとも自分が把握している限り――数週間ぶりだということにふと気づいた。

一瞬ためらった自分にいらだちながら、アトリエに直行した。

人魚の絵は乾燥用のラックに置かれ、イーゼルにはクレオが置いた白紙のキャンバスがあった。整然としたアトリエがクレオの制作活動によって混沌《こんとん》としているのを見て、そのキャンバスもいつまでも白紙のままではないだろうとソニアは思った。

古いデスクにスケッチやフォルダーやメモ帳や鉛筆が散らばっていたため、花瓶はソファのそばのテーブルに置いた。

そして、クローゼットに近づき、固唾をのんで扉を開いた。

そこにはまだ整然とした状態のクレオの画材しかなかった。

「オーケー、まだなのね」

だが、遅かれ早かれ、自分かクレオがこの扉を開いたとき、四番目の花嫁のアガサの肖像画を発見するはずだ。

黙って扉を閉めると、どんどんと叩きつける音がし始めた。

ソニアは身構えながら、廊下に出た。

そして、ふくらんだりへこんだりする〈黄金の間〉のドアへと向かった。

ここはわたしの家だと、ソニアは胸のうちでつぶやいた。わたしのもので、あなたのものじゃない。

そう口に出してから、また繰り返し、叩きつける音に負けないよう権利を主張した。

ドアが突然開いたかと思うと、突風が吹きだした。冷気がソニアの骨を突き刺した。

部屋の中央にはヘスター・ドブスがたたずみ、手のひらを上向きにして両腕を広げていた。

風音にまじって切羽詰まったささやき声が聞こえたが、なんと言っているのか聞きとれなかった。ソニアの携帯電話からニルヴァーナの《近寄らないで《スティ・アウェィ》》が大音量で鳴り響いた。

「この屋敷はわたしのものよ！」ドブスが叫び、その声が風のように冷たく響いた。

「おまえはここで死ぬ。おまえたちはみなここで死ぬ運命なのよ」

壁が血を流し、魔女の白目が黒くなった。

「プール家の血よ」

ソニアが見守るなか、ドブスの丸めた両手から血が滴った。

「プール家全員の血よ」

狂ったような笑い声とともに、ドアがばたんと閉まった。

そして沈黙が落ちた。

「あなたは今夜もまた死ぬ」ソニアは自分でも驚くほど冷静な声で告げた。「明日の晩も、その次の日の晩も。とりあえず、それがあなたの地獄よ。それで我慢してあげる。いまのところは」

ソニアがその場を離れると、携帯電話から《うまくいく》《イッツ・ゴナ・ビー・オールライト》が流れだした。

「そうね、クローバー。そのとおりよ」

キッチンにたどり着くと、クレオがジャガイモをのせた木のスプーンを片手に持ち、もう片方の手で慎重に切りこみを入れていた。

「そのジャガイモをどうするの？」

「アコーディオン状にして、バターをからめてハーブを振りかけるの。今夜は肉とジャガイモの料理よ。男性たちが来るから」

クレオは顔をあげたとたん、ナイフを脇に置いた。「何があったの？」

「何も聞こえなかった？」

「静かだったわ。てっきりあなたは花を飾り終えて仕事を再開したんだと思ってた」

「ドブスを見たの。〈黄金の間〉で」

「信じられない、あの部屋に行くなんて」

「そうじゃないわ。ドブスがぱっとドアを開けたから、部屋のなかにいた彼女が見えたの。あなたは叩きつける音や激しい風の音を聞かなかった？」

「いいえ、何も」

「つまり、今回はわたしだけに聞かせたかったのね。トレイがよく言うように、興味深いわ」

「ドブスを見たの？　そもそもなんで〈黄金の間〉のそばにいたの、ソニア？」

「ドブスがやかましい音をたて始めたの。自分でもよくわからないけど、ついかっとなって、ここはわたしの家だと主張せずにはいられなかった。部屋の前に立ったら、ドアがぱっと開いて彼女が見えたのよ」

すべてが終わったいま、やや脚が震え、ソニアは腰をおろして、クレオにそのあとの出来事を語った。

「やり返したのはいいけど、あの部屋には近づかないで」

「あなたは毎日三階に行くじゃない」

「でも、あの部屋には近寄らないわ。クローバーの忠告に従って、近寄らない」

「ドブスのドレスは破けていたわ。スカートの縁が。さっきは恐怖より怒りのほうが勝っていたけど、それでも部屋に入るつもりはなかった」

ソニアは震えを振り払った。

「もうすんだことだし、これでしばらく落ち着くかもね。さあ、ジャガイモをアコーディオン状にするところを見せてちょうだい」

ソニアはスケッチブックを開き、自分が屋敷のあちらこちらに花を飾っているあいだにクレオが描いた絵を見て笑い声をあげた。「たしかに、猿《モンキー》とアライグマ《ラクーン》の掛けあわせに見えるわ」

「名前はモンクーンにしたわ」

クレオがふたたびナイフを手に取ると、ソニアはほかのスケッチにも目を通した。

「すばらしいわ。まるで魔法みたい。あっ！　ヨーダを蝶《バタフライ》にしたのね！」

「ヨーダはおもしろい体型だし、虎毛だから、翼をつけ足して小型化したらバタハウンドになったわ。空想上の動物を考えるのは、あたしにとって完全なる娯楽よ」

クレオはひとつ目のジャガイモをオーブン皿に置いた。「一個できたわ。あと三つね」ソニアに微笑んだ。「あたしたち、いい調子ね、ソニア」

いい調子どころか絶好調よ。クレオがジャガイモをオーブンに入れ、ポークチョップに取りかかると、ソニアは思った。ディナーに貢献すべく、いまや得意料理となったビールブレッドを焼いた。

ヨーダが吠えながらキッチンから飛びだした。猫もスツールからするりとおりた。一分ほどして、こたえるように吠える声と男性たちの話し声がした。

「みんなが到着したようね」

トレイが入ってきた。「オーウェンは荷物を置きに行った。あっ、きみの髪」

ソニアはわざと髪を振り払った。「どう？」

「とってもすてきだよ。いつもすてきだけど」

「いい回答だわ」ソニアはトレイにキスをして身を寄せ、彼に両腕をまわした。「来てくれてうれしい」

トレイはソニアの声音から何かを読みとり、彼女の頭越しにクレオを見た。

「屋敷で何かあったのか？」

「大丈夫よ」ソニアは請けあった。「でも、屋敷で何も起こらない一日はまれでしょう。今日はそういう日じゃなかったの」

「今日はワインを飲みましょう」クレオが決めた。「みんなでワインを飲みましょう、今夜はワインにぴったりの料理だから。ボトルを開けてグラスに注ぐわ。そのあと、ソニアに最新の出来事を語ってもらいましょう」

「ドブスか？」トレイが尋ね、ソニアはうなずいた。

「ええ、ドブスよ」

13

一同はオーウェンを待った。ソニアは問いただそうとしないトレイの忍耐強さに感心した。

もっとも、トレイは決して押しが強いタイプではない。そっと促すのが彼のやり方だ、あまりにもさりげなくて、知らぬ間に彼の意のままになっている。

それはトレイの並外れた力だと、ソニアは思った。

指図されるまでもなく、トレイはクレオがサヤエンドウを蒸しているあいだに、犬たちと猫に餌をあげた。

そしてさらに待った。

ふらりと入ってきたオーウェンは三人の注目を浴び、立ちどまって眉をひそめた。

「なんだ?」

「みんなであなたを待ってたの」クレオが四つ目のグラスを手渡した。

「どうして?」

「ソニアがあなたたちふたりに一時間前の出来事を話すから」

「その前にひと言言わせて。これは屋敷の生活の一部よ。わたしが受け継いだ遺産の一部だから、屋敷を相続するなら、それに伴うすべてを受け入れるわ」

「あたしもここに住んでるから」クレオが口をはさんだ。「同じ意見よ」

ソニアは例の出来事を語り、みんなの反応を待った。

「きみはうまく対処したようだ」

「ソニアは——きみたちは」トレイは言い直した。「これまでずっとうまく対処してきた。きみは毎日三階に行ってるよね、クレオ。いままでこういうことはなかったのかい？」

「ドブスがあたしをあのバスルームに閉じこめて、図書室のソニアを攻撃したとき以来、こんなことはなかったわ。正直あれは死ぬほど怖かった。でも、あれをのぞけば、ときどき叩きつける音がしたり何かが振動したりするだけよ」

「ドブスのドレスは破けていた」トレイはオーウェンを見た。

「なんて恐れ知らずのジョーンズだ」

「要するに、ジョーンズがドブスのドレスを破いたわけだ」

「つまり、わたしたちもドブスにダメージを与えられるかもしれないの？」ソニアはため息をもらしてスツールに座った。「反撃したいのは山々だけど、どうすれば死んだ女性に痛手を与えられるのかわからない」

「悪魔払いを試してみてもいいかも」

ソニアはクレオの提案にかぶりを振った。「『エクソシスト』は傑作で、大好きな映画だけど」

「小説も傑作だ」オーウェンが口をはさんだ。

「ええ、小説も傑作よ」ソニアが同意した。「でも、実際に悪魔払いを試す気はないわ。それに、たとえドブスを追い払えたとしても、彼女はいまも指輪をいくつも持っている。ドブスがいなくなれば、すごく気が楽になるけど、呪いが解けるとは限らない」

ビヨンセの《独身女性たち《シングル・レディース》（指輪をはめて《プット・ア・リング・オン・イット》）》が流れだした。

ソニアは苦笑いをもらした。「きっとクローバー流のメッセージね。わたしは指輪を――七つの指輪をひとつ残らず――本来の持ち主の指に戻さなければいけないと鼓舞されたわ」

「その指輪はドブスがはめてる」トレイが指摘した。

「そのとおりよ。ドブスがいなくなれば、指輪も消える――もしかしたらそうなるかもしれない。そのリスクは冒せない」

「屋敷に恋したからだけじゃないんだな」

ソニアはトレイのほうを向いた。「ええ、それだけが理由じゃないわ。わたしは七人の花嫁が、人生でもっとも幸せであるはずの日にドブスに何をされたか目の当たりにしてきた。ドブスが父を産んでくれた女性に何をしたかも。わたしにとってこれは他人事じゃない。あの場面を目撃したことで、その思いはますます強くなったわ」

「だから、コリンはきみにこの屋敷を遺したんだろう」トレイは彼女の髪を撫でた。

「彼には子どもがいなかったけど、弟には子どもがいた。双子の弟には」

「コリンは屋敷を愛してた。きみにこの家を遺したのは、きみなら次の花嫁が八番目の被害者となる前に、ドブスをくいとめられると思ったからじゃないかな」

オーウェンは話しながらオーブンのなかをちらりとのぞいた。「これはおいしそうだ」さらに続けた。「まあ、コリン自身もどこかの時点でドブスをくいとめようとしたはずだ」

「コリンがこの屋敷を愛していたのは間違いない」トレイが断言した。「それに、ジョアンナのこともあったから、少なくともドブスを阻止しようとしなかったとは思えない。それに関してはひと言も触れなかったが、試さずにはいられなかったはずだ」

「女性じゃないとだめなのよ」クレオが平皿をおろしながら断言した。「女性が女性に対して行った犯行でしょう。だから呪いを解くのは女性じゃないと、プール家の女性じゃないとだめなの」

「そんなふうに思ったことはなかったわ」ソニアは考えこんだ。「でも、それが正しい気がする」

「いや、その可能性はきわめて高い」トレイはテーブルに並べる食器をつかんだ。

「ぼくも女性でなければならないという点は思いつかなかったが、クレオの説は説得力がある。プール家の女性が鍵を握ると考えるのは当然だ」

「これはおれにまかせてくれ」オーウェンはサヤエンドウに取りかかった。「プール家の女性なら誰でもいいわけじゃない。コリンの双子の弟の娘じゃないとだめなんだ」

「サヤエンドウにバターをからめて、ハーブを振るつもりだったわ」

「了解」オーウェンはクレオに返事をすると、話を続けた。「コリンの双子の弟の娘は鏡を通り抜けることができるし、実際に通り抜けた」

「そして、六回証人となった」トレイが締めくくった。

ソニアは手伝うために立ちあがった。「呪いを解くには、七人全員の指輪が必要なのね」

「そう思うよ」トレイはソニアの肩をぎゅっとつかんだ。

「もうひとつ必要な要素があるわ」クレオはオーウェンとサヤエンドウを片目で見ながら、オーブンから料理を取りだした。

「肖像画ね。当然だわ」ソニアが言った。「七人の花嫁の肖像画が必要なのよ。七枚そろうとどうなるのかわからないけど、七枚すべてが必要なんだわ。それを壁にかけて、鏡を通り抜けることが」

ソニアはパンをテーブルに置いてあたりを見まわした。

トレイはペットを呼び寄せ、四人が食事をするあいだ、楽しめるようにおやつを与えていた。オーウェンはサヤエンドウにバターとソニアが知らない材料をまぜている。クレオはポークチョップとジャガイモを大皿に盛りつけていた。

友人と囲むごく普通のディナーだ。

「まだ起きていないことに、やきもきすべきか、慰めを見いだすべきかわからない。でも、あなたたちがここにいてくれてうれしいわ」

クローバーが《仲間からのちょっとした手助け》《ウィズ・ア・リトル・ヘルプ・フロム・マイ・フレンズ》を流して、彼女もその場にいることを示した。

「あなたもね、クローバー。みんながここにいてくれてうれしいわ」

オーウェンはサヤエンドウが入ったボウルをテーブルに運んだ。「そのジャガイモはどうなってるんだ？」

「ジャガイモで楽器を作ったの」

オーウェンは瞬時に理解して腰をおろし、平皿にジャガイモをひとつのせた。「アコーディオンか。すごいな。どんな演奏をするか確かめてみよう」

ジャガイモは絶品で、簡単な家庭料理のレパートリーに加わった。クレオの提案で、ディナーのあと、四人はワインを片手にサンルームに移動した。

「人魚のプロジェクトが終わったら、ここの植物についてもっと知りたいわ。見て、ソニア、どんどん花が咲いてるわよ」

「お互いもっと学ばないとね。とにかく、ここで過ごす時間を増やしたいわ。とってもすてきなサンルームだし、こんな夜に過ごすのにぴったりだもの。水やりをしに来てるけど、鉢植えに水が必要だったことは一度もないわ」

「あたしもまったく同じよ。ここの鉢植えはいつ見ても元気なの」

「モリーが水やりもしてるのかしら」

クローバーがそれにこたえるように《エリナー・リグビー》を流した。

「エリナーっていうのね」ソニアはトレイの肩に頭をもたれた。「エリナーの身に何があったのかしら。彼女がここで幸せな日々を過ごしたのならいいけど」

「そうでなければ、死後に鉢植えの世話をしたり、ベッドメイキングをしたり、犬たちと遊んだりしないはずだ」

「猫とも遊んでくれないはずよ」クレオはトレイに向かってグラスをかかげた。「あたしも同感。ドブスの悪行の数々をのぞけばここは二百年間すばらしい家だった」

「ひとつ気になるのは」両脚を伸ばしたオーウェンのかたわらにジョーンズが寝そべり、彼の膝の上でパイが丸くなっていた。「幽霊たちがお互いのことを知っているかどうかだ。みんな違う時代の出身だろう。幽霊同士のミーティングかなんかがあるのかな。ホリデーシーズンにパーティーを開くとか」

「それは完全にばかげた疑問じゃないわね」

オーウェンはクレオに向かって無言でにやりと笑い、猫の両耳のあいだをかいてやった。

「少なくとも互いの存在は認識しているんじゃないか。死後の世界では、いつの時代の出身かはあまり重要じゃない気がする」トレイは肩をすくめた。「たぶん場所のほうが重要だ。彼らはみなここで亡くなっているからな。もちろん、これは非論理的な現象を論理的に説明しようとしているだけだが」

「わたしたちは非論理的な世界で暮らしている――というか、かつてのわたしにとってこんなことは非論理的だった」ソニアはそう指摘した。「彼らがホリデーシーズンにパーティーを楽しんでいることを心から願うわ」

「クローバーが音楽担当ね」

ソニアはクレオを見てにっこりした。「当然よ。それと時代より場所が重要だという説に同感よ。わたしたちは全員ドブスを目にした。トレイはクローバーを三回目撃し、わたしはジャックをちらっと目にし、寝室の窓越しに見えた人影はモリーだと確信しているわ。クレオも窓越しに彼女を見た。人影や輪郭だけで、実体はないけど」

「ぼくはコリンの書斎で葉巻をくわえた男性と、屋根上の見晴台《ウィドーズ・ウォーク》で女性を目にした。だが、それは子どものころから屋敷に何度も来ているからだ。おまえもだろう」トレイがオーウェンに言った。

「ああ。ドアが開閉する音やなんかは耳にした。だが、最近までドブスを目にしたことはなかった。窓越しの人影がモリーだとしたら、何度かちらっと見たことがある。それと、一度……」

オーウェンは口ごもり、ワインを飲んだ。

「話を続けて」クレオがせっついた。

「コリンが書店に注文した本を届けたとき、落ち葉かきをする男を目にした。白髪まじりのひげを生やした年配男性だった。彼は立ちどまり、帽子に手をやって挨拶してくれた。彼は帽子をかぶってた。おれは手を振って屋敷に入った。そして、コリンにいつ新しく人を雇って芝生の落ち葉かきを頼んだのか尋ねた。すると、彼は笑ってこう答えた。〝ああ、彼ならしばらく前からいるんだよ〟って」

「それで」クレオが先を促した。

「帰り際、彼を探しに行った。何か必要なものがあれば連絡してほしいと電話番号を渡すつもりだった。だが、どこにも見当たらなかった」

「その話は初耳だ」

オーウェンはトレイに向かって肩をすくめた。「あまり気にしなかったからな。たしかコリンが亡くなる二カ月ほど前だった。それではっと気づいたんだ。あのとき、ほかにトラックや乗用車はなかった。コリンの車しかなかったんだ」

「落ち葉かきね」ソニアはつぶやいた。「もしかして冬のあいだ暖炉の薪を補充しておいてくれたのは、その人かしら」

常に気が利くクローバーが音楽でこたえた。

「ベアネイキッド・レディースの――《ジェローム》か、いい選曲だ」オーウェンがつぶやいた。

「ジェロームっていうのね。わたしの代わりに薪を運んでくれて、オフィスをあたたかくて心地よい空間にしてくれたジェロームに乾杯」

「わたしからもひと言」クレオはグラスをかかげた。「失われた花嫁の館《ロスト・ブライド・マナー》のスタッフに乾杯。彼らは忠誠心の概念を新たなレベルへ引きあげたわ」

午前三時にソニアがトレイのほうを向くと、淡い月明かりのなか、彼は彼女を見つめていた。

「聞こえたわ。でもそれだけ。音は聞こえるけど、どれもドブスのせいじゃない」

「わかった。じゃあ、寝直すといい」

おもてでは、クレオがオーウェンとともに防潮堤を見つめていた。ほんの数秒前、彼女はドブスの飛びおり自殺を目撃した。

「気がすんだか？」オーウェンがきいた。

「ええ。あなたの言ったとおり、ドブスはあたしたちに気づかなかった。それに、彼女のドレスは破けてなかった。この目で確かめたかったのよ。あそこで起きていることが一八〇六年の出来事だと」

「それに、魔法の鏡がなくても見ることができた」

「いつも見えたのかしら。それともソニアが引っ越してきて、屋敷を自宅として受け入れたから見えるようになったの？　まあ、それはあまり重要じゃないわね」

彼女は両腕をさすった。「寒いわ。なかに入りましょう」

「ドブスはあそこの岩場で息絶えた」オーウェンが玄関扉を開けた。「屋敷内でも、厳密に言えば敷地内でもない。それなのに、どうして屋敷に居座れるんだ？」

「必ず屋敷に居座れるように、きっと飛びおりる前に何かしたのよ」

クレオは階段をのぼりながら両手をあげた。

「それがなんなのかは不明だけど、ドブスは確実にここにいられるように何かしたはずよ。だって、永遠に屋敷に取り憑いて各世代の花嫁を殺すことが、彼女の目的だもの。ドブスはパトリシアを殺し損ねた。その空白期間はドブスの力を高めたのかしら、それとも弱めたのかしら？」

「それは熟考に値するな」

クレオの寝室の入口にたどり着くと、オーウェンは無言で彼女をじっと見つめた。クレオは何も告げられなくても彼の意図を読みとった。

「いまも検討中よ」彼女は寝室に入った。

翌朝、階下へおりたのは自分が最初だ。ソニアはそう思ったのに、キッチンにはすでにオーウェンがいた。

「あなたは早起きね」

「ジョーンズが朝型なんだよ。それに猫が入ってきて胸に飛びのられた。かなりしつこくせがまれたよ」

オーウェンが足を引きずるようにして脇にどくと、ソニアはコーヒーマシンに直行した。そして上階からついてきた二匹の犬を外に出してやった。

「それじゃ朝寝坊できないわね」

オーウェンは彼女がコーヒーを手にするまで待った。

「で、オムレツをどう思う？」

「食べるのは好きだけど、作り方は見当もつかないわ」

「そう言うんじゃないかと思ったよ。おれはある程度知ってる。おれのオムレツは見た目は悪いが、わりとおいしいぞ」

ソニアはまたコーヒーを飲んだ。「オムレツにそえるトーストならまかせてちょうだい。すぐにトレイも来るわ。クレオもしばらくしたら起きてくる。〝イベント〟のために何が必要か把握するために、アラームをセットして起きると言っていたから」

「クレオがよく作るベーコンのオーブン焼きも用意しよう。二十分かかるから、彼女も間に合うだろう。もし間に合わなければ、クレオは自分でオムレツを作ればいい」

オーウェンがベーコンを用意するあいだ、ソニアはペットたちのボウルに餌を入れた。そのあと、彼が冷蔵庫からチーズや卵やバターを取りだすのを見守った。

「オーウェン？」

彼はぶつぶつ言いながらボウルを見つけた。

「あなたはわたしのお気に入りの親戚よ」

彼の口元がゆるんだ。「きみには親戚が何人いるんだ？」

「当時わたしの婚約者だった男性と裸で抱きあっていたいとこがいるわ」

「おれにとっては低いハードルだな」

「彼女にはお兄さんがいて、そのいとこは好きよ。アトランタに引っ越したからあまり会えないけど、彼のことは好き」

「おれがそのいとこより気に入られてるのは、近くに住んでるからだろう」

「それだけじゃないわ。もっとも、プール家のほかの親戚には会っていないから、そのなかの誰かがあなたを一位の座から引きずりおろすかもしれないわね。みんなはオープンハウスに来てくれると思う？」

「ああ、たぶん。出席できるやつは顔を出すだろう。キャシーとコールはヨーロッパにいるから可能性は低い。コナーは出張が多いから、確率は半々だな。弟のヒューはニューヨークにいるけど、日程が合えば来るはずだ。少なくともクラリスとマイクは顔を出すよ」

「ずいぶんいるわね」

「もっといる。だが、みんな国内外に散らばっている」

「もっといるのね。何も知らない親族がそんなにいるなんて不思議な気分だわ。あなたたちにとっても同じよね。わたしの存在をまったく知らなかったんだから」

オーウェンはソニアに目をやり、卵をかきまぜ始めた。「いまは知ってる。チーズオムレツだ」トレイが入ってくると、オーウェンは言った。「それにベーコンとトースト」

「うまそうだ。もしランチもここで食べるなら、ぼくが作るよ」

「あなたが?」

オーウェンは卵を脇に置いた。「トレイが作るのはサンドイッチだ」

「ああ。ぼくの炒めたボローニャソーセージとアメリカンチーズのサンドイッチは有名だよ」

「それは嘘じゃない」オーウェンが請けあった。

「あなたの言葉を信じるわ。冷蔵庫にボローニャソーセージはないけど」

クレオはかろうじて朝食に間に合った。オムレツは見た目は悪かったが、ソニアにとっては〝わりとおいしい〟を上まわる味だった。

「あなたはお気に入りの座を維持したわ」

「うれしいよ。倉庫からあれこれ運びだす前にシャワーを浴びてくる」

「ホームジムを使いたいんじゃないの?」

「きみがおりてくる前に軽くエクササイズをした。それで、上階《うえ》の倉庫から始めるか? それとも地下の倉庫?」

「地下から始めましょう。でも、例の恐ろしい地下室には行かないわ」ソニアはコーヒーを飲み干した。「もう二度と」

「じゃあ、またここで落ちあおう」

クレオはオーウェンを見送った。「彼はエクササイズをしてオムレツまで作ったわけ？　どれだけ早起きなの？」

トレイが口を開いた。「オーウェンが農場暮らしをしたら、雄鶏より早く起きるだろうな」

クレオはコーヒーを飲みながら考えこんだ。「厄介ね。さてと、リストはここにあるわ」

「わたしたちはリスト好きなの」ソニアはモリーが土曜日の朝は休めるように立ちあがって食器を片づけ始めた。

「まったくかまわない。それで、リストの項目は？」

クレオは携帯電話を取りだしてアプリを立ちあげると、やることリストを読みあげた。「折りたたみ式のテーブルと椅子、仮設デッキか屋外用のテーブルセット、デッキに飾るプランターと鉢、もしくはそのいずれか」

さらにリストの項目が読みあげられるなか、トレイは立ちあがってソニアを手伝った。

「便利な紙皿やプラスチックの皿やコップを使おうとは思わなかったのかい？」

「これは〝イベント〟よ、トレイ」ソニアは彼に思いださせるように言った。「ハンバーガーをグリルで焼くだけの集まりじゃないわ」

「ぼくが間違っていたよ。じゃあ、ヘルプを雇うのはどうだい？」

「それもリストにあるわ」クレオも手伝うべく立ちあがった。

シャワーを浴びたオーウェンがまだ濡れた髪のまま戻ってきた。「モリーがベッドメイキングをしてくれて、ジーンズとスウェットシャツをベッドに広げておいてくれたよ。ほら、この服を着ればいいって」

ソニアは微笑んだ。「モリーは服を選んでくれるの」

「勝手に服が用意されているなんて、実に奇妙だ」

「そのうち慣れるわよ。慣れなくても、次回は必ず彼女にお礼を言ってね」クレオは携帯電話のリストをかかげた。「さあ、始めましょう」

一同はかつて使用人が使っていた棟の一部を占める収納室へおりた。

五分足らずで、クレオはお宝を発掘した。

「ソニア、これを見て――壺《つぼ》じゃないかしら。プランター代わりになりそうね。いい感じに錆《さ》びた金属みたいに見えるけど、石の壺なの」

「台座がすてきだわ、古典的で。これをあの立派な玄関扉の両脇に置いたら最高じゃない？　やってみましょうよ」

オーウェンはあきらめ顔で、トレイを見た。「これは当分かかるぞ」

「テーブルがある」トレイは突き当たりの壁に近づき、積み重ねられたテーブルを指さした。「折りたたみ式だ。見覚えがある気がする」

「これなら完璧だわ。いくつあるの？」ソニアはすばやく数えて、うなずいた。「五つね。出だしとしては上々だわ」

オーウェンはかがみこんだ。「これがなんなのか知っているか？　野営用のテーブルだ。軍隊の野営用のテーブルだよ。相当古いが、状態はいい」

「ひとつ組み立ててもいい？　見た目は頑丈そうだけど」ソニアが言った。「頑丈じゃないと困るから」

「ここに椅子が何脚かあるわ」クレオは大声で言うと、一脚持ちあげて椅子を開いた。「古いけどしっかりしてる。数が足りないとはいえ、出だしとしては悪くないわ」

「椅子も問題ないか確かめないと。多少修理が必要なものがあったら――」ソニアがちらっとオーウェンを見た。「お願いできる？」

「ちょっとした修理なら、弁護士にだってできるぞ」

一時間以内に、複数のテーブルと椅子、ふたつの壺、三つ脚のスツール、アンティークのコンロつき卓上鍋が集まった。

「銀製のものもあれば銅製のものもあるけど、変色の兆候はなさそうね」ソニアはドーム型の蓋を撫でた。「モリーを手伝ってくれる人がいることを心から願うわ。これは盛大なパーティーや結婚式で使用されたはずよ。きっと……」

「あまり注意を払わなかったが」オーウェンは卓上コンロ鍋をしげしげと眺めた。

「おれたちが乱入した舞踏室にこんなものがあった」

「ふたたびこの卓上鍋を使えば、モリーの――あるいは誰かの――仕事ぶりが評価されるわ。大きな盛り皿やボウルも確認したい。ソニア、いま思ったんだけど、食器やガラス製品や銀器をレンタルするにしても、屋敷にあるものも少しは使いましょうよ。食器を統一する必要はないわ」

「たしかに」ソニアは同意した。「いろんな模様やデザインを取り入れたほうが魅力的だものね。とにかくリストの項目を片づけましょう。二階の倉庫も同様に。必要なものがそろったら、それをアパートメントに運ぶの。アパートメントを中間拠点にするわ」

「このすべてをアパートメントに運ぶのかい?」

ソニアはトレイの腕をぽんと叩いた。「テーブルと椅子は例外よ。二度動かすのは無意味だから、でも残りのものは運ぶわ」

「これは当分かかるぞ」オーウェンがさっきの台詞を繰り返した。

使用人用の呼び鈴が鳴り始め、続いて犬たちが吠える声や猫のしゃあっという声がした。そして、さらに地下へ続くドアがきしみながら開いた。

「冗談じゃないわ」ソニアは毅然とした足取りでドアに近づき、閉めようとした。

「誰か手を貸して。誰かが押し開けようとしてる」

トレイが駆け寄り、彼女の頭上からドアを思いきり押した。「冷たすぎてさわれない」

「もういいわ。ドブスには恐ろしい地下がお似合いよ。恐ろしい地下室は好きに使って」

「ドブスに明け渡しちゃだめだ。あそこにはボイラーや温水器なんかがある。〈黄金の間〉はともかく、地下室を明け渡すのはだめだ」

オーウェンが棚から懐中電灯をつかみ、スイッチを押した。「様子を見てこよう」

「ドブスの思う壺なんじゃない？」クレオが指摘した。

「ドブスをがっかりさせないようにしないとな」オーウェンはもうひとつの懐中電灯をつかみ、トレイに放った。「ここで待ってるんだぞ」ジョーンズに言い聞かせた。

トレイがドアを開けた。「すぐに戻るよ」

「えっ、でも――」ふたりの背後でドアが閉まると、ソニアの携帯電話からパッツィー・クラインの歌声が響いた。

流れた曲は《クレイジー》だった。

「まったくそのとおりよ」それがソニアの本音だった。

トレイは明かりのスイッチを押した。「ちゃんとついたな」

「ここはやけに寒い」オーウェンは懐中電灯を消すと、あたりを見まわした。

「屋敷のほかの場所のように、ここもきれいだ。蜘蛛の巣さえない」

ふたりは迷路のように入り組んだ部屋を歩きまわった。

「ソニアがここに来るつもりがないなら、絶対来ないと思うが」トレイはつけ足した。「ここにある道具をどこか別の場所に保管したほうがいい」

「すごくいい道具があるし、どれもきれいだ。ほこりもかぶってない。この古いかんなは逸品だぞ」

「持っていけ。ソニアならそう言うとおまえもわかってるだろう。それに、彼女はかんななんかあってももてあますだけだ」

「そうかもな。ただ……」オーウェンは眉をひそめながら、口ごもった。「もうそんなに寒くないな」

「ああ。おまえの言うとおり、寒くない。電気もついたままだし、だんだんあたたかくなってきた。どうやらドブスは――」

トレイははっとして口ごもり、オーウェンを凝視した。

「くそっ」オーウェンがそう言った直後、それは始まった。

ドアの反対側では、使用人用の呼び鈴が執拗にうるさく鳴り響いていた。玄関のベルもゴーン、ゴーン、ゴーンととどろき、天井は重みに耐えかねたようにたわんだ。

「みんな落ち着いて」ソニアは吠えたてる犬たちやしゃあっと声をあげる猫だけでなく自分自身にもそう言い聞かせた。「みんな落ち着くのよ」

怖くてたまらなかったが、トレイとオーウェンのことが頭に浮かび、地下室のドアに手を伸ばした。

ふっと明かりが消えた。

携帯電話を取りだして明かりをつけると、《サイキック・ガール》が流れだした。

「本当にそうね。クレオ！」

「ここよ。あたしはここ！」クレオは携帯電話の明かりをつけたとたん、悲鳴をあげて駆け寄ってきた。ソニアの手をつかみ、ぐいと背後に引き寄せた。

「あなたの背後にドブスがいるわ」

犬たちがいっせいに飛びかかった。男性ふたりがドアから飛びだしてきたとたん、騒音がやみ、明かりがついた。

ソニアは呆然としながらあえいでいると、トレイが駆け寄ってきた。

「登場人物たちが〝二手に分かれよう〟って言うのよ。どのホラー映画でも」

「けがをしたのか？」トレイがソニアの顔や腕を撫でた。

「いいえ」

「ドブスがソニアの背後にいたの。明かりが消えて、そしたらドブスがソニアの背後に見えたの」

「彼女は大丈夫だ」クレオが震えているので、オーウェンは彼女の肩を抱いた。「みんな大丈夫だ」

「ドブスの顔を見たわ。あの日バスルームの鏡のなかで見たように。あれは本当に……邪悪極まりない顔だった」

「犬たちがドブスに飛びかかったの」さっきよりも落ち着いたソニアは、かがんで三匹を撫でた。「たぶんパイも。ドブスは逃げたか、撤退したかしたみたい。あなたたちはなんて勇敢なの、パイも勇猛だったわ」優しく声をかけた。

「ドブスはオーウェンとぼくを地下室におびき寄せ、ここにいたきみとクレオを攻撃しようとしたんだ」

「ええ、でもドブスは何かを証明したかったのかもしれないけど、わたしたちはもっとすごいことを証明したわ」落ち着きを取り戻したソニアはふてぶてしく髪を振り払った。「先に逃げだしたのは彼女のほうよ。そうよね?」クレオにきいた。

「ええ、パニックを起こしてごめんなさい。でも、彼女があなたの背後にいたから」

「あなたはすぐに駆け寄ってきて、ドブスから引き離してくれた」ソニアはクレオに歩み寄って抱きしめた。「もう大丈夫よ。さあ、盛り皿を運びだしましょう」

食器の一部は配膳用エレベーターで持ちあげ、それ以外は運びだしてキッチンに積み重ねた。

男性ふたりは壺を運びあげ、ソニアとクレオが完璧だと思う玄関扉のそばに置いた。

その後、四人は上階の倉庫も確認した。

「ここに来るたびに、ほしかったものを見つけるの。ソニア、あの椅子を見て」

「すごく気に入ったわ！　芝生に置くのにぴったりね」

「二、三回雨が降ったあと捨てたいならいいが、あの手の椅子は風雨に弱い」オーウェンが説明した。「ああいう椅子を屋外で使いたければ、チーク材かシダー材かカラマツ材か、防水加工できるものじゃないとだめだ」

「何かいいものはあるかしら。必要なもののリストには、アパートメントの上のデッキに置くテーブルセットがあるんだけど」

探しまわったのち、オーウェンはソニアとクレオが認めた二脚の椅子とテーブルを見つけた。

ほこり除《よ》けカバーがするりと床に落ちた。「誰かがあのベンチを気に入ったようね」ソニアが言った。

「その人物は見る目が確かだ」

トレイは両手をポケットに突っこみながら、それをじっと見つめた。優雅な編み目模様の鉄製のベンチは扇形の背もたれと肘掛けがあり、白いペンキがはげかけていた。

「ブラシで古いペンキをはがしてから、好きな色の——金属用防水塗料スプレーを選ぶといい」

「ほら、やっぱり若干修理が必要だ。それに……」オーウェンは別のほこり除けカバーが落ちた場所を指さした。「誰かさんはベンチだけじゃなくその椅子も気に入ったようだ」

「最高だわ！」クレオは椅子のもとに向かった。「これも鉄製で、背もたれはホタテの貝殻の形よ。このベンチや椅子をきれいにしてペンキを塗り直したらいいんじゃない、ソニア」

「デッキに置くのにうってつけだわ。これに座って森の背後に沈む夕日を眺められるわよ。アンティークで、新しいモダンなデザインじゃないし、この家に合ってる」

「これには見覚えがある。きみたちが話しているように、コリンもこの椅子をデッキに置いてた。ベンチのほうは写真で見た気がする。ちょっと待ってくれ」

トレイがまぶたを閉じ、頭に思い浮かべようとした。

「コリンの結婚式だ。おまえのおかげで記憶のスイッチが入った」オーウェンが言った。「そのベンチに座った彼とジョアンナの写真を何枚か見たことがある。結婚式当日の写真だろう」

「そうだ。ただ、コリンたちはベンチを屋敷の正面に置いてた。そこで見た覚えはないから、おそらく結婚式当日だけだったんだろう。ジョアンナは純白のドレスを着て、コリンはグレーのスーツ姿だった。ぼくの両親がふたりの両脇に立っている写真もあった。母はそれを居間の本棚に飾ってる」

「明日お邪魔したときにその写真を見たいわ。このベンチと椅子は、クレオとわたしでよみがえらせることができるはずよ。そうよね、クレオ？」

「もちろんよ」

「あなたたちがベンチを運んでくれるなら、クレオとわたしが椅子を一脚ずつ運ぶわ。とりあえず外に出して、ペンキを選んで塗り直すまで、そのままそこに置いておきましょう。まだガレージと物置を確認しないといけないけど、いったん中断してアパートメントの鍵を取ってくるわ」

トレイとオーウェンはベンチの両端をそれぞれ持つと、視線を交わした。

「〝当分かかる〟って言ったよな」トレイはつぶやいた。

女性たちに聞こえない距離まで遠ざかると、オーウェンもつぶやいた。「あのふたりはここに戻ってあのかわいい小さな円卓と愛らしい鉢置き台も階下《した》に運んでほしいと言いだすぞ」

「玄関ホールに置く重厚な十トンのベンチも忘れるな」

「ああ、忘れないようにしてる。どうしていつもおれが後ろ向きに階段をおりる役なんだ?」

「おまえがツイていないせいだ。一番簡単なのは、階下《した》におりたら裏手から運びだすことだ」

「〝一番簡単〟って言ったよな」

ふたりが追いついたとき、女性たちは玄関ホールで足をとめ、ベンチの配置について話しあっていた。

「重労働をお願いしてるとわかっているわ」ふたりが裏手へとベンチを運ぶあいだ、ソニアは言った。「でも倉庫から何かをおろすたび、屋敷がもっとわたしたちの家になっていく気がするの。納屋のあとは休憩をはさむと約束するわ。デッキで一杯飲みましょう」

ソニアはキッチンにたどり着くと、音をたてて椅子を置いた。「夢を見たのかしら。アイランドカウンターに盛り皿の山を積みあげたのに、見当たらない」

「まさかモリーが全部洗って、またしまっちゃったの?」クレオも椅子をおろし、目にかかった髪をかきあげた。

「モリーは賢いからそんなまねはしない」トレイはベンチを持ち直した。「その調子だ、オーウェン。アパートメントの鍵を取ってきてくれ」

「そうよ、アパートメントだわ!」椅子をその場に残し、ソニアはあわてて鍵を取りに行き、ペットたちを引き連れて外に駆けだした。

彼女はアパートメントのドアの鍵を開けた。

オレンジオイルの香りがほのかに漂い、クッションはふっくらとして、家具は磨きあげられていた。

目をつけておいた折りたたみ式のテーブルと椅子は側面の壁際にきちんと積み重ねられ、盛り皿はキッチンのカウンターに種類別に並べられていた。

「信じられない」ソニアはつぶやいた。「本当に信じられない、なんて親切なの。ドブスは意地悪をしたり癇癪を起こしたりして、わたしたちを追い払えると思ってるけど、決してそんなことにはならないわ。ほかのみんなが、こんなに大勢のみんなが、頼まれもせずに予期せぬことまで、せっせと世話を焼いてくれるんだもの」

クローバーはそれにこたえるように、トビーマックの《愛があふれる家《ラヴ・イズ・イン・ザ・ハウス》》を流した。

背後から入ってきたトレイが、ソニアの腰を抱き、彼女のつむじに顎をのせた。

「愛があふれる家、おまけにこの家は同居人たちで満員だ」

14

鉢やプランターやほかにも役立ちそうなものを発掘したあと、四人はトレイが作ったサンドイッチときんきんに冷えたコーラとともにデッキに座った。

クレオとソニアは頭を寄せあって、ペンキの色について相談していた。

「これがいいわ！」ソニアが言った。

「ええ、そうね。その色は海の霧《オーシャン・ミスト》？　まさに完璧だわ。ベンチにぴったりじゃない？」

「本当にそうね、椅子のほうは海の緑《シー・グリーン》でどう？」

「決定。これで二色とも決まったわ。ソニア、銅製の小さなテーブルを見つけて、その両側に置いたらいいんじゃない？」

「銅製のテーブル、名案だわ」

「ロブ・ファーマーなら作れるぞ」オーウェンは目を閉じて、古い鉄製の椅子の背にもたれた。「彼の店にもうそういうテーブルがあるかもしれない」

「ロブ・ファーマー?」

「鍛冶師だ」トレイが応じた。「〈ベイ・アーツ〉で金属加工品を販売している。彼の店はレッド・フォックス通り沿いで、村から三キロほど離れた場所にある」

「納品までどのくらいかかるかしら」ソニアがきいた。

「尋ねてみなければわからないな」オーウェンが携帯電話を取りだした。連絡先に目を通し、相手の番号をメッセージで送った。

「きみに彼の電話番号を送った。これでおれの役目は終了だ」

「さっそく連絡してみるわ」

ソニアは立ちあがって、その場を離れ、電話をかけた。

「コーヒーテーブルも必要だわ」クレオが決断した。「銅製じゃないほうがいいわね。銅製じゃ、統一されすぎだから。木製がいいわ。あまりしゃれたものじゃなくて――素朴な風合いのものが。もっといいのは一枚板のテーブルよ」

クレオの視線を感じて、オーウェンがぱっと片目を開け、ふたたび閉じた。

クレオは無言でため息をもらしたが、彼をその気にさせた手応えを感じた。

「ここはいいところね。屋敷の正面の外観につい目を奪われがちだけど、ここはただ座ってぼうっとするのにいい場所だわ。必要なのは、すてきな野鳥の餌台よ」

「ああ、熊が大いに気に入るだろうな」オーウェンはジョーンズに片足をのせてさすった。

「本当に？」

「それに、猫も食べ放題のビュッフェに有頂天になるだろうな」

「パイはそんなことしない――もちろんするわね。プランターとウィンドチャイムで我慢するわ、それと魔除けの瓶で」

ソニアが駆け戻ってきた。「クレオ、彼がいますぐ店に来ていいって」

「いますぐ？」クレオはとっさに髪を押さえた。「もちろん行くわ」

「ぼくたちなら大丈夫だ」トレイはソニアが口を開く前に言った。「ここはまかせてくれ」

ソニアはトレイに歩み寄るとキスをした。「すぐに戻るわ」

オーウェンは車が発進する音がするまで待った。「静寂。おまえが今後、静寂を味わうことはあまりないだろう」

「そうかな？」

「ソニアがおしゃべりだとは言わない、実際そうじゃないからな。あのふたりはどちらもおしゃべりではない。だが、ボクサーショーツ姿で野球のナイトゲームを静かに楽しむ生活はもう終わりだ」

「そんなことを言うやつは誰だ？」

「自分自身と同じくらいおまえのことを知りつくしている人間だよ。おまえはすっかり彼女に夢中だ、それも無理はない。何しろおれもソニアも、プール一族の圧倒的な見た目のよさを受け継いでるからな」

「ああ、彼女を見ると、おまえのことがよく頭に浮かぶよ」

「それがプール家の遺伝子だ。おまけにソニアは賢くて創造力豊かで、態度の悪い二百歳の魔女が相手だろうとなめたまねは許さない。苦境に陥っても自分の面倒をちゃんと自分で見られる若い独身女性だ。そんな相手じゃ、おまえに勝ち目はない」

「そういうことじゃない。いや、すべて当てはまっているが。何かがしっくり来たんだ。屋敷の前で立ち尽くしているソニアを目にした瞬間、彼女に微笑みかけられた瞬間に、しっくり来たんだ。ああ、くそっ。こんなことになるはずじゃなかったのに」

「なぜいけないんだ？」オーウェンは座ったまま向きを変えた。「たしかにおまえは性急なまねはしない、もともと慎重なタイプだ。それ自体は悪くない。だが、時には状況が急展開することもある。風に乗って進むほうが向かい風に抗うより楽だぞ」

オーウェンはふたたび腰を落ち着けた。「まあ、おれはこの静寂を楽しむことにする。それからマカロニ&チーズを作るよ」

オーウェンは女性たちが戻ってくる前に、料理を作ってオーブンに入れた。女性たちはふたりともうれしそうに顔を上気させ、ミツバチの巣の模様が入った銅製の小さなテーブルを運んできた。

「すてきだと思わない？　彼はこれをもうひとつ作ってくれるの。外に出してどんなふうに見えるか確かめてみるわ。それと、途中で店に寄ってペンキも購入したの！」

実り多い一日だったと思いながら、クレオはワインを取りだした。「ロブ・ファーマーが百五十歳ぐらいだって言わなかったわね」

「でも、かくしゃくとしてるだろう」トレイが言った。

「ええ、とても。それにずば抜けた才能の持ち主ね。ちょっと猟犬っぽいけど。あたしにやたらと色目を使ってたわ。ソニアに対してはそれほどじゃなかったけど、本人いわく――彼女がドイル家の若造とつきあってるって噂を耳にしたからだそうよ」

「で、きみはどうしたんだ？」オーウェンがきいた。

「お返しにいちゃついてあげたわ。彼はすごくキュートだから。それに、いちゃいちゃしながらふたつ目のテーブルを注文したら、五十ドル割り引いてくれたの。おかげで、お買い得だった」

クレオはオーブンの扉を開いた。「まあ、高級なマカロニ&チーズね。できあがるまで、あとどのくらい？」

オーウェンは彼女の隣に移動してオーブンをのぞきこんだ。「あと十分ほど焼いて、オーブンから出したら二十分は置いたほうがいい」

「ちょうどいいわ。外に駆けだしてテーブルの見栄えを確かめてから、ダイニングテーブルの用意をするわね」

クレオが出ていくと、トレイはオーウェンににっこり微笑んだ。「例の静寂な時間だが」

「おれはまだたっぷり味わえる」

「まあ、おまえがそう言うなら、そうかもな」

オーウェンの絶品マカロニ&チーズを堪能し、史上最高のロックバンドをめぐってわいわい言い争ったあと、女性たちが挑むように言った。

「そろそろヘッド・ケースの曲を聴かせてもらってもいいと思わない、クレオ?」

「同感よ」

トレイは平皿をシンクに運んだ。「残念ながら、ヘッド・ケースはもう解散した」

「いまここにバンドメンバーがふたりいるじゃない」ソニアは両腕を広げた。「残りのメンバーの演奏は想像で補うわ」席を立った。「音楽室に移動しましょう」

「ふたりとも、おれたちがぶざまな演奏をすると踏んでるんだ」オーウェンが言った。

「まあ、そういうこともあった」

「そうじゃないときもあっただろう」オーウェンは肩をすくめて立ちあがった。「おれはやってもいいぞ。きみはワインを持ってきたほうがいい」クレオに言った。「きみたちがちょっと酔っ払ってたほうが、おれたちの演奏もうまく聞こえるはずだ」

トレイはビールを二本持った。「ぼくたちもちょっと酔っ払ってたほうが、うまくやれる」

ワインとビール、三匹の犬と猫とともに、一同は音楽室に向かった。オーウェンはギターをつかんで軽くかき鳴らし、チューニングを始めた。

明らかに気が進まない顔で、トレイもそれにならった。

「ふたりともほかの楽器も演奏できるの？」クレオがきいた。「ここにはすばらしい楽器のコレクションがあるわ。ただ飾っておくんじゃなくてすべて演奏すべきよ」

「オーウェンはピアノならなんとか弾ける」

「〝なんとか〟っていうのが、的確な評価だ」オーウェンは試しにいくつかコードを鳴らすと、うなずいた。「おまえは即興演奏がうまかったよな」オープニングのリフを弾きながらトレイに目をやった。「エレキギターほどパンチはないが、これでもイケる。歌詞は覚えてるか？」

「ああ、覚えてる」

「だったら、オーケーだ」オーウェンはふたたびオープニングのリフを弾きながら、片足でリズムを取った。

トレイもリズムを刻み、歌いだした。

「〝百マイル離れた彼方におまえの合図が見えた〟」

アコースティックギターだったが、オーウェンがコーラスを務め、ふたりはフー・ファイターズの《ウォーク》を熱唱した。

聴衆は拍手喝采した。

「わたしは完全にしらふだし」ソニアは言った。「あなたたちはぶざまじゃないわ。さあ、ほかの曲も演奏して！」

「勝ってるうちにやめるのが賢明だ」

オーウェンはにやりとして別のリフを弾いた。ふたりがエアロスミスの《リヴィング・オン・ジ・エッジ》を演奏すると、クレオはタンバリンをつかんだ。ソニアは笑って、バックダンサーとして加わった。

ソニアがヘッド・ケースのベストアルバムを聴いているような気分になると、何かを叩きつける音が響きだした。

彼女は天井に向かって中指を立て、踊り続けた。

「もっとボリュームをあげて！」

トレイが足を踏みならして両手を叩いた。

「そうよ！」ソニアは両手の拳を突きあげた。「ええ、そうよ。《ウィー・ウィル・ロック・ユー》ね！」

クレオとともに、ソニアも脅しと誓いをこめて反抗的な声で歌った。

「みなさん、今夜のライヴはまもなく終了です」

「おれたちの腕も完全になまったわけじゃなかったな」オーウェンがトレイに言った。

「ドブスを黙らせたぞ」

「あと一杯」クレオがグラスをかかげた。「あと一杯みんなでワインが飲めそうよ」

「ザ・ボスで幕を閉じよう」オーウェンが指を鳴らした。「あと一曲ならやれそうだ」

一同がスプリングスティーンの《ファイア》で締めくくると、ソニアは思った。いつだろうとどこだろうと、ギターを弾くイケメンほどセクシーな男性はいないわ。

「最高の夜の締めくくり方ね」クレオは楽器を見まわした。「このなかのどれかの演奏の仕方をぜひ学びたいわ」

「きみは声量があるな」

クレオはオーウェンに微笑んだ。「シャワー室で歌うあたしの声をぜひ聞かせてあげたいわ」

彼は微笑み返した。「楽しみにしてる」

クレオはふっと笑った。「さあ、寝る前に四本脚の仲間たちを外に出してあげないとね」

戸口に移動してドアを開けると、ソニアはふうっと声をもらした。「ああ、新鮮な空気だわ！　ちょっと酔っちゃったみたい」

「土曜日の晩、女性が自宅で友だちに囲まれながらちょっと酔っ払えないなら、いつどこで酔うんだ？」

ソニアはオーウェンの腕を軽くパンチした。「あなたはわたしのお気に入りの親戚で、二番目にお気に入りのロックミュージシャンよ。わたしは一番お気に入りのロックミュージシャンとベッドに行くことにするわ」

「まあ、それが最善だろう」

ソニアは夢を見ずに眠った。見たとしても記憶になく、時計が午前三時になっても身じろぎもせず寝言も口にしなかった。

彼女が眠るなか、トレイは窓辺にたたずみ、ヘスター・ドブスが飛びおりるのを見守った。

日曜日、トレイはオーウェンとヨーダの犬小屋を作りに行ったので、ソニアはクレオと家事を片づけた。ふたりは手分けして洗濯を行ったあと、心地よい四月の日ざしを浴びながらプランターや鉢を洗った。そして、オープンハウスの招待状を完成させた。

「コリーンは百五十通もあれば足りると言ってたわ」

ソニアはひゅうっと息を吸った。「つまり、三百人ぐらい来るってことね。ああ、クレオ。本当にできるかしら？」

クローバーはふたたびザ・ボスの《あなたならできる《ユーヴ・ゴット・イット》》を流した。

「本当に？」

ソニアは胸を張った。「できないなら、できるようにするまでね。でも、明日ブリーが来るまでいったん棚上げにしましょう。それから取りかかればいいわ」

「いい計画ね。さあ、ドイル家のディナーに行く準備に取りかかるわよ」

上階に移動し、ソニアはモリーが選んでくれたシンプルで上品なブルーのラップドレスとローヒールのブーツを身につけた。

モリーはクレオに春らしい淡いピンクを選んだ。

「いいチョイスだわ」ソニアはクレオがターンすると、親友に向かってうなずいた。「そんなに派手じゃないし、かといってカジュアルすぎるわけでもない」

「ボストンに行ったら、なんとか時間を見つけてショッピングもしないとね。そうすれば、モリーの選択の幅が広がるわ」

「異議なしよ。準備が整ったし、途中でお花屋さんに寄りましょう」ソニアはかがんでヨーダに鼻をすり寄せた。「いい子にしてるのよ。きっとジャックが現れて、あなたたちと遊んでくれるわ」

車を運転しながら、ソニアはクレオに目をやった。「あなたが本気で一緒にボストンに行くつもりなのは知ってるけど、本当に〈ライダー・スポーツ〉のプレゼンのアシスタント役を務めるつもり？」

「もちろんよ。AV機器の用意を手伝って、あたしがスライドを操作すれば、あなたは企画のPRに集中できる。あれはいいプレゼンだった」

「あれから少し磨きをかけたわ。またあなたにリハーサルを見てもらわないと。それと、わたしたちの留守中、ヨーダを預かってもらえないかトレイに頼まないと。あるいは、そのほうが楽なら屋敷に泊まってもらえるかきいてみる」

「トレイが泊まらないなら、オーウェンにパイを預かってもらえるか尋ねてみるわ。それに、トレイが屋敷に泊まったとしても、一日の大半は仕事で留守でしょう。パイはすっかり彼に懐いてるし。彼っていうのはオーウェンのことよ」

「とても気まずいタイミングであなたのアトリエに行ったとき以来、何かわたしが見落としてることはある？」

「いいえ。いまも検討中よ」

「彼は本当にわたしのお気に入りの親戚よ」

「ハードルが低すぎるわよ、ソニア」

ソニアは思わず笑った。「彼も同じことを言ったわ」

ふたりは花屋に立ち寄り、濃い紫のチューリップを購入したあと、村の中心部から少し外れた坂道をのぼった。

「これまでは昼間に見たことがなかったけど」カーナビが目的地への到着を告げるなか、ソニアは言った。「なんて美しい家かしら。法律事務所の建物のように大きくて不規則に広がってるわけじゃないけど、同じ雰囲気が漂ってる」

「本当にすてきね。家をぐるりと取り囲むポーチや小塔を誰もが気に入るはずよ」

「わたしもすっかり気に入ったわ」ソニアは濃いグレーの舗装された私道を進み、トレイのトラックの隣に駐車した。

「トレイがいるし、アンナの車もある。だから、早すぎるわけじゃない」

「オーウェンのトラックは見当たらないから、遅すぎるわけでもない。あのアザレアが満開になったら見事でしょうね」

「もうすぐそうなるわ」

屋根つきの玄関ポーチにたどり着くと、ベルを鳴らした。

出迎えたのはアンナの夫のセスだった。「ソニア、会えてうれしいよ。きみはきっとクレオだね。ぼくはセスだ」片手をさしだした。「さあ、入ってくれ」

内装はやはりヴィクトリア朝風で、居間には両側を本棚にはさまれた立派な暖炉があり、つややかな床は蜂蜜色だった。

「みんながいるのは奥だ」セスはふたりを先導した。

「そちらからとてもおいしそうなにおいがするわ」

彼はクレオに微笑んだ。「コリーンお手製のハニーマスタードハムを楽しみにしていてくれ」

ソニアは男性らしい雰囲気のオフィスを通り過ぎながら、きっとここでデュースが何時間か過ごすのだろうと思った。壁にずらりと写真が並ぶ女性らしい部屋は、コリーンの仕事部屋だろう。

料理のにおいとともに、広々としたキッチンから話し声が聞こえた。ドイル家の人々は大きなアイランドカウンターを囲んだり、広大な庭に面したガラス張りの壁際のテーブルに座ったりしていた。

早くも咲きだした花が庭に彩りをそえている。

カーキ色のパンツをはいてドレスシャツの裾を出したトレイが、スツールからおりると、身をかがめソニアにキスをした。彼女は彼の家族と気さくに挨拶を交わして顔をやや赤らめた。

コリーンは二台あるビルトインオーブンの下のほうからオーブン皿を取りだして脇に置くと、アイランドカウンターを迂回《うかい》してソニアにキスし、クレオの頬にもキスをした。

「なんてきれいなの！　チューリップは春の象徴よね。ふたりともありがとう」

「わたしたちを招待していただきありがとうございます。とてもすてきなお宅ですね」

「わたしたちはこの家で幸せに暮らしてるわ」コリーンはソニアの手をぽんと叩いた。「ふたりともデュースには会ったことがあるわよね。デュースとトレイは野球のことで言い争ってたけど、あなたたちが到着したおかげでひとまずおさまったわ」

「その件はまたあとで話そう」デュースが約束した。

エースは――今日はスリーピーススーツやネクタイは身につけていなかったが、相変わらずハンサムだった。開襟シャツを着た彼は妻や孫娘と座っていたテーブルから立ちあがった。

エースはソニアにウインクをして抱きしめてから、クレオのほうを向いた。

「クレオパトラ、ついに会えたね」クレオの手を取り、目を輝かせながらその手にキスをした。「わたしの愛する妻にもどうか会ってくれ。それから、きみの人生の話を聞かせてほしい」

「ええ、ぜひ。途中まででもよければ。あたしの人生はまだまだこれからなので」

「ちょっと生意気な若い美人は大好きだよ。ポーラ、クレオを紹介しよう」

「あの人たちは当分忙しそうね。ソニア、飲み物は何がいい？」

「ゆうべのコンサートでワインをたっぷり飲んだので、ぜひお水を」

「トレイはあなたがコンサートに行ったなんて言わなかったわ」

「彼とオーウェンが音楽室でライヴを披露してくれたんです」

「〝披露〟なんて誇張しすぎだ」トレイはソニアを引っ張ってスツールに座らせた。

「わたしにとっては誇張じゃないわ。ドイル家のみなさんをディナーに招待して以来、屋敷では生演奏がなかったんです、コリーン。もっとそういう機会を設けないといけませんね」

ベルを鳴らす必要がないほどなじんでいるらしく、オーウェンがいきなり入ってきた。花束ではなく、鉢植えを持って。

「オーウェン！　それって――」

「昔ながらのタニウツギです」彼は言葉を引き継ぐと、女主人にキスをした。「お好きだとうかがったので」

「ええ、大好きよ！　それを植えるためにデュースに穴を掘らせたら、彼はあなたを罵りそうね」

「もう罵ってる」オーウェンが鉢植えをそのまま外のデッキへと運ぶと、デュースが言った。「全員そろったし、ハムをカットするよ」

オーウェンの顔がぱっと輝いた。「やった！」

日曜日のディナーは気軽な雰囲気で、大きなテーブルを囲みながら会話が飛び交った。話題は赤ちゃんから野球やガーデニング、料理、アート、地元のゴシップと多岐にわたり、オープンハウスの計画についてもたっぷり語りあった。

その一方で、屋敷の〈黄金の間〉にひそむ亡霊の話がいっさい出なかったことに、ソニアは気づいた。たぶん、ドイル家の人々はソニアに一時休戦の機会を与えることにしたのだろう。

コリーンが皿洗いを手伝うという申し出を断らなかったので、ソニアは本当の意味でファミリーディナーの気分を味わえた。

ファミリーディナーならではのカオスな状況だったが、それも楽しめた。庭も案内してもらい、頭がパンクしそうなほどたくさんのアイデアが浮かんだ。

「屋敷には立派な庭園があるわ」コリーンは歩きながらソニアに言った。「でも、コリンは毎年一年草で満たしてプランターも追加してた」

「わたしたちも同じことをしたいんです。でも、どうやってすべての植物を把握するんですか？　何を組みあわせて、どこに植えればいいんですか？」

「経験を積めばわかるわ。それに、失敗しても、必ず翌年がめぐってくる」

居間には小型グランドピアノはなかったが、スピネット（小型の鍵盤楽器）があった。ほんの少し促されただけで、ポーラはスピネットを演奏し、エースとデュエットを披露した。

セスがアンナの肩を抱き、なにやら耳元でささやくと、彼女は微笑み、彼の手をつかんでふくらんだおなかへと引き寄せた。

デュースとコリーンは並んで座り、彼は妻の膝に手をのせ、彼女は夫の肩に頭をもたれている。

自分もあんな絆を人生のそれぞれのステージで育《はぐく》みたい。ソニアはそう気づいて、はっとした。

若いころに始まって深みを増した長く続く絆。何世代にもまたがる家族と音楽と野球をめぐる議論で満たされた家。

いつかそのすべてを築くチャンスがほしい。

七つの指輪を見つけて呪いを解き、屋敷に影を落とす魔女を追い払う理由が、またひとつ見つかった。

ポーラが肩を抱く夫の手をぽんと叩くのを見て、ソニアはいとまを告げることにした。

「最高のひとときでした。クレオともどもディナーに招待していただき、本当にありがとうございます」

クレオも瞬時に悟った。「猫や犬が家で待っていなければ、みなさんはわたしたちをなかなか追い払えなかったはずです」

ようやく別れの挨拶が終わると、トレイはふたりを外まで見送った。

「ソニアから聞いてはいたけど」クレオが口を開いた。「いまやこの目で確かめたわ。あなたの家族は最高よ。三世代がどうやって一緒に働いてるのか不思議だったけど、その答えがわかったわ。愛と敬意とリズムね。あなたたちにはその三つがそろってる」

「ぼくは幸運の星のもとに生まれたんだ。明日の朝はスタッフミーティングがある」

「あなたからそう聞いたわ」せつない気分で、ソニアは彼を抱きしめた。「わたしたちなら大丈夫。それに、不測の事態があれば連絡するわ」

彼女はまたトレイにキスをしてから運転席に乗りこんだ。

クレオは助手席のドアを開けたまましばしたたずんだ。「あなたのおばあちゃんのことが大好きよ。気さくでエレガントでユーモアがあって、そのうえおしゃれだなんて。もし彼女のことを好きで尊敬してなかったら、恋愛の第一番目のルールを破って、あなたのおじいちゃんと不倫したかも」

「それは、祖父母に対するとびきり気の利いた褒め言葉だ」

クレオは車に乗りこみ、ソニアが手を振って私道をあとにすると、吐息をもらした。

「今夜は楽しかったわ、それに啓蒙《けいもう》的だった」

「啓蒙的？」

「ドイル家の人々があんなふうに集まってるのを見たからよ。ひとりひとりが自立しながら、全員家族の一員だった。コリンはきっといい人だったんでしょうね。そうでなければ、デュースと生涯の友人兼兄弟も同然の関係になれっこないもの」

「同感よ。結婚式の写真を――ドイル夫妻とコリンとジョアンナがベンチに座っている写真をあなたも見たでしょう？」

「ええ。あれを見て、ジョアンナも善良な女性に違いないとわかったわ。あの家はコリーンの趣味が隅々まで反映されてたし、彼女がコリンとジョアンナを愛してなければ、あの写真をわざわざあそこに飾らないはずよ」

「おじ夫婦はドイル家のように家庭を築く機会に恵まれなかった。でも、わたしたちにはそのチャンスがあるわ」ソニアは親友に目をやった。「わたしたちにはそのチャンスがある、そのときが来れば、クレオ」

クレオは車で通り過ぎる湾を眺めた。

「ええ、そのときが来れば」しばらくしてクレオが言った。「お互い妥協して誰かと一緒になるとは思えないし」

そして、彼女は振り返った。「暗くなる前にまだ時間があるわ。ペットたちを連れだして散歩しましょう。コリーンのおかげで庭のアイデアが頭にぎっしり詰まってるの」

「わたしもよ。まず何があるか把握しないと」

「そこが出発点ね。オーウェンに鳥の餌台はやめておけって言われたわ、熊が好むから」

「そう」一拍の間のあと、ソニアは言った。「えっ！　想像しただけでぞっとするわ」

「だから、鳥の餌台はなし、もう鳥がたくさんいるなら話は別だけど。コリーンの庭とは競えそうにないわね――少なくとも一年目は」

「何をしてるの？」

クレオは携帯電話をいじっていた。「オーウェンがコリーンにプレゼントした植物を探してるの。綴《つづ》りがわかればいいんだけど。あれを手に入れたらどうかしら。あっ、見つかったわ。きれいな花ね。屋敷になければ手に入れたいわ」

「それは」ソニアはハンドルを切ってマナー通りに入った。「いい出発点ね」

ソニアが駐車すると、ふたりは家に向かった。猫と犬は戸口でふたりを出迎えてから、外に出た。

「結果的に、この子たちがトイレを我慢できるか試すことになったわね。ねえ、着替えてこない？」クレオは提案した。「そしてパジャマ姿で散歩するの」

「まさに帰宅したって感じ」

クローバーがスティーヴ・ペリーの《あなたが恋しい《ミッシング・ユー》》を流した。

「オーケー」ソニアが噴きだした。「まさに家に帰ってきたって感じ」

ふたりとも着替えてヨーダやパイに加わった。歩きながら、ソニアは携帯電話のアプリで低木の写真を撮って、なんの木か調べた。

「あたしにもそのアプリが必要だわ」クレオは携帯電話を取りだした。「それをダウンロードする」

「すべての葉が生えたら、このアプリがもっと役立つはずよ――はるかにもっと。それよりいいのは花が咲いたときね。もし花が咲けばの話だけど、いまはそれすらわからない。ねえ、あそこの地面から芽が出てるわ。あれは雑草じゃないでしょう」

「向こうには薔薇の木があるわ。アプリがなくても薔薇の木はわかる」

「それに、あじさいも。薔薇とあじさいがあるのね。ねえ、ほかに何があるか知ってる？　図書室にガーデニングの本があるわ」

「じゃあ、取りに行きましょう」

家に入るころには肌寒くなっていたので、ふたりは紅茶をいれてから図書室に移動した。すでに暖炉の火がぱちぱちと音をたてていた。

「あたたかいわ。ありがとう、モリー――それともジェロームかしら」クレオは思案した。「いずれにしても、ありがたいわ」

ふたりは棚から本を引きだし、クレオはソニアのスケッチブックを一冊つかんだ。お互い椅子に座り、ソニアは一冊の本を開くなり、ふーっと息を吐いた。「ずいぶんあるわね」

「あたしたちならできるわよ。まだ記憶が鮮明なうちに、庭にあったものを――というか、あると思ったものを――スケッチするわ」

ふたりは暖炉のそばで庭について考え、さまざまな花を思い浮かべながら、一時間以上平穏な時間を過ごした。

その後、それぞれ本を一冊持ってベッドに向かった。

ソニアは庭のことを考え、さまざまな花を思い浮かべながら眠りに落ちた。

そして、夢を見た。

15

一九六四年

信じられない！　わたしはなんとチャーリーと結婚した。

ふたりともそんなつもりはなかった。結婚なんてどうでもいいと思っていたから。チャーリーが言うように、結婚は社会秩序を保つためのただの手続き。愛しあうのに許可証が必要だろうか。

ほんと、ばかばかしい。

わたしの親は許可証を取っていたし、幸せな結婚の象徴とも言うべき郊外の家やらなんやらをすべて持っていた。それなのにわたしは、ふたりがしょっちゅう罵りあっていた姿しか記憶にない。父と母は互いの悪口を言い、あとはただ無視していた。つまりわたしが育った家には、愛なんてものはほとんど存在していなかった。いらだちをぶつけあっていないときは、両親はわたしに小言を言った。いやな雰囲気をどうにかしようとしないことを、責めていたんだと思う。

だから家を出ることでどうにかしてあげた。あのときの解放感といったら！　ヒッチハイクでサンフランシスコまで行ったのだけど、その途中、クールな人たちにたくさん会った。もちろん、そうでない人たちもいたけれど。お金がなくなったら、そのつど仕事をした。おなかがすいてると、本当に楽しくないから。

でもウエイトレスの仕事をすれば、まかないにありつけた。

心を開放してオープンに人とかかわれば――ちなみにわたしは心を広く開放している――その日眠る場所がないなんてことにはそうそうならない。その日に出会った誰かとくだらない世の中について語りあい、どうすれば正せるかを議論する。そうしながら音楽を聴き、ちょっとハイになったりするのだ。

しばらく農場に滞在していた。いわゆるコミューンで、最高にクールな場所。みんなが互いの面倒を見た。自分たちが食べるものを自分たちで育て、ニワトリや牛なんかも飼っていた。仕事は山ほどあるけどそういう暮らしは楽しくて、わたしはたくさんのことを学んだ。

ここの人たちが数人でおんぼろフォルクスワーゲンバスを修理し、それをみんなで塗装した。できあがったのは鳥や蝶《ちょう》や虹がいっぱいに描かれた最高にサイケデリックなバス。

このクールな農場に、わたしはずっといるつもりだった。いやがらせをする人なんていない、本当にいい場所だったから。でもわたしのなかの声があのバスに乗って出発しろとせっつき、結局その声に従った。

たとえどこかの田舎でバスが故障しても、わたしには親指がある。なぜそうまでして進まなければならないのかはわからないけれど、そうなのだ。まるでどうしても行かなければならない場所があると、心のどこかでわかっているかのようだった。

そして結局、その場所はサンフランシスコだとわかった。

だからわたしはサンフランシスコにとどまった。なんてすばらしい！

たくさん友だちを作った。男性に抑圧されるというのがどういうことか、ちゃんと理解している友だちを。戦争には断固として反対だという友だちを。いまこそわたしたちの時。わたしたちが世界を変えるのだ。大地の恵みを受けとってみんなと分かちあい、平和と調和のなかで生きる。

そんななかでわたしはチャーリーと出会い、その瞬間、どうしてこの街まで進み続けてきたのかがわかった。

彼に惹かれたのは、ハンサムだからというだけじゃない。もちろん彼はハンサムで、あの緑色の目にわたしは夢中だけれど、同時に彼は頭もよく、わたしと同じく心を開放している。わたしと同じように音楽を愛しているし、わたしと同じようにみんながあるがままの自分で生きられる世界、普通に生きていける世界、支えあって生きていける世界を望んでいた。

どうやったらそんな世界にしていけるか、夜を徹して語りあうこともあった。どうやったら互いのために、友だちのために、みんなのために生きられるかを。

そうこうしているうちに赤ちゃんができた。だけどわたしは本当にうれしくて、チャーリーに言ったら、彼も心から喜んでくれた。ふたりの子どもが生まれる！　わたしたちは愛とともに赤ん坊をこの世界に送りだし、わたしたちのどちらも与えられなかった愛のなかで育てていくのだ。

親になると決まったことで、それまではひと晩中語りあっても口にしなかったことをチャーリーは話してくれるようになった。家族は彼が反対するすべてを体現したような存在で、彼らにかかわるすべてを排除して生きてきたというようなことを。

わたしも同じだ！

彼の家族は裕福だとわかった。とてつもなく裕福だと。でもそんなことはどうでもよかった。だってチャーリーは画家だから。路上で作品を売って食べていけるだけのお金を稼いでくれていたし、わたしもベジタリアンの店でウエイトレスをしていた。暮らしていければいい。人を堕落させるもろもろのものは必要なかった。

だけど彼は大きな家のことを話してくれた。北のメイン州にある土地とそこにあるものすごく大きな家のことを。大西洋を見下ろしているその家が、どうやって彼のものになったかを。

わたしたちはそこで人生を築くことを考えだした。アートや音楽や平和のための拠点にして、子どもをどんどん作り、野菜を育てる。雌ヤギを飼ってもいい。

そこで生まれた赤ん坊は、海のそばで大きくなる。

その家は屋敷《ザ・マナー》と呼ばれているのだという。失われた花嫁の館《ロスト・ブライド・マナー》、と。昔、結婚式の日に花嫁がナイフで刺されて死んだらしい。なんてひどい話なのだろう。幽霊が出ると聞いて、わたしはぞくぞくした。

わたしとチャーリーはキャンピングカーを手に入れ、友だちを何人か連れて大陸横断の旅に出た。屋敷を目指して車を走らせながら、チャーリーはお母さんの話をしてくれた。みんなの人生を思いどおりにしようとする最悪な人で、彼に対しても同じようにしようとした。絵から遠ざけ、弁護士にならせようとしたのだという。

チャーリーが弁護士だなんて！　思わず笑ってしまった。

結婚したいと彼が言った。許可証を取って法的に認められた関係になり、もろもろきちんとしようと。赤ん坊のために（赤ん坊はひとりじゃなくてふたりだと、わたしは言った。おなかのなかにふたりいるのを感じるから）。彼の母親が赤ん坊やわたしに手を出せないようにするために。

それを聞いてびっくりした理由がわかるだろうか。彼がそう言ったとたん、わたしもそうしたくなったからだ。別に法律なんかどうでもいいけれど、お互いに対して、赤ん坊に対して、将来を誓いたくなった。

それでわたしたちはまずメリーランドへ行くことにした。面倒なことを言わずにすぐ結婚許可証を発行してくれるから。ドレスはリサイクルショップで買った。おなかが出てきていたから、ハイウエストの、それはもうきれいな白いドレスを。

キャンプをしているとき知りあった人の兄弟の家が山のなかにあった。山といってもわたしたちがいた西部の山とは違って、緑に覆われた気持ちのいい場所。

わたしたちはそこで結婚した。一面の緑の草の上で。もうすぐ十月なのに夏みたいなあたたかさで、わたしは花を摘んで指輪とブーケを作った。

式はオーバーオールを着たおじいさんが執り行ってくれた。巡回牧師なんだそうだ。誓いの言葉は好きなようにしていいと言うので、自然の豊かな恵みを受けとりながら愛する彼とともに生きていくと誓った。チャーリーはわたしが彼をよりよい人間に変え、人生に豊かな色彩をもたらしてくれたと言ってくれた。

彼は指輪も用意していた。わたしたちの心を象徴するような、ふたつのハートがつながっている完璧な指輪を。彼がはめてくれたその指輪はわたしがこの世で必要とする唯一の物質的なものだと、そのとき確信した。

ふたりの心が永遠につながっていることを示す指輪を見て少しだけ泣いてしまったけど、それは幸せの涙だった。

こうしてわたしたちは結婚した！　一生をともにする伴侶になった。夫と妻？　そうではない！　そういう呼び方は秩序のための便宜的なラベルだ。

わたしたちは音楽に合わせ、草の上で太陽の光を浴びながら踊り続けた。太陽の光が月の光に代わっても踊り続けたその日は完璧な一日で、わたしの〝最高の日〟リストにもちろん加わった。

リストにあるのは〝家を出た日〟〝チャーリーと出会った日〟〝赤ちゃんができたとわかった日〟そして〝結婚した日〟。

家を出てからは楽しいことがいっぱいあって、もちろんときにはそうじゃないこともあったけど、この四日間は完璧で最高に幸せだった。

その夜、生涯の伴侶となって初めてチャーリーと愛しあったわたしの手には、ふたつのハートが組みあわさった指輪が輝いていた。

翌朝、メインに向けて出発した。そこにある屋敷へ向かって。

ソニアは夜明けの静寂のなかで目を覚ました。窓の外に目を向けると、水平線から顔をのぞかせて金色の光を放っている太陽が薔薇の花のようだ。

繰り返し打ち寄せる波の音が、静かな雷鳴のように響いている。

一瞬、花の香りをかいだ気がした。ドレッサーの上に飾ってある花ではなく、山の草地で太陽の光を浴びて咲いている花の香りだ。

ソニアは横たわったまま、夢のなかで見た光景を思い返した。

「わかったわ、クローバー。絶対に忘れない」

ベッドを出るとヨーダもあくびをしたあと伸びをして寝床から出てきたので、一緒に階下へ向かった。途中、クレオの部屋から猫が出てくるのが目に入る。

「みんな早起きね」

階段をおりる前に図書室に寄ってタブレットを充電器から外し、それを持ってふたたび歩きだした。

一階に着くと、まず犬とその横を猛スピードで追い越していった猫を外に出した。それからコーヒーをいれてマグカップに注ぎ、カウンターの前に座って覚えていることを書き留め始めた。

昼前にブリーが来ることになっていたので、ソニアはいつもの部屋着兼仕事着のスウェットではなくちゃんとした服に着替え、クレオが起きてくるまで仕事をすることにした。

しばらくしてクレオが現れたので立ちあがり、書き留めた夢の内容をプリントアウトしたものを渡した。

「コーヒーを飲みながら読んでもらえる？」

クレオはうなるような声を出してうなずき、一階におりていった。

そして十分もしないうちにすっかり目が覚めたクレオが戻ってきて、手に持った紙を振りながら立て続けに質問した。

「歩いていったの？　それで鏡を通り抜けたってこと？　まったく気づかなかった。本当にごめん――」

「謝らないで。いまの質問の答えはわたしにもわからないの。ベッドで目が覚めたら、彼女を感じたの。すぐそこにいる彼女を」

タブレットからアニー・レノックスの《甘い夢はこれでできてる》《スイート・ドリームズ・アー・メイド・オブ・ディス》が流れ始める。

「たしかにあれはとっても甘い夢だったわ。それにすごく鮮明だった。ねえ、ちょっと座って」

ソニアはソファに座って、クレオが来るのを待った。ヨーダが静かに歩いてきて足元に寝そべり、猫も肘掛けに飛びのる。

「あなたも夢のなかにいたの？」

「というより……彼女がストーリーを語るのを見ている感じだったわ。映像と音つきで。要するに観客ね。最初の場面は、彼女がバックパックとダッフルバッグを持って家を出るところ。かわいい十代の女の子がヒッチハイクをして、見ず知らずの他人が運転する車やトラックに無防備に乗りこんでいたわ」

ソニアは続けた。「とんでもないことになるんじゃないかと思ってひやひやしたけど、何もなかった。そういう部分は省いただけなのかもしれないけど」

「彼女はきっと、先に解毒剤を与えてくれたのね。彼女が死ぬところを見ても、あなたがつらい思いをしないように。あなたを愛していて、彼女のことをもっと知ってほしいと思っているから。あなたは愛から生まれたんだって知ってほしいから。あなたを産んだ両親だけでなく、祖父母であるクローバーとチャールズも愛しあっていたって知ってほしかったから」

「いろんな彼女を見たわ。みんなで集まってベトナムや公民権や弾圧への抵抗について議論しているところや、音楽を聴いたり、マリファナを吸ったりしているところを」

クローバーがトム・ペティの《どんな感じなのかきみにはわからない《ユー・ドント・ノウ・ハウ・イット・フィールズ》》で反応する。

「そうね。当時の若者の気持ちをすべて理解できるとは言わない。でも、いまの価値観で裁くつもりもないわ。両親は愛しあっていた。まったくけんかをしなかったわけじゃないにしても、たしかに愛しあっていて、そんなふたりからわたしは生まれて、愛されながら育った。クレオ、あなたもでしょう？」

「ええ、そうね」

「彼女がウエイトレスをしているところや、旅をしているところを見たわ。農場での生活も。雑草を掘り起こしたり、ニンジンを収穫したりしていた。そこを出ていくときに乗りこんだサイケデリックなバスも見た」

「ヒッピーやカウンターカルチャーって、もっとあとの時代だと思ってた。六〇年代後半くらいかなって」

「ちょっと調べてみたら、ルーツはもっとさかのぼるみたい。彼女やチャールズのころは全盛期ではなかったけど、そういうのがすでに芽生えていたのよ。ふたりが出会ったところも見たわ。彼は取り巻きってわけじゃないけど集まった人たちに、平和的な抗議行動について話していた。ガンジーやマーティン・ルーサー・キングを例に挙げて。ワシントンDCに行ってキング牧師の演説を聞いたこと、ジョーン・バエズやボブ・ディランの歌を聴いたこと、芸術や音楽を通して平和と正義と平等のメッセージを広めていくことなんかを。カリスマ性があった。若くて情熱にあふれていて、人を引きつける力を持ってたわ。前に見たのは双子が生まれるときで、すごく怯えてた。クローバーのそばから離れないで、なんとか支えよう、強くなろうって必死だったけど、怯えてるのが伝わってきた」

「クローバーはあなたにチャールズの別の面を見せたのね」

「ええ。彼はここに彼女のために戻ってきたのよ。これから作る家族のために、彼女と築いていきたい理想の世界のために。結婚を望んだのは、彼女への愛だけが理由じゃない。もちろんそれもあるけど、法的な関係にすることで母親から彼女を守ろうとした。そうすることが必要だとわかるだけの分別が、彼にはあったの」

ソニアは続けた。「ふたりの結婚式も見たわ。山の上の牧草地で愛を誓って幸せそうに踊る光景は、本当にすてきだった」

「彼女はあなたに贈り物をくれたのね。そしてあなたを通して、あたしにも」クレオはこぼれた涙をぬぐった。「この贈り物をほかの人たちとも分かちあわなくちゃ」

「ええ。トレイやオーウェンと」

「あなたのお母さんともね。あなたが書き留めたものを、お母さんにも送るべきよ。お母さんにとっても贈り物になるはずだから」

「考えていなかったけど、あなたの言うとおりね。送ることにするわ」

「そうして」クレオは長々と息を吐いた。「心が揺さぶられて、すぐには立ち直れない。ブリーが来るまでに、少し気持ちを落ち着けなくちゃ。予定を変更するつもりはないのよね？」

「もちろんそんな気はないわ。ねえクレオ、チャールズとクローバーはこの屋敷を開放するつもりだったのよ。わたしたちと同じことをしようとしていたの。やり方は違うけどね。わたしはニワトリやヤギを飼うつもりはないもの。でも芸術や音楽を通してここを解放するっていうところは同じ。コミュニティに開放したいって気持ちは」

「ニワトリやヤギを飼うつもりはないって聞いて、ほっとしたわ」クレオはソニアをぽんと叩くと立ちあがった。「でもハーブは植えましょう。トマトやピーマンを植えてもいいかも。農場のまねごとはそれくらいが限度ね」

「同感よ。ところでこれを送るのは、母の仕事が終わる時間になってからにするわ。それなら、母が望めはすぐに電話で話せるし」

「あたしも一緒に話せるから、ビデオ通話がいいかも」

「そうする。じゃあブリーが来るまで仕事をするわね」

ソニアがたっぷり一時間ほど仕事をしたところで、ヨーダが激しく吠えながら階段を駆けおりた。土曜日に暴れたあと初めて、ドブスがあちこちのドアを叩きつけて音をたてる。

「お客さんが来るのが気に入らないの? わたしの知ったことじゃないけど」ソニアは作業したデータを保存して、コンピューターの電源を落とした。

それから玄関のベルが鳴るのを聞きながら、階下へおりる。

ドアを開けると、炎のような赤いショートヘアにずりあげたスウェットシャツの袖からタトゥーをのぞかせたブリーが、ドアから二、三歩離れたところで驚愕の表情を浮かべていた。

「本当に、うわあって感じね。もう、うわあとしか言えない」

「ここに来たのが初めてってことはないわよね」

「それが、初めてなの。ああ、トレイと昔つきあっていたのにってこと？」ブリーは中に入ると、またきょろきょろした。「うわあ。なかはもっとすごいのね。トレイはここに来ていとこたちとゲームとかをしていたけど、あのころあたしはゲームをしなかったから。夏休みや週末は働いてたしね。セックスする時間があったのが不思議なくらいよ」

ブリーが言葉を切って、顔をしかめる。「なんか、こんなこと話すなんて変な感じ」

「セックスしていないほうが変よ」

「まあ、そうかも。あら、この子がヨーダね。それに猫も」ブリーがしゃがんで犬と猫を順に撫でる。「どっちも元気で最高に幸せそうだったって、ルーシーに言っておくわ。贅沢《ぜいたく》に暮らしてたって。贅沢といえば華々しい登場にぴったりの階段ね、クレオ。ねえ、家のなかを案内して。イベントに招待された人たちが何を目にすることになるのか、見ておきたいわ」

「地下は立ち入り禁止にしようと思っているの。少なくとも、わたしたちのどちらかが一緒でなければ。ジムとシアタールームがあるわ。あとは収納スペースがたっぷり」

「屋根裏部屋や舞踏室もあるのよ」クレオが言う。

ブリーが目をむいた。「舞踏室?」

「いまは物置代わりに使われているんだけど」ソニアは説明した。「全部整理するには何年もかかりそう。だけど部屋はほかにもたくさんあるから」

「たしかに」ブリーは肖像画を見上げた。「ねえ、この人がそうなんでしょう? 殺された花嫁」

「そう。アストリッドよ」

「ふうん。じゃあ、屋敷の案内を始めてもらおうかな」

三人は一階からまわった。ブリーはずっと目をむいていたが、ソニアは初めてトレイに案内してもらったときのことを思いだして、彼女の気持ちがよくわかった。

「この屋敷は別格ね。あたしの夢の家にはもっとすっきりしたモダンで開放的なコンセプトを採用したいけど、ここはそういう好みなんか突き抜けてすごい」

キッチンに着くと、ブリーはカーゴパンツに包まれた腰に両手を当てた。「このキッチンが手に入るなら、これまでの夢なんか即座に捨ててもいいわ。ここはシェフのためのキッチンよ。あたしのスタイルよりファームハウス寄りだけど、胸が締めつけられるくらいうらやましい」

ブリーはキッチンのなかを歩きまわった。

「ダイニングルームはちょっと陰気な感じだけど、広いわね。うん。これならいける。ねえ、残りの部分を見る前に外へ出たいんだけど」

外に出ると、ブリーは声をあげた。「うわあ、芝生の広さが半端じゃないわね。芝刈りが大変そう。とにかくどれだけ人が来ても広さは問題はなし、と。雨が降らなければだけど」

「〝雨〟って口にしないで！」

ブリーがソニアに笑顔を向ける。「なかも広いけど、晴れを想定したプランがいいわよね。テントを設営するんじゃなく、この圧倒的な眺めを生かす方向でいきましょう。六月になるといろいろ花が咲くし」

「ガーデニングに詳しいの？」

問いかけたクレオに向かって、ブリーは首を横に振った。「ううん、たいして知らないわ。このあたりについて詳しいだけ。ところで松材のデッキにあるひどい椅子は、あのままにしておくつもり？」

「やすりをかけて塗り直せば、きれいになるわ」

「それならまあいいけど、あそこはバンドの演奏場所にうってつけだと思う。マニーたちが幽霊屋敷で演奏できるって盛りあがってるのよね。あ、幽霊屋敷なんて言ってごめんなさい」

「別にかまわないわ」ソニアは外を示した。「庭に椅子やベンチを置きましょう。テーブルと椅子はたくさんあるから、それを使えばいいわ。バー用の設備を借りなくちゃ」

「なるほど。じゃあ、お屋敷見学ツアーを再開しましょうか」

三人は二階にあがった。図書室を見てブリーはぽかんと口を開け、広い廊下をふたたび進み始めてようやく閉じた。

「寝室もいいわね」ブリーがソニアの部屋を見て言う。「どこを取ってもあたしのスタイルとは違うけど、やっぱりうらやましい」

ブリーがぶらぶらとあたりを見てまわる。「一階にはとってもすてきなパウダールームがふたつ、二階にはゲスト用のバスルームと居間がふたつずつある。あなたたちの部屋も立ち入り禁止ね。あなたたちが誰かを連れこむ分にはかまわないけど。食べ物のテーブルは二階には置かない。図書室にバーを用意してもいいかも。ところで上階《うえ》はどうなってるの？」

「三階の部屋はほとんどが閉鎖されてるわ。あたしのアトリエはあるけど」クレオが返す。

「それなら立ち入り禁止でいいけど、ちょっとあがらせてもらえる？　噂の人魚を見てみたい」

階段をのぼり始めると、強い風にあおられたようにドアがばたんと閉まる音がした。

「あたしたち以外にも誰かいるの？　お客さん？」

「そうじゃなくて、ここは幽霊屋敷だから」ソニアは声を落とした。

ブリーがいままでのように目をむかず、せわしなく左右に動かす。「本気じゃないわよね」

「三階を立ち入り禁止にするのは、歓迎されざる存在が占拠している部屋にふらふらと人が入っていかないようにするためでもあるのよ。実際になかに入れるかは別として」クレオが説明した。

さらにばたん、ばたんとドアが閉まる音が響く。

「そうよ、ドブス。わたしたちはあなたの話をしているの」

「ヘスター・ドブス。アストリッド・プールを結婚式の日に殺した女よ。噂は本当なの、ブリー。ここには亡霊が出る。それもたくさんね。とんでもないのはドブスだけだけど」

「からかってるんじゃないわよね。それなのに三階で絵を描いているの？」ブリーが鳥肌の立った腕をこする。

「いまのアトリエから撤退するつもりはないの。どうしてか見てみたい？」アトリエの前に着くと、クレオはなかを示した。

「今日は驚きっぱなしだけど、ここはもうなんて言ったらいいかわからない。なんていうか……最高よ。廊下の奥で起こってることにどうやって対処すればいいのかあたしには見当もつかないけど、ここが最高なのは確かだわ――」

振り返ったブリーが絵を見つける。

「壁にかけたのね」ソニアは言った。

「そう。壁で乾かすことにしたの。引き渡しの日まで眺めて楽しめるように。さわっちゃだめよ」クレオが警告する。

ブリーは両手をポケットに入れ、額装されていない絵を感嘆して見つめた。「本当に目を奪われるわ。どうしてオーウェンがヨットと交換にしたのか、よくわかる。人魚はひとりじゃないのね。水晶玉にもっと映っているのが見える」

ソニアのスマートフォンからＲＥＭの《赤毛の娘が歩いていく《レッドヘッド・ウォーキング》》が流れだす。

「それ、着信音？」ブリーがきく。

「祖母からよ。音楽好きなの」

「へえ」ブリーがゆっくり返す。「じゃあ階下《した》に戻って、相談しましょうか」

三人はブリーが選んだコーラを持って、普段用のダイニングテーブルのまわりに座った。ブリーが息を吸って、最初の質問を切りだす。

「招待する人数は？」

「トレイのお母様のコリーンは百五十枚は招待状が必要だって言っていたわ」

ブリーがソニアに向かって眉をあげる。「冗談というわけじゃなさそうね。じゃあ、三百人くらいになる可能性もあるってことか。減る可能性は当てにしないことにしているの。まずはお酒ね。ビールにワイン。あとは軽いお酒にしておく？　それともきついお酒も？」

「きついのもって思ってたけど」クレオが言う。

「じゃあ、こうして。きついのをそろえたバーを奥にひとつ、できれば広い客間にもひとつ。あとはワインとビールと軽いお酒のバーを、外にふたつと小塔の居間にひとつ。酒屋のジェイシーに相談したら、けっこう値引きしてもらえるはずよ」

「ジェイシーね」ソニアは書き留めた。

「ワインバーをひとつ減らして、会場を巡回する給仕を何人か用意してもいいわね。それからシグニチャードリンクを加えて」

「シグニチャードリンク？」ソニアはクレオと視線を交わした。

「たとえば〝ザ・マナー〟って名前のカクテルとか……」屋敷のどこかから雷のような音が響いてきて、ブリーが警戒した表情で顔をあげた。「〝滅びた体に宿る魂《ゴースト・イン・ザ・フリーキング・マシン》〟

とか」

「〝スピリット・オブ・ザ・マナー（スピリットには〝蒸留酒〟という意味と〝幽霊〟という意味がある）〟とかね」ソニアも提案した。

クレオが手を叩く。「うまいわ。ベリーニのグラスにねじった柑橘類の皮《ツイスト》をそえてもいいかも」

「〈ケージ〉のヘッドバーテンダーのシルヴィアに相談してみて。最高のバーテンダーだから、このパーティーに引き入れられたら百人力よ。あとは食べ物ね」

ブリーはふたりがメモを取る暇もないくらい、次々に提案していく。

「予算を聞いていなかったわね」

「わたしたちふたりとも、いままでこういうパーティーを主催するような余裕はなかったの」ソニアは説明した。「だけどコリンが死んでここを相続したことで、状況が変わったわ。わたしたちの希望は盛大なパーティーよ。この屋敷を開放して、大勢の人に来てもらいたい。屋敷もろとも、このコミュニティのちゃんとした一員になりたいと思っているの」

「このパーティーがその望みをかなえてくれるわ。食べ物と飲み物は全部地元のお店で頼むのが、賢いやり方ね。地域に貢献できるから。ケータリングを頼んで全部おまかせにするほうが楽なのは確かだけど、地元のお店に頼むほうが絶対にいい」

「ひとつひとつの料理用に説明の札を作るわ。料理名やそれを作った店の名前を書いたものを」

「それはいいわね。じゃあ、どのお店で何をどれくらい頼めばいいか教えるわ。ぱっと思いつくものを。人数が減る可能性は当てにしないって言ったけど、前言撤回。好きに調整していいのよ。そのうえで給仕やバーテンダーの人数やレンタルする食器やグラスの数を割りだせばいい」

「その前に共同主催者と相談したいから、少しだけ時間をちょうだい。クレオ」

「遠くには行かないでね」ブリーが言い、視線を上に向ける。

ソニアは二分もしないうちに戻り、椅子に座ってテーブルの上で両手を組んだ。

「最初はケータリング業者を頼むことも検討したけど、やめていまのプランにしたの。だから特定のケータリング業者にまかせるって選択肢はない。でも決めなくちゃならない細かいことが山ほどあるってあなたに指摘されて、イベントコーディネーターを頼むべきだって結論に達したわ」

「それで、できればあなたにお願いしたいんだけど、どうかしら。ちなみに、やってもらえるとしたら料金はどれくらい？」クレオが質問する。

「あなたが考えてくれたメニューなら、わたしたちふたりともきっと気に入るわ。スタッフも選んでほしい。それぞれの役割に最適な人材を、わたしたちよりもわかってるから。あなたが選んでくれたら、何時間も節約できる。何時間どころか何日分にもなるかも。会場の設営の監督もお願いしたいわ。当日に体を動かして働いてほしいわけじゃないけど、わたしたちと同じように全体に目を配っていてほしい。ドイル家の人たちやわたしたちの母親もそうしてくれる予定だから」

「そうね。やってもいいかも。あなたたちのことも、あなたたちがここでしていることも気に入ったから。料金は友だちや家族向けの割引を適用してあげる」

ブリーが提示した料金は高額だが法外というほどではなく、ふたりはうなずいた。

「フェアな価格だわ」ソニアは言った。

「だけどコーディネーターよりイベントの女神って呼ばれたいかな」

「ではイベントの女神様、料理はどんなものを出すべきでしょうか」ソニアはさっそく質問した。

話しあいを終えてブリーが帰るころには、ソニアの頭はイベントの詳細でいっぱいになっていた。

「もっと早くイベントの女神のことを思いつくべきだったわ。自分たちでもやれたと思うけど、彼女が加わってくれたほうがいいイベントになる。しかもキーってならずに」クレオが言う。

「それでもキーってなっちゃうときがあるかもしれないけど、あなたの言うとおりよ。

こういうことを心得ている人が責任を負ってくれることでどれほど物事がスムーズに進むか、彼女が話せば話すほど痛感したわ。わたしたちは彼女の提案に賛成して、飾りつけと招待状の発送と出欠の集計をすればいい。ほかにもあるかもしれないけど、いまはもう頭が働かないわ」

「あたしも」クレオが頭のなかの霧を払うように、髪を後ろに払う。「ピーナッツバターとジャムのサンドイッチを作って、仕事に戻るわ。仕事なら何をすればいいのかわかっているから。あなたもサンドイッチを食べる？」

「お願い。わたしはパイとヨーダをしばらく外に出してくるわ」

ソニアは作ってもらったサンドイッチと水のボトルを持って二階にあがり、デスクの前に落ち着いた。招待状のデザインを決めて印刷業者に発注したあと、一番上にあるファイルを開く。

そしてイベントから気持ちを切り離して、仕事を始めた。

その日の終わりには〈ライダー・スポーツ〉向けのプレゼンテーション用広告ディスプレイについても最終的な決断をくだし、新たな指示を追加した。

「これで完成。もううだうだ考えない、前だけ向こう」

ソニアがコンピューターの電源を落とそうとしたとき、トレイからメッセージが送られてきた。

〈もうこんな時間だが忙しい。まだしばらくかかりそうだ。明日、夕食を一緒にどう？〉

〈大変ね。わたしはパソコンをシャットダウンしようとしていたところ。明日の夕食のとき、話があるの。いい話だから安心して。ブリーとの話しあいはうまくいったわ。イベントの女神になってくれるって。仕事、無理しないで。会えなくて寂しい〉

〈今日みたいな一日のあとでは、いい話は大歓迎だ。ブリーならきみの期待にこたえてくれる。女神の名に恥じない働きをしてくれるよ。ぼくも会えなくて寂しい〉

クローバーがサーチャーズの《きみが恋しい《アイル・ビー・ミッシング・ユー》》という古い曲を流す。

そのタブレットを持って一階におりると、コンロの前にいたクレオが振り返った。

「いまは脳みその料理に関する部分だけ、キャパがオーバーして働かなくなっちゃってるの。だから今夜は、ウォッカソースのパスタで手を打ってほしいんだけど、どう？」

「あなたのウォッカソースのパスタは大好きよ」

「どれくらい作ればいい？」

「トレイは仕事が忙しいから、あなたとわたしの分だけよ。ねえ、まだ作り始めていないなら、お母さんとビデオ通話しましょう。そのあと夕食は豪華版のサラダをふたりで作るの」

「豪華版のサラダと映画で女子会ね。今夜はもうイベントのことは考えない」

「イベントの招待状のデザインもプレゼン用の資料も完成したわ。いまはちょっとどきどきして、落ち着かない感じ」

「それは乗り越えなさい。さあ、座って。ウィンターと話すわよ」

ソニアとクレオがソニアの母親とビデオ通話をしているころ、トレイは顧客の家——正確にはかつての家——の前に立っていた。破壊された玄関ドアの前には警察の黄色いテープが渡され、前面にある窓はふたつとも板でふさがれている。

トレイは小声で毒づくと、記録用に写真を撮った。

トラックが来たので振り向くと、オーウェンだった。

「聞いたよ。おまえならここへ来ると思った」オーウェンがトレイと並んで家を見つめる。「やつはどうやって保釈を取りつけた？」

「親が家を担保に金を作ったらしい。そして裁判が始まるまで、ミルト・トリーターがやつの面倒を見ると約束した」

「トリーターは昔からまぬけだからな」

「保釈は条件つきだった。マーロとの接触、飲酒、郡外に出ることは禁止されたし、アルコール依存症向けのセラピーと怒りをコントロールするための講習を受けることが義務づけられた」

オーウェンは黄色いテープと窓に打ちつけられた板を顎で示した。「その結果があれか」

「保釈されて二時間も経たないうちにやつは酔っ払い、トリーターの顔にパンチをお見舞いした。鼻が折れて脳震盪《のうしんとう》になるくらいのやつを。そしてトリーターの車でここに乗りつけて、押し入ったんだ」

トレイは両手で顔をこすった。「警察が封鎖する前になかを見た。ひどかったよ。壊れた家具や割れたガラスが散乱してて。マーロと子どもたちがオハイオの実家に戻っていたからよかったが、そうでなければ前よりひどいことになっていただろう」

「おまえのおかげでマーロたちは無事だったんだ。くそっ、トレイ、本当だぞ。おまえが力を尽くしたから、マーロは子どもたちをやつから引き離せた」

「彼女は最低限必要なものしか持っていかなかった。やつに負わせられたけががからまだ回復していなかったからだ。追加で送ってほしいというわずかなもののリストは二日前に受けとって、残りは売却したり寄付したりする方向で準備を進めていた」

「マーロは知ってるのか？」

「いや」そのことを考えるとトレイはうなじがこわばり、手でこすった。「気が重いが、ぼくから伝えなくてはならない。家に入れるようになったら片づけも必要だ」

「そのときは手伝うから言ってくれ」オーウェンは主張した。「おまえだって、弁護士としての義務以上のことをするんだ。それにしてもやつは、おまえを襲わなかったんだな。恨んでいただろうに」

「ぼくはやつより体格が劣る女性でも子どもでもないからな。誰もいない家でもない」

「やつは優位に立てる相手を選んだのか。さあ、もう行って仕事をすませろ」オーウェンはトレイの肩に手を置いた。「おれはテイクアウトのもんでも買うよ。いいか、おまえがマーロと子どもたちを危険から遠ざけたってことを忘れるな。壊されたものは、しょせんただのものだ」

「ああ。だがただのものじゃなく彼女のものだった。ささやかではあっても、彼女のものだったんだ」


（上巻終わり）

◉訳者紹介　香山 栞（かやま　しおり）
英米文学翻訳家。サンフランシスコ州立大学スピーチ・コミュニケーション学科修士課程修了。2002年より翻訳業に携わる。訳書にワイン『猛き戦士のベッドで』、ロバーツ『姿なき蒐集家』『光と闇の魔法』『裏切りのダイヤモンド』（以上、扶桑社ロマンス）等がある。

時を結ぶ魔法の鏡（上）

発行日　2025年3月10日　初版第1刷発行

著　者　ノーラ・ロバーツ
訳　者　香山 栞

発行者　秋尾弘史
発行所　株式会社 扶桑社
〒105-8070
東京都港区海岸1-2-20　汐留ビルディング
電話　03-5843-8842(編集)
03-5843-8143(メールセンター)
www.fusosha.co.jp

印刷・製本　中央精版印刷株式会社

ISBN978-4-594-10013-1 C0197

雷帝と呼ばれた
最強冒険者、
魔術学院に入学して
一切の遠慮なく無双する
原作：五月蒼　漫画：こばしがわ
キャラクター原案：マニャ子
どれだけ努力しても
万年レベル0の俺は
追放された
原作：蓮池タロウ
漫画：そらモチ
モブ高生の俺でも冒険者になれば
リア充になれますか？
原作：百均　漫画：さぎやまれん　キャラクター原案：hai
COMIC
NOVA
ノヴァ
https://www.123hon.com/nova/
話題の作品
続々連載開始!!

BRAVENOVEL
ブレイブ文庫

追放された冒険者たちはHなダンジョンでなりあがる！1

2025年4月25日　初版発行

著　者　内田弘樹
発行人　山崎　篤
発行・発売　株式会社一二三書房
〒101-0003 東京都千代田区一ツ橋2-4-3
光文恒産ビル
03-3265-1881
編集協力　セイラン舎
印刷所　中央精版印刷株式会社

■作品の感想、ファンレターをお待ちしております。
■本書の不良・交換については、メールにてご連絡ください。
株式会社一二三書房　カスタマー担当
メールアドレス：support@hifumi.co.jp
■古書店で本書を購入されている場合はお取替えできません。

■価格はカバーに表示されています。

ISBN 978-4-8242-0399-1 C0193